浅間大変秘抄

火山に馳す

赤神諒

角川書店

目次

主な登場人物

根岸九郎左衛門《ねぎしくろうざえもん》　勘定吟味役《かんじょうぎんみやく》で、検分使《けんぶんし》

音五郎《おとごろう》　鎌原《かんばら》村の百姓

原田清右衛門《はらだせいえもん》　上州の代官《だいかん》

〈鎌原村の百姓たち〉

かな　音五郎の妻

仙太《せんた》　かなの連れ子

志め《しめ》　音五郎の母

一二三《ひふみ》　百姓代

玉菜《たまな》　その妻

するゑ　水呑《みずの》み百姓の娘

くめ　老女

甚兵衛《じんべえ》　百姓代

吉六《きちろく》　一二三の親友

〈他村の百姓たち〉

黒岩長左衛門《くろいわちょうざえもん》　大笹《おおざさ》村の名主《なぬし》

加部安左衛門《かべやすざえもん》　大戸《おおと》村の名主

干川小兵衛《ほしかわこへえ》　干俣《ほしまた》村の名主

〈その他〉

たか　根岸の妻

高嶋喜藤次《たかしまきとうじ》　原田の手代《てだい》

細川越中守重賢《ほそかわえっちゅうのかみしげかた》　熊本藩主

田沼意次《たぬまおきつぐ》　老中兼側用人

鎌原村周辺図

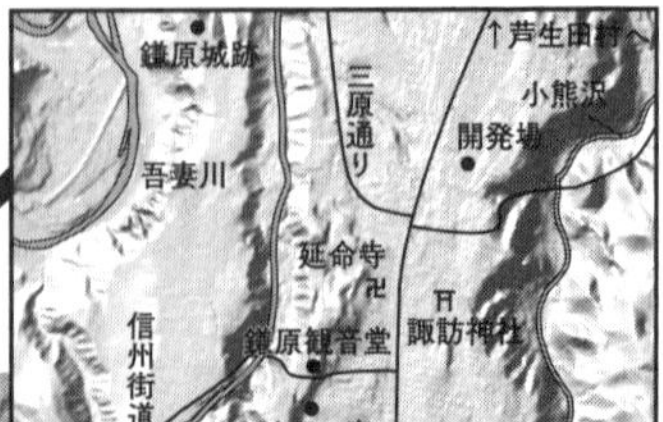

浅間山周辺図

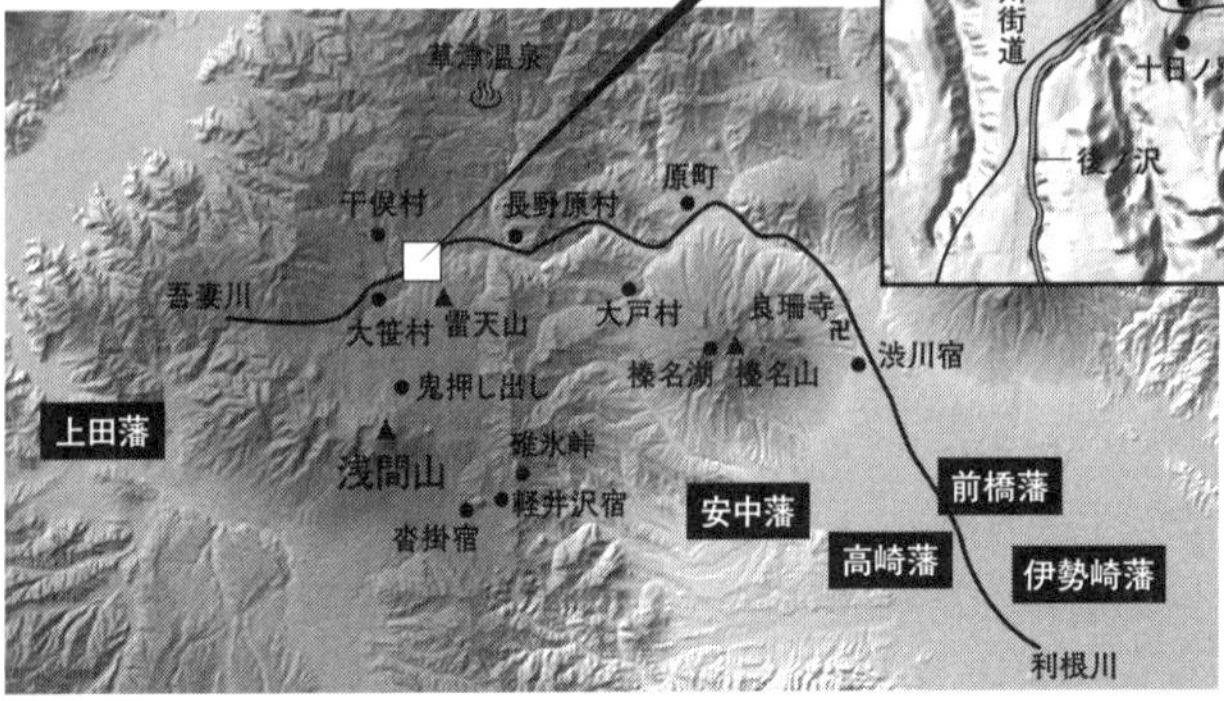

地理院地図をもとに作成

序　木曽の暴れ川

――宝暦《ほうれき》三年（一七五三）十月某日、美濃国《みののくに》・笠松陣屋《かさまつじんや》

荒ぶる天は、なぜ人に災いをもたらすのか。

降り止《や》まぬ雨、轟《とどろ》き渡る雷鳴に、人々はただ身を竦《すく》め、己が信ずる神仏に祈りを捧げるほかなかった。

木曽川《きそがわ》は濁流と化し、一気に水嵩《みずかさ》を増し始めた。川湊に係留された幾艘もの船が、水に落ちた枯れ葉のように弄《もてあそ》ばれている。木曽三川《さんせん》は、今日も暴れ放題だ。

濡れねずみの若い巨漢が一人、渡船場《とせんば》の石畳を歩き、川の辺《べ》に立つ陣屋へ入ってゆく。

「安生九郎左衛門《あんじょうくろうざえもん》、ただいま戻りましてござる」

侍は大音声で告げ、土間《どま》で雨を避けていた初老の小者に蓑と笠、刀の大小を預けた。

しばらくして奥から現れた中年の堤方《つつみかた》役人は、全身から滴をしたたらせる安生を、迷惑そうな顔つきで見た。

「御救普請《おすくいぶしん》の件で、郡代《ぐんだい》にお目通り賜《たまわ》りとう存ずる」

安生が頭を下げると、堤方役人は無言のまま、思案顔《しあんがお》でいったん奥へ引っ込んだが、やがて配

下の者たちをゾロゾロ引き連れて戻ってきた。

アッという間に、安生は捕吏《ほり》たちに取り囲まれた。抗《あらが》わず、縄目《なわめ》を受ける。

「青木様はお白洲《しらす》でお会いになる。こやつを御前《ごぜん》へ引っ立てい！」

覚悟はしていた。江戸の両親宛ての遺書も認《したた》めてある。唯一の気懸りは約束通り、武士として切腹が許されるか否かだけだ。

篠突《しのつ》く雨のなか、安生は白砂利の上に引き据えられて、美濃郡代の御成《おな》りを待った。

青木はよく人を待たせる。悪天候の日に、あえて屋外の白洲を使うのも嫌がらせだが、巻き添えを喰らって雨に打たれ続ける捕吏たちに申し訳ないと思った。

半刻《はんとき》ほど経つと、昼酒でも醒《さ》ましていたのか、郡代がふらつきながら現れた。妖怪寝肥《ねぶとり》のように太り、顔が脂ぎっている。その後ろに、三十絡みの色白の美男が従う。先だって江戸から目付《めつけ》役《やく》として派遣されてきたが、貝のように口を閉ざしている姿しか、安生は見たことがなかった。

「安生とやら。百姓どもを一人残らず、村からちゃんと追い出したんじゃろうな？」

寝肥は突き出た腹を抱えながら、どっかとあぐらを掻いた。

「御意。美濃国は桑原輪中《くわばらわじゆう》、見越《みこし》村の廃村、今朝がた完了いたしましてござる」

民をむりやり故郷から引きずり出したくはなかった。ゆえに安生は、昨夜も遅くまで移住の説得を試みた。ところが未明に再訪すると、最後まで応じなかった老人は、住み慣れたボロ家で亡くなっていた。思いのほか安らかな死に顔だったのが救いだが、残された家々も、遠からず村ごと洪水で流されるだろう。

「かくも手間を要したのは、ひとえにそちのせいじゃぞ、安生。愚かな民をたぶらかし、公儀に盾突《たてつ》かせた罪、死をもって贖《あがな》うよりあるまい。何ぞ、申し開きはあるか？」

「もとより死罪は覚悟の上。されど、村の再建を望みし民の願いに応えるは、公儀として――」

「ダイダラ坊めが！　そちごとき若造が政《まつりごと》を語るなぞ、百年早いわ。とは申せ、そちの寿命はもう尽きとるがの。打ち首は見飽きたゆえ、縛り首も面白そうじゃのう」

　青木の嗤《わら》い声が裏返る。

「先だっては郡代より切腹のお指図があり、廃村の暁《あかつき》には腹を切る旨、お約束申し上げたはず」

「覚えとらんな。そちの死に方を決めるのは、このわしじゃ」

　唇を噛む安生をしり目に、青木は傍《かたわ》らで端座《たんざ》する白面《はくめん》の目付役に声をかけた。

「余興に、そこもとに決めてもらおうかの。酒の肴《さかな》に、縛り首も悪くはなかろ？」

「私が幕閣《ばっかく》より遣《つか》わされしは、木曽三川の治水が遅々として進まぬためでござる」

　美貌と落ち着いた物腰にふさわしい爽やかな弁舌だが、青木はギョッとした顔になった。

「まさか、わしが悪いと申すのか？　やたらと野分《のわけ》（台風）を寄越し、雨ばかり降らせる天のせいじゃろが。これまで何もせんかった前代までの郡代も悪い」

「政は、結果がすべてでござろう」

　諫《いさ》めるように柔らかくいなしてから、目付役は続けた。

「この者を処断なされば、郡代の失政が確たる記録として残り、私も江戸へ報告せねばなりませぬ。豪雨と洪水は誰も予期しえず、幾度でも起こるもの。今日をもって見越村を廃し、村人をすべて移り住まわせた。それだけの話なら、青木殿の御名《おんな》に傷は付きますまい」

「むう。このウドの大木を罰すれば、わしまでとばっちりを食うわけか」

　青木は貧乏ゆすりをしながら考えていたが、やがて荒々しく立ち上がった。

「その馬鹿でかい奴を、軒下まで連れて参れ！」

安生が前へ引っ立てられると、青木が雨の掛からぬ縁側のギリギリまで出てきた。

「この、ダイダラ坊めが！」

やにわに鼻を蹴り上げられた。激痛に、安生は歯を食い縛る。

「これで堪忍《かんにん》してやる。わしのために、死ぬことは許さんぞ」

ズキズキ痛む安生の鼻から、血が流れ落ちてきた。口の中で血の嫌な味がする。

「節介焼きのそちに、政の要諦《ようてい》を教えてやる。民は由《よ》らしむべし、知らしむべからず、じゃ」

使い古された俗諺《ぞくげん》を披露して青木が去るや、捕吏が縄先の鉤《かぎ》を安生の襟から外し、雨から逃げるようにいなくなった。

青木の足音が消えた後、目付役が去り際に立ち止まった。安生と二人きりだ。

「あの御仁《ごじん》では、治水はとうてい無理と知れた。ゆえに近く、薩摩《さつま》藩に手伝普請《てつだいぶしん》の沙汰《さた》が下される。洪水に旱魃《かんばつ》、地震に津波、あるいは山焼け。日本は大変《たいへん》ばかり起こる国じゃ。毎年のごとく大なり小なり、どこかで御救普請をやらねばならん」

安生は鼻血をダラダラ垂らし、降りしきる雨に打たれながら、命の恩人の端整な顔立ちを見つめた。切れ長の眼が、冬の晴天のように澄み、輝いている。

「安生、そなたは人間が強く、美しいと思うか？」

考えたこともなかった。答えられずにいる安生に、目付役は静かに続けた。

「私はそう信じてきたが、近ごろ思うのだ。人間は弱く、醜い生き物なのではないか、と。その人間たちをいかに動かし、民を、国を救うか。私はいつも思案している。美濃へ来て、そなたも多くを学んだはずだ。そろそろ江戸へ戻るがよい。いつの日か、私が権力の座に就けたなら、そなたには力になってもらおう」

目付役が静かに去ると、白洲にひとり取り残された安生は、暗天を見上げた。

思い切り手を伸ばせば、垂れ込めた黒い雨雲まで届きそうだ。

異郷の陣屋をしとど濡らす雨は、いつまでも止む気配がなかった。この雨でまた一つ、村が流されるだろう。


――三十年後。

第一章　なんかもん

——天明三年（一七八三）七月七日、上野国《こうずけのくに》・鎌原《かんばら》

1

山が、焼けていた。噴煙は天まで昇り、空も紅《くれない》に染まっている。

まだ昼下がりなのに、さっきまでは夜のような暗さで、黒雲に稲光が走っていた。低い唸りを上げて火山が鳴動するたび、大地は揺れ、石の雨が降った。

浅間《あさま》北麓の鎌原村は七夕《たなばた》祭りどころでなかった。灰は遠く江戸まで届いているそうだから、関東一円に住まう者たちは皆、不気味な空を見上げながら気を揉んでいるはずだ。

「この世はもう、終わっちまうのかねぇ」

音五郎《おとごろう》は槽場《ふなば》でわれに返った。最近は山焼けの焦げたような臭いで、酒の香もわからない。

いい
かなはヒデ鉢《ばち》の明かりを手にしていた。無造作に櫛巻《くしま》きしただけのじれったい結びの髪が、気取らないかなには似合う。女童《めわらわ》みたいに小柄な姉さん女房だが、そばにいるだけで安心できた。

酒槽《さかふね》の槽口《ふなくち》をしっかり麻布《あさぬの》で覆うと、天から降ってくる石や砂を避け、二人は自前の小さな酒

蔵の軒下で身を寄せ合った。

「えんにゃ、終わってたまるもんかぃ。俺《うら》たちはこれからだぃな」

夫婦の夢は酒造りだ。高地にあって寒冷な鎌原は一毛作だから、長い冬は樵《きこり》や猟師をして山稼ぎするか、村の外へ奉公に出るが、音五郎たちは濁酒《どぶろく》造りに賭けた。今年のうちにお得意を作って、軌道に乗せる。元は江戸の小さな酒蔵の娘だからか、かなもうれしそうだった。

「だけど、あたしゃ怖くてたまらないよ」

「心配《あんじゃあ》ねぇ。二十七で死んでたまるもんかぃ。俺は高持《たかもち》百姓になるんだぃ」

音五郎は十年前に下手を打って、村にいられなくなった。江戸へ逃げ、四つ年上のかなと結ばれ帰郷して五年、夫婦で休みなく仕事に励んだ。田畑を切り開き、あるいは猟をし、木を伐って炭を焼いた。馬も二頭手に入れ、信州街道の荷役《にやく》の仕事にまで手を広げた。自前で家を建て、借金までして念願の酒造りを始めたのだ。昔の失態もあって、音五郎は人付き合いが苦手だが、人に好かれるかなのおかげで、村の連中ともうまく行っていた。

「なんかもん、もう逃げようよ」

かなが袖口を摑んで、音五郎を見上げている。

上州の方言で「なんかもん」とは、気が強くて生意気な若者の意だ。本来は年長者が叱る時に使う悪口だが、恩人の百助《ひゃくすけ》が付けてくれたあだ名だから、音五郎は気に入っていた。

「何かこう、胸の奥がズシンと重くてね。お父《と》っさんが死んじまう前の日も、こんな感じだった。嫌な予感がしてたまらないんだよ」

「心配ねぇって、言ってるべぇ」

音五郎は少し乱暴にかなを抱き寄せた。棄《や》けっぱちで奈落に転落しかけていた十七の音五郎を立ち直らせてくれたのは、この愛しい女房だ。必ず守ってみせる。

「でも一二三《ひふみ》さんの話だと、軽井沢宿《かるいざわじゅく》じゃ、村人が逃げ始めたそうじゃないか」

浅間山を挟んで南を走る中山道《なかせんどう》では、鎌原よりも家鳴りが激しく、石や砂が人の身の丈ほども積もったと聞く。降ってきた焼け石で火事になったり、石や灰の重みで潰れた家もあるそうだ。百姓たちは桶や夜具を頭に被って落石を防ぎながら、七里も離れた他の村へ逃げたという。

「一二三だからって、言ってることが全部正しいわけじゃねぇべ」

読み書き算盤を教えてくれた先輩だが、音五郎はじっとしているのが苦手で、何かするたび注意されるから、寺子屋《てらこや》も途中でやめた。一二三は百姓代に選ばれ、同じ五人組の組頭《くみがしら》でもあるから、かなとも付き合いがあった。

「ちょいと、お前さん！　ありゃ何だい？」

音五郎も肝が冷えた。

金切り声でかなが指さす先、山上から紅蓮《ぐれん》の炎があふれ出している。

浅間山は、山頂の釜山《かまやま》を中心に前掛山《まえかけやま》、三ツ尾根山《みつおねやま》（黒斑山《くろふやま》）などから成る巨大な山塊だ。鎌原から南を眺めると、その雄大な山並みが、仰向けに寝た観音様そっくりなため、「寝観音《ねかんのん》」と呼ばれた。村人が恵みをいただく自慢の山だが、寝観音の胸の辺りが赤く染まっている。

「熔《と》け岩《いわ》だんべ……。けど、まっさかここまで来やぁしねぇさ」

釜山からは三里以上も離れている。東にも西にも逸れず、北の鎌原を狙うとも思えなかった。

「村方三役《むらかたさんやく》の寄合《よりあい》じゃ、一二三さんが今度こそ逃げようって、名主《なぬし》さんたちに訴えてるそうだよ。だって、もう三カ月も続いてんだから」

この春〈逆さ馬〉の雪形が浅間中腹に現れて間もない、山開きの祭礼日。毎年御鉢料《おはちりょう》（火口）

巡りをする四月八日の昼四ッ（午前十時）に、山鳴りは始まった。

いったん収まったものの、浅間は五月下旬に火を噴き、六月半ばには大噴火を起こした。地は激しく揺れ、雷鳴が轟き、灰や小石が降り注いだ。六月末からここ十日ほどは毎日のように噴火が続き、桑葉や稲に積もる灰を払い落とす作業も、村人たちの日課になった。

「いつまでも、おっかながってんじゃねぇさ。浅間は大昔からよく跳《は》ねる。浅間大明神《だいみょうじん》が、信心深い人間たちを殺すわけがねぇべ」

古来「火の山」として恐れられた霊峰は、信仰の対象となり、北麓の三ッ尾根には磐長姫《いわながひめ》を御祭神とする大きな社殿も建てられていた。持統《じとう》天皇の昔、役小角《えんのおづぬ》が登山して地蔵堂を建立して以来、修験道《しゅげんどう》の霊山ともされ、鎌原にはその別当《べっとう》（神宮寺《じんぐうじ》）たる浅間山延命寺《えんめいじ》があった。

祭礼日の山頂はまだ冬のように寒いが、夜明け前に村を出て山頂まで登り、鉦《かね》や木魚《もくぎょ》を叩き、念仏を唱えながら、釜山の火口一里ほどを巡る〈掛け念仏〉を皆でやる。村の鼻つまみ者だった父親も、信心だけは深かったから、音五郎は幼少から連れられて巡った。浅間大明神に不義理をした覚えはない。

「でも、昨日は吾妻《あがつま》川にお化け亀が現れて、人を喰っちまったって話じゃないか。頭が二つで、手は三本なんだって」

その噂は音五郎も聞いた。長い角と二本の尾を持つ大鯉《おおごい》もいたらしい。

「しばらく、川に近づかなきゃよかんべぇ」

昨日は山から湧き出した黒雲で空が覆われ、夕立のように白砂が降り、ひと晩じゅう止《や》まなかった。雷は一刻か、せいぜい二刻で止むはずだが、雨も降らないのに一昼夜も鳴り続ける雷など尋常でない。妖怪の一匹や二匹現れても、おかしくはなかった。

「ねぇ、お前さん。皆《みんな》が逃げないんなら、あたしたちだけでも逃げようよ」

「仕様《しやぃ》もねぇ。いってぇ、どこへ逃げるってんだぃ」

音五郎の故郷は鎌原だ。かなは生まれも育ちも江戸の深川《ふかがわ》だが、親が人に騙されて文無しになり、十歳で岡場所へ売られた。帰る所などない。

「大戸《おおと》村の加部安《かべやす》はどうだい？　吉六《きちろく》さんの話じゃ、ずいぶんやり手の旦那なんだろ？」

人当たりのいい吉六は、上州一の豪商と名高い加部安左衛門《かべやすざえもん》に気に入られ、奉公に出ていた。

「吉六に笑われるべぇ。濁酒造りがうまく回ったら、加部安ののれんを借りて、吉六と二人で江戸へ売り出すんだぃ。なのに、俺が臆病者《ズクナシ》だって思われたら、話が潰れちまうんさ」

「じゃあ、干俣《ほしまた》村の干川《ほしかわ》さんの所は？」

「あの干物みたいな爺さんはいい人だけど、猫の額の他人の土地を耕すなんて御免だぃね」

音五郎の父は貧しい水呑《みずの》み百姓だった。安酒で酔っ払っては周りに絡み、喧嘩ばかりするろくでなしで、最期は泥酔したあげく水路へ落ち、ある朝冷たくなって見つかった。音五郎は馬鹿親父とは違う。だから、村の南端の荒れ地を必死に耕して広げ、「ぎっぱ（切端）」と名付けて、自分の田畑にした。

「ぎっぱは一番山に近いだろ。あの熔け岩が流れてきたら、真っ先に呑み込まれちまうよ」

百姓は生まれ落ちた地で一生、野良仕事《のらしごと》をする。名主が代官と話を付け、村の全員で避難するならともかく、音五郎はすでに一度、故郷から逃げ出した身だ。二度目はない。

「村で決めりゃ従うけど、俺が真っ先に逃げるなんて、そんなみっともねぇ真似ができるもんかぃ。なんかもんが、笑いもんになっちまうんさ」

笑いを誘ったつもりが、かなは思いつめたような顔つきだ。

「あたしはお前さんと死んでもいいけれど、仙太《せんた》が可哀そうでねぇ」

十一歳の仙太はかなの連れ子で、大きな眼が母親譲りだが、父親はわからない。仙太は一二三の寺子屋へ通い出してから小難しいことを言うようになり、学のない養父を小馬鹿にし始めた気がする。かなの息子だから仲良くしようと思い、「鉄砲の撃ち方を教えてやるべぇ」とか、「雷天《らいてん》の迷い森へ探検に行がねぇか」などと話しかけるのだが、たいがい裏目に出て、短気な音五郎とよく言い合いになった。

音五郎が黙っていると、かなが自分の下腹へ手をやった。

「それに……この子を、無事に産んでやりたいんだよ」

「子ができたんかぃ！」音を立てて、音五郎の胸が弾み出す。

はにかむ妻のうりざね顔は、山焼けのせいで赤っぽいが、きれいだった。

「きっと、来年の春までには生まれるよ」

「楽しみだぃ。名前を考えるべぇ。何にするんさ？」

われ知らず声が震えた。ろくでもなかった人生で、音五郎は今が一番幸せだった。かなのおかげだ。でも、もっと幸せになる、家族を幸せにしてみせる。

「男の子なら、蓮太《れんた》はどうだろうね」

初夏の鎌原には、黄や朱の蓮華躑躅《れんげつつじ》があちこちで咲き乱れる。かなも好いていた。

「よかんべぇ。女の子なら？」

「お蝶《ちょう》は、どうだろうね」

夏が来ると、山からの白い蝶が鎌原へ下りてくる。初めて見た時、まるで天女の舞だとかな、かなは喜んでいた。妻がもう子の名まで考えているのが、音五郎はうれしかった。

守るべき家族が増える。かなに仙太、老母の志《し》め、雌《し》雄《ゆう》の馬二頭。それに、蓮太かお蝶が加わるのだ。いっそ双子ならいいのにと思った。

「俺が、にしらを絶対に守ってやるべぇ」

叫びたいほどの熱望であり、誓いだ。

「今晩は贅沢して、米だけで飯を食うべぇ。行ぐど」

音五郎は壁に立てかけておいた戸《と》板《いた》を摑むと、妻と自分の頭上へやりながら、茅葺《かやぶき》屋根の家へ急ぐ。小さくとも、自慢のわが家だ。途中で、酒蔵の陰にいる小さな姿を見つけた。

「仙太じゃねぇかぃ。そんな所《とこ》で、何やってるんさ？」

童はうつむいたまま、答えない。

「山焼けなら、大人たちに任せとけ。人生たいていのこたぁ、なるようになるもんだんべ」

「何かあったのかい、仙太？」

かなが寄り添うと、音五郎は母子の上へ戸板を被せてやった。

母親に任せておけばいい。父親ヅラしてうかつに口を挟むと、また気まずくなる。

家の中へ入って土間の壁へ戸板を立てかけた時、背後で声変わり途中のかすれ声がした。

「はっと重郎《じゅうろう》右《え》衛門《もん》が、山を怖がって逃げちまったから……雷天《ライテン》山《やま》の辺りを捜してたんさ」

音五郎は息を呑んだ。土間から内厩《うちうまや》へ飛び込む。馬がいない。

馬好きの仙太が世話をしていたが、昼下がりに秣《まぐさ》を与え、散歩させて戻る道中、二頭は凄まじい山鳴りに怯え、駆け去ったという。農耕はもちろん、肥やしに収穫物、薪炭《しんたん》、旅荷などを運ぶ馬は、鎌原村では家族同然で、名も付けて一つ屋根の下、一緒に暮らしていた。

「この小便垂《しょんべんた》れが！　これからどうやって仕事するんでぇ？　連れ戻してくる」

焦るあまり、つい悪態が口を衝いて出た。

突然、外でシューウッ！　と凄まじい音がした。

熱い鉄鍋に水をぶちまけた時のようだ。

外へ駆け出た。山の中腹から天へ、もの凄い勢いで蒸気が上がっていた。柳井《やない》沼《ぬま》の辺りだ。この世のものとも思えない光景に、身の毛がよだった。

「およしよ、お前さん。馬も大事だけど、自分の命のほうが大切だろ？　東のほうは、北よりずいぶん落石も多いし、危ないよ。待ってりゃ、きっと帰ってくるさ」

「狼に食われたら、どうすんべぇ？」

銭を貯めて、やっと買い求めた働き者の馬だ。雌のほうが大人しくて扱いやすいが、仔馬《こうま》を産ませて増やすつもりで、雌雄にした。夢を摑むために、馬は絶対に必要なのだ。

音五郎は引き留めるかなの手を振り払い、酒蔵の裏手からオヤ（御屋）へ向かった。壁もなく荒削りの柱に屋根を載せただけのオヤは、冬から春にかけ、秣を置いて蓄えておく場所だ。

「畜生、戻ってねぇべ！」

音五郎が食いかけの秣を蹴りとばすと、積もっていた灰が煙のように立った。

オヤから雷天山へ走った。猟と樵もしてきたから、道は知っている。

浅間を見ると、赤い熔け岩が鎌原のほうへゆっくりと流れ出していた――。

2

「お前さん。こんな夜に、やり過ぎじゃないのかい？」

音五郎が自棄酒《やけざけ》を始めてから、一刻ほど経ったろうか。

頭がグルグル回って、胸糞が悪い。強くもないくせに、過ごした。本当ならかなの妊娠を祝いたかったのに、明日、大笹村《おおざさむら》で売り込む濁酒の味見だと言い訳しながら、呷《あお》り続けていた。

「呑まにゃあ、やってらんねぇべ」

日暮れまで二刻近く、雷天山の深い森を捜し歩いたものの、馬は見つからなかった。

かながヒデ鉢の窪みに松の根株《ねかぶ》を足していた。油菜《あぶらな》の栽培が少ない鎌原では、長もちする松を燃料にして、明かりを取る家が多い。

「具合が悪そうだね。大丈夫かい?」

かなの手が、背中をさすってくれた。小さいが、柔らかくて温かい。

「音五郎、ちっとんべぇ(少し)いいかぃ?」

最低の気分で顔を上げると、志めが仙太を連れていた。

「見りゃわかるだんべ。てんで、よかねぇ」

志《し》めは死んだ夫に殴られ続けた。必死で育てた息子も夜逃げした。可哀そうな人生だったからこそ、濁酒で成功して親孝行するつもりだった。

「ほれ、すまなかったって、仙太も謝ってるんさ」

女にしては大柄な志めが、痩せ犬のような仙太の頭を下げさせている。

虚しく戻ってきた音五郎に、「悪いんは山さ。うらじゃねぇ」と仙太は言い張り、謝ろうとしなかった。かなが代わりに詫《わ》び、志めが仙太を引き取って奥座敷へ籠《こも》ってから、ふてくされて酒を呷っていた。が、いつまでも拗《す》ねていては、大人げないか。

手に取ろうとして、うっかり徳利《とっくり》を倒した。半分ほど残っていた濁酒が床にこぼれる。

「重郎右衛門たちも、この村がもう危ねぇって感じてたんさ」

「だったら、お前《めえ》も出て行げ！　俺が作った家だんべ」

悪酔いのせいで、怒りをそのままぶちまけた。手の猪口を土間へ投げ付けようとして、思いとどまった。市松紋《いちまつもん》の古伊万里《こいまり》は、浅草でかなと買った思い出の酒器だ。

「仙太を置いてもらえないなら、あたしも出て行かなきゃねぇ」

かなが仙太のそばに寄り添う。いつもの繰り返しか。

「母《かか》どん、心配ねぇべ。一二三先生と玉菜《たまな》さんに面倒を見てもらうんさ」

寺子屋に通う仙太は、何かというと、尊敬する師を引き合いに出す。

音五郎は、自分と向き合う三人を睨みつけた。

「俺が働かねぇと、水呑み百姓か無宿人《むしゆくにん》に落ちて、飢え死にするんだど」

「母どんも、うらも、祖母《ばあ》ちゃんだって足が悪いのに、みんな働いてるんさ」

仙太がそっぽを向いて吐き捨てた。

「生意気《じゆーく》こくな！　今日は夜っぴて呑み明かすべ」

喧嘩の原因はたいてい仙太だ。どこまで親父ぶっていいのか、結局どう接したらいいのか、さっぱり摑めなかった。

酒を取りに行こうと、ふらつきながら立ち上がった時、床が大きく揺れた。

音五郎は不意を突かれてよろめき、顔から土間へ突っ込んだ。

ガッタンガッタン、小さな家が揺れる。

まるで浅間を作った巨人のデーラン坊が現れて、家を両手で揺すっているみたいだった。

凄まじい揺れのなか、音五郎は何とか起き上がり、三人に覆い被さった。

徳利が転がり、土間へ落っこちて割れた。

作り付けの棚が落ち、箪笥も倒れ、火鉢が転がる……。

しばらくして、地揺れはやっと収まったものの、家の中は無茶苦茶だ。櫛にかんざし、火打ち箱やら棹秤《さおばかり》、銭からサイコロまで散らばり放題の床に、音五郎はゴロリと大の字になった。

「いったい浅間大明神はどういう料簡してやがんだぃ。早《はあ》、何とかしてくんろ」

「罰当たりなこと言うもんでねぇべ」

信心深い志めは、山焼けが始まってから、暇さえあれば神棚に香華灯明《こうげとうみょう》を捧げ、念仏や題目を唱えていた。村人たちの多くが同じだ。

「まだ板戸が鳴ってるんさ。皆の念仏が足りねぇからだんべ」

管を巻く音五郎に呆れた様子で、志めが立ち上がった。

「仙太、夜も更けてきたし、ちっとんべぇ寝とかねぇと。片付けは明日にすんべぇや」

志めの茶筅結《ちゃせんゆ》いの髪にも、白いものが増えた。

今日も、母親に優しい言葉のひとつ、かけてやれなかった。物好きな湯治客が、山焼け見物で草津《くさづ》の温泉に押しかけているそうだが、濁酒で儲けたら連れて行ってやろう。

志めと仙太が奥座敷へ引っ込むと、音五郎は囲炉裏端《いろりばた》にどっかりと座り直した。

かなは散らかった床をせっせと片付けている。

「とんだ一日だったぃ。せっかく、俺たちの子が生まれるってのに」

一家の大黒柱として、もっと大人にならねばといつも思う。でも、濁酒さえ成功すれば、何もかもうまく回ってゆくはずだ。あと少しだ。

かなは土間へ下り、水差しと盆を手に戻ってきた。

盆に二つ並んだ信楽焼《しがらきやき》の湯呑みには、音五郎とかないの名が刻印されている。信州街道を行き来する行商人に頼んで作らせた特注の品だ。地揺れで割れないように、大切にしまっておいたのだろう。共白髪になるまで、大切に使いたい。

かなが注いでくれた水を、音五郎は一気に飲み干した。今、一番欲しかったものだ。

手を伸ばし、かないの下腹へそっと手をやった。

「家族を結んでくれる、元気な子を産みたいねぇ」

酒のせいもあって、音五郎はひどい眠気を覚えた。かなの膝枕で横になる。

「世の中うまく行がねぇもんさ。けど、俺たちは必死に働いてきた。明日にゃ山焼けも終わって、きっといいことがあるだんべ」

かなが頭を撫でてくれると、極楽にいる心地がした。

たとえ馬が戻ってこなくても、かないさえいれば、音五郎はやり直せる。幸せな温もりのなかで、強い睡魔が襲ってきた。

3

赤い夜が、障子に映っていた。熔け岩がまだ流れ出ているのだろう。

鎌原にしては暑い夜だが、玉菜は眠りこけている愛娘の幼い体に掻巻《かいま》きをかけてやった。厚めの唇が夫に似ていて、うれしい。

(いいよ、たったの十歳でお前を死なせるもんですか)

百姓代を務める夫の一二三は、村の皆を守ろうとしていた。だから玉菜が、家族を守る。

夫は信州街道の西の入口、十日《とおか》ノ窪《くぼ》に屋敷を持つ高持百姓の当主だ。玉菜の嫁いだ大家族は、お大尽《だいじん》でこそないけれど、鼈甲《べっこう》のかんざしやビードロの鏡を使って化粧《けわい》もするし、三食にも困らなかった。一族円満で、何ひとつ不足のない暮らしを送ってきた。

（また、揺れてる……）

夜半にひどい地震があった。片付けの後、夜もずいぶん更けたから、ひとまず他の皆には寝《やす》んでもらい、玉菜が一人で夫の戻りを待っていた。庭でたくさん飼っている鶏も、一羽残らず眠っている。

ひと回り上の夫の両親は高齢で、分家前の義弟夫婦にはもうすぐ次の子が産まれる。玉菜は夫の妹たちとも仲がよかった。隣の二軒はそれぞれ、夫の弟と叔父の一家の屋敷で、都合二十人の身内が住んでいた。長屋住まいの水呑み百姓たちの家族も合わせると、三十幾人の大所帯だ。

夫の指図で、皆がすぐに逃げ出せるよう、支度はしてあった。

（これから、どうなるのかしら……）

七百年ほど前、物凄い焼荒《やけあ》れがあったらしい。どんな山焼けだったのか、村で一番学問のできる一二三がずいぶん調べたが、奇妙なほど記録は残っていなかった。浅間が跳ねるのは珍しくないが、今回は二十五年の人生で、玉菜が初めて体験することばかりだった。

昨日も、まるで雪が降ったように、地面は真っ白になった。美しさに見惚《みと》れるほどだが、灰を払う仕事にはキリがなかった。鎌原の夏は、強い日差しで村が光に包まれるように明るいはずなのに、今年は暗くて嫌な天候が続いた。

それでも夫と一緒なら、怖くはない。

（一二三さん、まだ山にいるのかしら……）

百姓は勝手に村を離れられない。村の代表である名主が、信州の中野《なかの》陣屋にいる代官から、許しを得ねばならなかった。

六月半ばに山が焼けた際、夫は村方三役の寄合で、吾妻川を挟んで北にある干俣村への退避を進言したが、昔からよくある話だと相手にされなかった。先月末から山焼けが連日続き、一二三が改めて提案したところ、避難の支度をして様子を見ることになった。南麓や東麓はもっと酷い被害が出ており、今朝などは噴煙が空に満ちて西から夜が明けたそうだから、大焼けがあっても、北麓は助かると名主たちは考えているらしい。

今日の昼過ぎには、かつてないほど山鳴りが激しくなった。雨のようにバシャバシャ灰が降り、空も真っ暗になったから、灯明皿《とうみょうざら》の火を点《つ》けた。せいぜい三寸までだった灰が五寸も積もった。

夕方、山頂から熔け岩が流れ出すのを見た夫は、四平《しへい》ら若衆を連れて山へ入ったが、まだ戻らない。一二三は中腹の様子を名主と村年寄《むらどしより》に伝え、改めて避難を説く腹づもりだった。

ふと障子ごしに外を見ると、赤い光がいつしか消えていた。

いよいよ褥《しとね》で寝返りを打った時、外の井戸端で水の音がした。一二三が帰り、足を洗っているのだろう。すぐ迎えに出た。

「旦那さま！　さぞお疲れでやんしょう？」

「遅うなって悪《わり》んねぇ、玉菜」

夫は疲れたのか、上がり框《かまち》に座り込んだ。灰のせいで、顔が薄汚れている。

急ぎ手ぬぐいを水で濡らし、夫の顔を拭《ふ》く。

「干し椎茸で出汁《だし》を取った骨董飯《ごもくめし》があるんす」

配膳して盆に載せ、囲炉裏端に正座する夫の前へ差し出した。

「玉菜の作ってくれる飯は、いつも美味《び》《み》だぃね」

一二三は目を瞑《つむ》りながら味わっていたが、やがて舟を漕ぎ始めた。無理もない。先月末からろくに睡眠も取れずに、村を駆けずり回ってきたのだ。

玉菜は夫の手から、そっと椀と箸を取った。少しでも眠らせてあげたい。

（名主さんたちが、旦那さまの言うことを聞きゃいいんだけど……）

鎌原村と近隣はかつて沼田藩領だったが、真田《さなだ》家の改易《かいえき》により天領となった。

代官の下で村の差配にあたる村方三役のうち、名主とこれを補佐する村年寄を差しおいて、百姓代が代官に直談判《じかだんぱん》はできない。

鎌原村の名主は代々世襲で、宿屋も営んで裕福だった。先代は立派だったのに、当代は玉菜に色目を使ういけ好かない男だった。今の村年寄は「心配《あんじ》ねぇろう《ゃぁ》」が口癖で、何も考えていない中年だ。甚兵衛《じんべえ》というもう一人の百姓代も、笛が上手なほか取り柄のない老人で、文句や口数ばかり多くて頼りにならなかった。だから、村の大事は結局、夫がほとんど担っている。

玉菜はもともと一二三の筆子《ふでこ》で、村では珍しく恋で結ばれた仲だ。夫は若くして百姓代に選ばれ、村のために働き続けてきた。その妻となり、子をなしたことを誇りに思っている。

「ああ、また居眠りしとったんさ」

一二三は微笑むと、玉菜の手から椀と箸を受け取り、味わいながら食べ始めた。

「召し上がったら、ちっとんべぇお寝みくらっしゃい」

「そうはいがねぇ。今が肝心なんさ。浅間が大きく跳ねたら、どうすんべぇ」

見てきた山の様子を、夫が語ってくれた。

中腹では、ドロドロになった灼熱の熔け岩が、亀の歩みで少しずつ流れ下り、浅間大明神の社殿さえも焼き尽くして、樹木を呑み込んでいたという。幸い、鎌原から一里ほど離れた辺りで止まったらしいが、よくもそんな恐ろしい場所へ確かめに行ったものだ。

「信じられねぇ話だけど、柳井沼が丸ごと無くなっとったんさ」

あの大きな沼が、たった一日で消えてしまうとは……。

「これからまだ、何か起こるんでしょうか？」

「謎があるんさ。天仁《てんにん》の焼荒れで、熔け岩が流れ出した後、何が起こったんか……」

また一二三が首をかしげ、考え込んでいる。

夫によると、天仁元年（一一〇八）の夏、浅間は烈《はげ》しい大噴火を起こした。

京の貴族の日記には「猛火山嶺《さんれい》を焼き、煙天に達し、砂礫《されき》国に満ち、灰燼《かいじん》庭に積もる」との趣旨が記され、「上州の田畑すでに滅亡す」とある。また別の貴族は、大鳴りが京まで聞こえ、東の空が赤くなったと書き残した。南麓を通っていた官道の東山道《とうさんどう》も、朝廷直営の御牧《みまき》（牧場）も呑み込まれたらしい。来る厄災をあたう限り避けたいと、夫はさまざま調べたが、あまりにも昔の話で、口伝えもされていなかった。

「あれほどゆっくり流れるんなら、熔け岩からは逃げられたはずなんさ。空から降る焼け石だけで、それほど人が死ぬとも思えねぇ」

確かに不思議な話だ。焼け石が原因で、大火事にでもなったのだろうか。

「何も記されてねぇのは、何かが起こって、あっという間に村が全滅したからやも知れん」

玉菜は覚えず身震いしたが、一二三は落ち着いて続ける。

「土蔵に籠る者もおるけど、それで皆の命を守れるんか、見当がつかねぇ。しばらく山から遠く離れるのが一番じゃと思うんさ」

「村方三役で、またお話を？」

真夜中で煙たがられたが、寝ていた名主と村年寄を起こして談判したという。

「足弱《あしよわ》の者たちだけでも、川舟で原町《はらまち》へ逃がしてぇんだけど」

吾妻川を二里ほど下った川沿いの原町には、富沢五郎兵衛《とみざわごろべえ》というお大尽がいた。吾妻川は急流で滝もあるが、川漁師の舟を乗り継げば、まだしも荷物が運びやすい。

「灰と小石は軽いから風下へ飛んで行ったけど、熔け岩はまっすぐ北へ向かってきた。前掛山は北が切れとるから、こっちへあふれ出たんさ」

東と南で降灰や降砂がひどいのは、風向きのせいだ。他方、熔け岩は重いから、火口の切れ目から北へ流れ出たのだ。一二三が訴えると、村人たちの懸命な祈りを浅間大明神がお聞き届けくださるはずだと、名主は言い張ったらしい。でも本心は、代官に直談判して不興を買い、痛くもない腹を探られるのが嫌だからだ。

「わたくしたちだけでも、しばらく草津あたりに行げねぇかしらね」

義父は腰が悪いから、湯治にかこつければいい。

「えんにゃ。百姓代が村の皆を置いて、自分の家族きり連れて逃げ出すわけにはいがねぇ」

「けど、だからって……」

自分たちまで一緒に死ぬ理由はないはずだ。

「皆で生きるんさ。こんな時に吉六がいてくれりゃ、助かるんだけど」

吉六には、老いた両親と病がちの兄に加え、たくさんの弟妹がいた。大家族を養うために少し離れた大戸村へ、実入りのいい奉公稼《ほうこうかせ》ぎに出て頑張っている。吉六が戻ってきたら、二人で百姓代をやりたいと、一二三はよく言っていた。

「明日も山が収まらなきゃ、うらが名主を連れて、中野陣屋へ出向く。今の御代官様なら、きっとおわかりくださるんさ」

昨年、吾妻郡の代官が代わった。まだ三十路《みそじ》前の若さながら、何もしなかった前任者と違い、老中田沼意次《たぬまおきつぐ》子飼いの旗本で、やり手らしい。他方で、冷たい人物だとの評もあった。

「ひとまず名寄《なよせ》帳、年貢皆済《かいさい》目録などの御用書類と御高札は、野辺《のべ》に持ち出して、土の中に埋めた。いざとなりゃ、人を逃がすだけで腕っこき（精一杯）だんべ」

一二三はすっくと立ち上がりながら、続けた。

「音五郎に会いに行ぐべ。山に一番近《ちけ》ぇのに、志め婆さんは足が悪《わり》い。皆を逃がす時は、なんかもんの力も借りてぇから。いざとなりゃ、頼りになる男さ」

六百人足らずの村では、全員が顔見知りだ。寺子屋以来、音五郎とは幼馴染だが、がさつで怒りっぽく、自分のことばかり考えていて、玉菜は好きでなかった。夫に頼るくせに、僻《ひが》みなのか、何かと盾突く。それに、思い出したくもない因縁があった。でも夫は、村へ戻って立派にぎっぱを切り開いたからと、音五郎を買っていた。

「お気をつけらっしゃい」

夫を玄関から送り出した時、すでに空はかすかに白み始めていた。

4

「ごらんよ、お前さん。真夏だってのに、まるで村一面に雪の花が咲いたみたいだよ」

かなの明るい声に、音五郎は井戸端で顔を上げた。喉の渇きを癒して顔も洗ったのに、宿酔《ふつかよい》のせいで頭がズシリと重い。

辺りを見回すと、夜のうちに降り積もった火山灰で、野も林も、村の田畑や家々も、真っ白に染まっていた。白くないのは、街道沿いに流れる用水くらいか。

昨日までが悪夢だったかのように、夏空はすっきりと晴れ渡っていた。

浅間を見やると、白く立ち上る噴煙が東へたなびいていた。熔け岩も赤黒く変わり、一里ほど先で静止している。

「皆の祈りが通じて、山焼けは終わったんだんべ。浅間大明神が身代わりになって、止めてくらしゃったんさ。よし、今日からやり直すべぇ！」

明け方に来た一二三に、馬が逃げたと愚痴をこぼしたら、見つかるまで働き者の雌馬を一頭貸してくれる話になった。口うるさくて苦手な先輩だが、困った時は頼りになる。酒蔵を建てるのに金も借りたし、昔のへまも尻ぬぐいしてくれたから、大きな恩義があった。今までの借りは、濁酒で大儲けしてまとめて返す。

「灰落としは、俺が戻ってから仙太とやるさ。にしは大事な体だぃ」

かなは細竹を束ねたササラで盥《たらい》を洗っていた。持ち手の縛りが解《ほど》けかけていたから、赤い紐で固く縛り直してある。今度、新しいササラを買ってやろう。

「さっき雷天山のほうへ、野ねずみが何匹も逃げ出すのを見たんだよ。まだ安心しちゃいけないって、一二三さんも言ってたろう？」

「耳を澄ましてみるんさ。山もすっかり静かだぃ。一二三の言う通り皆で逃げてたら、今ごろ代官から大目玉を喰らってるべぇ」

かなを残して、音五郎は酒蔵へ向かう。

今日は隣の大笹村へ行く。名主で問屋も兼ねる黒岩長左衛門《くろいわちょうざえもん》に、濁酒を売り込むのだ。音五郎は昔、人を信じて失敗したから、簡単に人を信じない。でも黒岩は信用できると、一二三も太鼓判を押していた。本当は一昨日会う約束だったが、山焼けがひどく、かなも強く止めたから延期していた。

酒蔵へ入って小ぶりの樽を取り出し、藁縄《わらなわ》でしっかりと背負い袋《ショイコ》に結びつけてゆく。

黒岩は酒屋も営んでおり、信州米で造らせた酒を〈大笹守《もり》〉と銘打って、草津温泉や追分宿《おいわけじゅく》に出荷し、好評を博していた。音五郎が春に訪ねた時は、売れ筋の酒や品薄の時期などを親切に教えてくれ、美味い濁酒ができたら持ってくるよう言われていた。売れたら、千俣村で名主を務める千川小兵衛《こへえ》にも頼みに行く。野良仕事の生き字引のような老人で、米や馬も商っており、重郎右衛門とはつも、いい馬だからと千川に勧められたのだ。

二人の助力で稼げれば、うんと酒を造って、いよいよ大戸村の豪商、加部安に売り込む。大戸宿といえば、信州から江戸への物資輸送、草津・川原湯《かわらゆ》温泉などを往来する交通の要衝だ。村の名主でもある加部安は、農業はもちろん酒屋に金貸し、麻の仲買《なかがい》まで何でも営む、掛け値なしに上州一の豪商だった。盟友の吉六が加部安の信を得ているから、成功に疑いはない。

あいにく鎌原村の名主は何も考えていない馬鹿だが、近隣の村は評判の名主揃いだった。濁酒で成功して、皆を見返してやるのだ。

そばへ来た妻に声をかける。

「蔵へ入れた家具やら器やらを、仙太に戻させといてくれんきゃあ？　重い物は俺がやるべぇ」

「ねえ、お前さん。行くのは、山が落ち着いてからになさいな」

赤紐のササラを手に、かなは浅間を見やっている。

目じりに皺ができたし、ハッとするほどの美人でもないが、好きな顔だ。

――へえ、なんかもんだって、面白いあだ名だねぇ。

内藤新宿《ないとうしんじゆく》のあの岡場所へ行ったのも、他の遊女でなくかなが宛てがわれたのも、きっと運命だ。かなのおかげで、音五郎は立ち直れたのだ。

「あと五、六年、こんな調子かも知んねぇべ。こっちにだって、都合があるんだぃ」

宝暦四年（一七五四）に〈勝手《かって》造《づく》り令《れい》〉が出されて以来、日本のあちこちで酒造りが始まった。近隣では長野《ながの》原《はら》村の高持百姓が始めて評判だが、鎌原村では十年前、玉菜の父百助と音五郎が挑んだものの、呆気なく頓挫《とんざ》した。それでもかなと二人三脚で悪戦苦闘の末、やっといい酒が造れたのだ。〈なんかもん〉と銘打って売り出す。

「にしらに、絶対いい暮らしをさせてやるんさ」

鎌原村を通る信州街道は、高崎から岐《わか》れる中山道の裏街道で、北国《ほっこく》街道の脇往還《わきおうかん》ながら、江戸との往来を十里ほど近道できる。飯山《いいやま》・須《す》坂《さか》・松代《まつしろ》三藩の大名行列も使うし、大笹・狩宿《かりやど》・大戸の三関所が置かれるほど賑わいがあった。善光寺《ぜんこうじ》詣りや草津温泉の湯治客も多い。おまけに、南の沓掛宿《くつかけじゆく》から北の草津温泉に至る三《み》原《はら》通りが、村の中央を貫通していた。だから、宿場である鎌原村には、旅人や荷役が頻繁に往来する。

音五郎は荷役の仕事に加え、濁酒を売りさばきながら、数年のうちに宿屋を建てる計画も立てていた。名主の宿屋は評判が悪いから、客を奪ってやるのだ。

「先月も山は焼けたけど、晴れの日があったじゃないか。お前さん、どうしても今日行かなきゃいけないのかい？　一二三さんが名主さんを説得して、皆で避難するかも知れないだろ？」

「だったら、逃げといてくれやぁ。俺たちはこの濁酒に賭けてきたんだぃね。浅間焼けの中をやって来たと聞きゃ、黒岩の旦那だって断りにくい。俺も商売が上手だんべぇ」

音五郎が笑いかけても、かなは硬い表情のままだ。

「実はうつらうつらしてる時に、お前さんが死んじまう夢を見ちまったんだ。一生のお願いだよ」

「馬が減って稼ぎは必ず減る。借金をどうやって返すんだぃ?」

赤子も生まれる。もっと子が欲しい。音五郎は家族を養わねばならぬ。昔と違って、ちゃんと先まで考えているのだ。鎌原一のお大尽になってみせる。

「だけど、死んじまったら、元も子もないじゃないか。一二三さんが言う通り――」

「もう一二三はいいってんだぃ！　お前《めえ》、あいつに気でもあるんきゃあ?　無宿人になりゃ、追分か沓掛で女郎《じょろう》だんべ」

言ってすぐに後悔した。

気丈なかいの目に、みるみる涙が溜まってゆく。

謝る間もなく、小柄な体はくるりと踵を返し、母屋のほうへ駆け去った。

辛い過去を持つ妻に、酷いことを言ってしまった。

音五郎は酒樽を背負って立ち上がった。詫び代わりに、大笹村から必ず土産を持ち帰る。母屋へヒョウタンを取りに向かうと、代わりに志めが出てきた。

「ねえ、音五郎。何かあったら、一二三さんは諏訪《すわ》神社へ逃げろって言ってたぃね?　うらぁ、やっぱり観音堂のほうがよかんべぇと思うんじゃけど」

観音堂は千年近く昔、開村の時に祈願所として西の高台に建てられた。志めはご本尊の十一面観音に心を込めてお願いしたおかげで、重病に罹《かか》っても死なずに済んだと、篤く信仰していた。

「どっちでもよかんべぇ」

投げやりに返事すると、志めが杖を突きながらそばへ来て、声を落とした。

「けど、うらの足じゃ、あの石段を登るんが大変だんべ。五十段くらいあるんさ」

音五郎が牡馬を買ってきた日、馬に蹴られて転んで以来、志めはうまく歩けなくなり、杖を使うようになった。

「だから一二三は、諏訪神社へ逃げろって言ったんだんべ」

熔け岩はゆっくりと下ってくるそうだ。万一の時は、一二三が吾妻川から川舟で逃げられるよう手配するらしいから、安心だった。

「やっぱり観音様がいいんさ。あんたが、うらを背負《おぶ》ってくれんかや？」

「俺はこれから忙しいんだぃ。どうしても観音堂がよけりゃ、杖で登りぃ」

志めが皺の寄った口を尖らせる。女にしては大柄で重いから、かなや仙太が背負うのは無理だ。

「遊びじゃあねぇど。大笹へ濁酒を売り込みに行ぐんだぃ」

言い終わる前に、地面が軽く揺れた。

構わず家へ戻ろうとする音五郎の背に、嗄《しやが》れ声が飛ぶ。

「ふん。母親より酒が大事ってんなら、大儲けして草津の湯ぐれぇ連れてってほしいもんだぃね」

「任せらっしゃい。近《ちけ》ぇのに、かなも俺も行ったことがねぇからのう」

土間へ入ろうとすると、ヒョウタンと竹皮の包みを手に、かなが出てきた。

「握り飯、作っといたから」

「悪《わり》んねえ、さすが俺の自慢の女房だんべ」

受け取りながら、さっきの暴言をちゃんと謝ろうと思ったが、間近まで杖を突いてきた志めが恨めしそうに睨んでいるのを見て、帰ってからにしようと決めた。音五郎とかなは十年来の連れ合いで、固く結ばれている。口論くらいで絆が揺らぎはしない。

「仙太の奴はどうしたぃ？」

「馬を捜しに行ったよ。仲良しだったからね」

家族同様だったから、仙太も心配で寂しいのだろう。昨夜は言いすぎた。今晩、祝い酒を呑みながら、謝ろう。濁酒の儲けでまた馬を買えばいい。

「昼過ぎにゃあ、戻るべぇ」

大笹村へは、間道を使って近道すれば一里と少しだ。うまく話が運べば、今日のうちにも一三から馬を借りて、酒樽を運び込めるだろう。

音五郎は軽く手を挙げ、ぎっぱの家を後にした。

少し歩いてから振り返ると、かなが志めに手を貸して、井戸端へ向かっていた。何かと世話のかかる姑《しゅうとめ》だが、かなからはひと言も文句を聞いた覚えがなかった。高持百姓になれば、生活にもゆとりができて、全部うまくゆくはずだ。

くっきりした空の下、浅間は以前と同じ穏やかな姿で、鎌原村を見下ろしていた。

5

「母どん、まるで夏の雪みたいね」

野うさぎが跳ねるように、灰で真っ白になった観音堂の石段を、いよが登ってゆく。

その後から、玉菜は夫と続いた。

きっかり五十ある石段を半ばまで上がると、村をすっかり一望できた。一面の白世界は見惚れるほどに美しい。田畑のあちこちで、作物の灰落としに精を出す村人たちの姿が見えた。

いよが声を弾ませながら、一段飛ばしで上がる。

「灰ですべるから、気を付けらっしゃい」

「心配《あんじゃあ》ねぇさ」と、元気な声が戻ってきた。

抜けるような青空を見たのは久しぶりだった。赤い熔け岩も静止し、黒く変色しつつある。

「このまま何も起こらねぇで、骨折り損のくたびれ儲けになりゃいいんだけど」

一二三はまだ心配そうな面持ちだった。

玉菜は二十人分、夫は数十人分の乾き物を入れた背負い袋《ショイコ》を背に上ってゆく。指図通りに作った芋葉《いもば》や切干大根《きりぼしだいこん》の保存食は、二、三年もつらしい。

早朝、延命寺で行われた村方三役の寄合で、名主と村年寄は青空を指差しながら一二三を嗤《わら》ったらしいが、夫は油断できないと食い下がった。結局、名主の代わりに百姓代の甚兵衛が中野陣屋へ出向いて代官に現状を伝え、また、同席していた延命寺の甘藍和尚《かんらんおしょう》が信者たちと浅間山に登り、鎮めの祈禱をすると決まった。万一に備えた差配も「勝手にせい」と突き放されたため、一二三の身内と有志で手分けして、避難先に数日分の食料などを運び込んでおく段取りになった。

石段を上り切ると、二人は背から荷を下ろした。茅葺きの小ぶりな観音堂は、七十年前に建て替えられたそうだが、相当古びている。

「やっぱりここは狭いんさ。百人がせいぜいだんべ」

堂の周囲を巡る一二三の後を、玉菜といよが従《つ》いて歩く。

三人並んで、鎌原村を見下ろした。

村では、ぎっぱのように離れた家も数軒あるが、多くは信州街道沿いに住んでいた。

左手にある鎮守の森は、諏訪神社だ。他より小高いが、ここよりはずっと低い。万一の場合、村人たちがひとまず避難する場所として、夫は二カ所を決めていた。西は高台にあるこの鎌原観音堂で、東は大樹に囲まれた諏訪神社だ。神仏の加護も得られよう。

「三十八人が奉公稼ぎに出とって、村には今、五百三十二人いるんさ」

六月半ばの噴火以来、夫は一人も死なせないと、五人組の組頭十九名を延命寺に集めて注意を促し、さらに九十三軒の家をすべて回り、丁寧に声をかけてきた。

「百人が食べたら、二日でなくなるでしょうね」

一二三は混乱が生じないよう、狭い観音堂には百人を、残りを神社の広い境内に振り分けて避難先を決め、組頭たちに伝えてあった。

「もう少し運ぶべぇ。けど、その前に延命寺にお参りして、甘藍和尚たちの無事と、山焼けの終わりを願いてぇんさ」

山鳴りが始まった日から数えて、ちょうど四カ月めの今日こそが吉日だと、和尚は健脚の信者たちを引き連れ、すでに登山を始めていた。

「わたくしも、菩薩《ぼさつ》さまにお祈りするんさ」

三人で長い石段を降り始めた。積もった灰ですべらないよう、慎重に足を置いてゆく。

延命寺は、寺子屋が開かれるなじみ深い場所だ。浅間大明神の本地仏《ほんじぶつ》たる虚空蔵《こくうぞう》菩薩は、いつも玉菜を見守ってくれ、一二三と結ばれたいという願いも叶えてくださった。いよを授かった後、玉菜は子を二人産んだが、一人は死産で、もう一人は生後ほどなく亡くなった。流産も一度したが、もっと子が欲しい。

信州街道まで下りると、寺のある左手へ向かった。

行き交う村人たちが笑顔で声をかけてくる。皆、やっと山焼けが終わったと喜んでいる様子だった。実は玉菜も内心は同じだ。夫はいつも石橋を叩いて渡るが、多くは杞憂だった。

参道脇に立つ「別当　浅間山延命寺」と刻まれた大きな門石を見ながら、三人で山門をくぐる。

古い本堂に入ると、正面に小さな菩薩像があった。頭に五仏《ごぶつ》の冠をいただき、肉色の体の右手には光炎のある剣、左手には宝珠《ほうじゅ》の付いた蓮華を持って座している。

いよを真ん中に三人は並んで頭《こうべ》を垂れ、虚空蔵菩薩像に向かい手を合わせた。

（どうか、新しい子をお授けくらっしゃい）

夫と娘はきっと山焼けの終息を祈ったろうが、玉菜は少し先の願い事をしてみた。

本堂を出る時、向拝《ごはい》の階段で軽い地揺れを感じた。

「うらは神社で若衆《わけえし》に手伝ってもらう。お前は観音堂へあと半日分運んどいてくれんかや？」

玉菜は夫にこくりとうなずき返した。妻として、百姓代の夫を支える。万一の時は義弟が、老いた義父母と十日ノ窪に住む身内を連れ、諏訪神社へ早めに避難する手筈だった。

「うらはお父っちゃんといっしょに行って、お手伝いするんさ」

いよが一二三の腕にすがりついていた。ふだん忙しくてあまり家にいないから、少しでも大好きな父親と一緒にいたいのだろう。

「玉菜、何かの時は、観音堂へ逃げる人たちを頼むんさ。すゑが見当たらなんだけど」

すゑは、いよよりひとつ下の水呑み百姓の娘で、可哀そうに泣き顔を見るほうが多かった。

生母を早くに亡くし、呑んだくれの父親は暴れて、周りも手に負えなかった。腹違いの兄や姉からは除け者にされ、祖父母も孫娘を相手にしないから、狭い長屋に居場所がない様子だった。

時々いなくなるので捜すと、土蔵の中で眠っていたり、誰もいない鎌原城跡や後《うしろ》ノ沢の界隈でイワカガミやリンドウ、コツツジなどを摘《つ》んでいた。玉菜も気の毒に思って、見かけたら声をかけるし、いよも寺子屋に誘ったりしたが、たいてい一人ぼっちだった。

「かしこまりました。するちゃんも、おやげねぇ（可哀そうな）子ですもん」

並んで歩く夫と娘の後ろ姿が辻を折れると、玉菜は灰を踏み締めながら十日ノ窪へ向かった。

6

石と砂の大雨が、降っていた。無我夢中で、仙太は駆け続ける。

大地が鈍い唸り声を響かせるたび、揺れる地面をわらじごしに感じた。

かなを振り返ると、杖を突く志めを支えながら急いでいる。

「母《かか》どん、早《はい》く！　みんな、神社へ逃げとるど！」

山が崩れたみたいに、黒い濁流が怒濤の勢いで押し寄せてくる。

燃える巨岩も混じっていた。昨日ゆっくり流れていた赤い熔け岩とは、まるで違う。

先刻、麓がひっしり、ひっしりと軋《きし》み出した。

わちわちと鳴ったとたん、山が吼え、天へ火を噴いた。その後、地響きがして灰煙が上がり、
突如、巨大な土石なだれが出現したのだ。山津波《やまつなみ》はまっすぐ鎌原を目指していた。村人たちは浅間に背を向け、一斉に逃げ出した。

（畜生！　神社へ逃げりゃぁ助かるんかぃ？）

境内ではたまに遊んだ。寺子屋で仲良くなったいいよと二人で、重郎右衛門にも乗った。

激しい地揺れで、仙太はすっ転んだ。

後ろでは、志めがよろめき、かなと一緒に尻餅を突いていた。

「ああ、杖が水路に！」

駆け寄って、二人を助け起こした。

「この世の終わりが来たんだんべ」

志めがへたり込んで、立ち上がろうとしない。

かなが大柄な志めを背負った。仙太とかなだけなら、もう神社に着いているはずだった。

再び駆け出すが、かなは身重の体だ。仙太は昨日、酒蔵の裏手で聞いた。弟か妹か、父親の違う赤ん坊が腹の中にいる。

肩ごしに背後を見て、ゾッとした。音五郎自慢の酒蔵も屋敷も、もうなかった。

かなが遅い。大けやきの梢《こずえ》よりも高い山津波は、あと二百歩くらいまで迫っていた。

こけつまろびつしながら逃げまどう人間たちが、次々と呑み込まれてゆく。

「母どん、急いで！」

地面が揺れ続けていた。仙太は両足を踏ん張る。人の焼け焦げるような臭いがした。

少し先で道が二手に岐《わか》れ、村人たちも分かれて逃げていた。

東の神社のほうが近い。でも、西の観音堂のほうが高い。いよはどっちにいるだろう。

「観音様だぃ！　うらの願いも叶えてくださって、あの音五郎も立派になったんさ」

「じゃあ、観音堂へ！　お前は先に行きな！」

仙太は走った。長い石段の下まで必死にたどり着いた。

階段の半ばを急ぐ村人たちがおり、上の堂には人だかりが見えた。

火山灰で足をすべらせながら、仙太は一段飛ばしで駆け上がる。

途中、転んで泣いている女童がいた。泣き虫のするだ。

「おめぇ、何やってんだぃ?」

か細い腕を引っ張って立たせてやった時、「早く《はい》!」と若い女が駆け下りてきた。寺子屋の一二三先生の妻で、いよの母の玉菜だ。

「かなさん、早く《はい》!」

玉菜が石段の下へ声を投げている。振り返って、仙太は焦った。

母はまだずいぶん下だ。重い祖母を背負い、ふらつきながら上ってくる。

山のほうへ目をやると、浅間から突如現れた黒い魔物は、もう間近まで来ていた。

「早く婆さんを捨てろ! 母《かか》どんだけ上がりぃ!」

仙太の叫びに、祖母がアッと驚いた顔をした。

かなは志めを背に一段ずつ石段を上ってくる。

(まずい、間に合わねぇ!)

仙太は石段を駆け下りた。半ばまで来た時——

「お戻り!」

初めて見るかなの恐ろしい剣幕にたじろいだ。母の背後まで黒流が迫っている。

くるりと踵を返し、一心不乱に駆け上がった。

大地がまた、ひどく揺れた。石段からすべり落ちそうになった。が、齧《かじ》りつく。

仙太は両手両足で這いのぼった。観音堂まで、あと十段ほどだ。

肩ごしに後ろを見て、目を疑った。

母と祖母が石段の下まで転がり落ちていた。灰で足がすべったに違いない。

仙太は傷ついた獣のようにわめきながら、駆け下りようとした。

「やめやっせ!」

後ろから玉菜に強く抱き止められた。

倒れていたかなは、急いで志めを背負い直すと、再び石段を上ろうとした。

母が顔を上げ、仙太に向かって微笑んだ瞬間——姿が消えた。

観音堂の石段を、巨大な黒き魔物が湯気を放ちながら一瞬で埋め尽くす。

西の丘にぶち当たった山津波は、みるみる嵩を増し、やがて跳ね返った。

鎌原村は、黒い流れに呑み込まれようとしていた。

今度は猛烈な勢いで、諏訪神社へ迫ってゆく。

山津波が鎮守の森をひと呑みにした時、仙太は耳元で女の悲鳴を聞いた——。

7

空には、光がなかった。

もう昼四ツを過ぎたはずなのに、江戸の夏空は土色のままで、明け方のような暗さだ。駿河台《するがだい》にある根岸《ねぎし》家の小さな庭にも、二寸ほどの白い馬毛のような糸が、天から時々降ってくる。

春からくすぶっていた浅間山が、昨日ついに大噴火を起こしたという。二万人近い人が亡くなったという噂まで飛び交うが、どれくらいの尾鰭《おひれ》が付いているのか。

たかは湯呑みを盆に載せ、書斎へ向かう。

廊下からのぞくと、一人の巨漢が暗天を見上げながら、串団子を頬張っていた。

夫の根岸九郎左衛門は書き物と書見が大好きで、腰を落ち着ける暇があれば、いつも文机に向かっている。でも今日ばかりは、空のほうが気になるらしい。

夫は先月また、無期限の登城《とじょう》停止を言い渡された。

曲がったことが嫌いで、周りとよく軋轢《あつれき》を起こすが、今回は老中田沼意次の嫡男で若年寄《わかどしより》の意《おき》知《とも》が民衆の難儀を顧みず多額の運上金を取り立てていると、苦言を呈したためらしい。

大きな手が空っぽの皿へ伸び、コロリとした太い指先が次の串を探している。どこかとぼけたような風貌に相撲取りのような体から、世田ヶ谷村《せたがやむら》は代田《だいた》に棲むと伝わる「ダイダラボッチ」のあだ名が付いたが、三度の飯より妖怪が好きな本人は、大いに気に入っていた。

「旦那さま。今日のお団子はもう、それでおしまいですよ」

たかがそばに座って盆を置くと、夫はわれに返った様子で振り向いた。異様に大きな耳たぶが、ぷらんと揺れる。空の皿に気づき、ひどく残念そうな顔をした。

「てやんでぇ。もったいねぇ真似をしちまった。空に気を取られて、考え事をしながら平らげてしもうたわい」

見た目を裏切らず、夫は大食漢の大酒呑みだが、中でも団子が大好物だ。ここ数日は、いつ謹慎が取り消され、勘定所《かんじょうしょ》に呼び出されるかと、酒の代わりに団子ばかり食べていた。

たかも事情をいちいち確かめていないが、根岸は若い頃から何度も謹慎を喰らい、あるいは左《さ》遷《せん》され、東海道や関東のあちこちで面倒な御救普請《おすくいぶしん》ばかり命ぜられてきた。だから、勘定所で付いたもうひとつのあだ名は「ご九郎（苦労）さん」だ。

「さっき、通りで耳にした噂ですと、鉄砲で浅間の雷狩りをしたんですとか。火竜《かりゅう》が三匹も上州の川を通って行ったそうですよ」

「過去の山焼けも雷を伴っておったそうな。昔から竜の仕業《しわざ》じゃと申す者もおるが、あいにく鱗《うろこ》ひとつ見つかった例《ため》しはねぇ」

火口から噴き上げる蒸気と灰、火山岩の摩擦により雷が起こるという学者の見方が当たっているだろうと、夫は身振り手振りでたかに説明してくれた。

「火焚婆《ひたきばばあ》や鬼たちが現れたと聞いて、退治に出向いた人たちもいるそうですけれど」

「まだ山には近づかんほうがよかろうに」

奇談好きの夫は、妖怪画で有名な浮世絵師の鳥山石燕《とりやませきえん》を私淑し、その『画図百鬼夜行《がずひゃっきやこう》』を枕元に置いて愛読していた。上役で勘定《かんじょう》奉行の松本秀持《ひでもち》から、本物そっくりなカッパの絵を見せられて以来、ぬっぺっぽうやら、かまいたちやらの妖怪を想像しては、墨で描いたりもした。お世辞にも上手ではないが、妙に愛嬌があり、特徴を捉えているように思え、印象に残る。だから、妖怪変化《へんげ》の類《たぐい》がどこぞに現れたとか不思議な話があると、熱心に聞きたがるはずなのに、今日は意外にも醒めた様子だった。

表通りが、何やら騒々しくなってきた。

鉦《しょう》に盥《たらい》、銅鑼《どら》や太鼓を打ち鳴らし、鬨《とき》の声を上げながら町を巡る若者の一群だ。天変地異の出《しゅっ》来《たい》を受け、近所の武家屋敷でも、老人や女たちは百万遍《ひゃくまんべん》を熱心に唱えていた。

「うちでも、何かしたほうがよろしいのでしょうか？」

「安心できるなら、やればよい。じゃが、それで浅間焼けは止まるまいな」

夫は江戸で降灰のあった春から強い関心を抱き、山焼けの文献を集めては読んでいた。本来なら、すぐにもお城へ行って仔細《しさい》を確かめたいはずだが、夫は愚直に謹慎を守っていた。もっとも、時々喰らう謹慎は、仕事となるや家を放り出して何カ月も戻らない夫が、家族水入らずで過ごせる貴重な時間でもあった。

「済まねぇが、たか。酒を用意してくれんか」

怪訝《けげん》に思った。夫は陽気な大酒呑みだが、昼間からの独り酒はまずしない。

「しばらく、禁酒せにゃならんでなぁ」

「かしこまりました」

たかが家人の老女を呼んで言いつけると、やっぱり驚いた顔をしていた。

夫は文机に向き直り、書き終えた文に封をしている。

「ご公儀は、どうなさるのでしょう？」

「誰かが上州へ出向いて、苦しみのどん底に喘《あえ》ぐ民を、助けにゃならん」

夫は困った人がいると、放っておけないたちだった。去年の暮れ、壁の間に挟まって身動きが取れずに鳴いている子猫を末娘が見つけた時は、年末で大工が出払っていたため、すったもんだのあげく、夫は斧で壁を壊して子猫を救い出した。おかげで根岸家では新年早々、すきま風に悩まされたものだ。犬猫でさえこうなのだから、相手が人間なら推して知るべしだ。

「これほどの大変《たいへん》とならば、わしの出番じゃでな」

世にもまれな厄介事は、ご九郎さんに押し付けられる。

「わしが帰ってこん時は、後を頼む。衛粛《もりよし》も立派に育ったゆえ、安心じゃ」

宛名しか書かれていない封書を差し出されて、たかは背筋が寒くなった。

――遺書だ。

浅間焼けが終わった証《あかし》はどこにもない。再噴火による死を、夫は覚悟しているのだ。

すぐには言葉が出ず、頭を下げて受け取ると、夫がふだんと変わらぬ口調で続けた。

「お前も知っての通り、当家には借金がけっこうあるでな」

困った性癖だが、夫は人助けの仕事に私財まで注ぎ込む。そのため、根岸家の家計はいつも火の車で、家人もわずかしか雇えなかった。

夫が封書をもう一通、たかに手渡してきた。「細川越中守《えっちゅうのかみ》様」と記してある。

「もしも取り立てが来て、どうにも首が回らんようになったら、細川のお殿様にこの文をお届けせよ。何とかしてくださるはずじゃ」

夫は上から下まで交友が広く、江戸の人間の十人に一人は友垣かと思うほどだった。たとえば日本橋の魚河岸《うおがし》の意地っ張りな老船頭、いい品が入らないと幾日でも店を閉める神田《かんだ》の鰻屋《うなぎや》の気難しい親爺、病父を養うために湯島天神《ゆしまてんじん》の社頭で声を張り上げる茶屋の小娘、前科者ながら夫に叱られて心を入れ替えた旅籠《はたご》の下男などとも、親しく付き合っている。

その中でも、賢君と名高い熊本藩主の細川重賢《しげかた》とは、奇談好きが嵩《こう》じ、身分を超えて懇意にしていた。互いに聞きつけた奇談があるたび、龍ノ口《たつくち》の藩上屋敷《かみやしき》に入り浸って話し込む間柄だ。それでも夫は、お金の貸借《かしかり》にはきちんとしているから、細川家に借財はないはずだった。

「旦那さま！　お城からお使いの方がお見えで、すぐに登城いただきたいと」

座敷へ駆けこんできた老女が興奮している。老中田沼意次じきじきの召し出しらしい。

「呑みそびれてしもうたわい。手間をかけさせて済まなんだな」

夫の巨軀《きょく》がゆらりと立ち上がった。ただちに登城の支度だ。

「近くの屋敷で、簞笥の肥やしになっとる古着やらがあれば、集めて送ってくれんか。浅間の辺りは、これから寒うなろうゆえ」

「かしこまりました。ほかに何か、わたくしどもにできることは？」

「わしが一人でも多くの民を救えるよう祈ってくれんか。人間は非力なれど、無力ではない。真摯な祈りが、天に通じる時もある」

夫は屋敷から近い神田明神を崇敬し、しばしば参詣していた。

バタバタ駆けずり回って、慌ただしく夫を江戸城へ送り出した後、たかは玄関で半ば呆然として座ったままだった。

「母上、いかがなさったのですか？」

夫婦には一男三女がいるが、末娘はまだ八歳だ。

「父上はもう、戻られぬやも知れんのだ」

傍らの衛粛が代わりに応じた。夫は家族をこよなく大切にしたが、公のためならいつでも死ぬ武士だ。たかが言葉を足す。

「命懸けでお仕事をなさっても、うまくいかなければ、汚名を着せられるでしょう」

遠く江戸まで異変の及ぶ巨大な天災だ。生涯で最も厄介な仕事になるのではないか。

仮に失敗して、たとえば上州で大きな百姓一揆でも起こったなら、夫が責めを負って腹を切る末路もありえた。根岸家も改易だ。いつも損な役回りだが、いかにも夫らしい。

（どうして、旦那さまが……）

武家の妻として表には出さないが、たかはやりきれない思いだった。

つましくとも、根岸家では皆が幸せだった。家人たちも含めて、江戸で最も幸せな家だと思う。

故郷を失い、家族を奪われた上州の人々は気の毒だ。でもそのために、別の幸せな家族が犠牲になる理由はないはずだ。

寂しげだが、使命感に満ちた夫の真剣な表情が思い浮かぶ。

――わしの出番じゃでな。

夫の声は野太いが、柔らかかった。

きっと夫は、まだ過去を引きずっているに違いない。それが、夫が今も人助けにこだわり続ける理由だと、たかは気づいていた。未曽有の大変から人々を再び立ち上がらせるには、やはり根岸九郎左衛門が必要なのだろう。夫は、夫にしか果たせぬ役目のために、浅間へ向かうのだ。

「これから何が起ころうとも、父上の子であることを、お前たちは生涯誇りに思いなされ」

たかは、夫と作り、共に人生を歩んできた家族を見た。

長男は厳粛な顔つきだ。上の二人の娘も事情を解し、目に涙を浮かべている。

たかは小首をかしげる末娘の頭を撫でてやった。

皆いい子たちで、健やかに育った。万一命を落としても、夫に悔いはないはずだ。

まだ開かれたままの玄関先に、一尺ほどの長い馬毛がふわりと落ちてきた。

第二章　咒《のろい》　原《ばら》

——天明三年（一七八三）八月二十五日、上野国・原町

1

「また、揺れとるのう」

浅間大焼けの鳴動は京まで聞こえ、遠く奥州まで降灰があったという。関東一円を文字通り震撼させたあの日からひと月半が経っても、地震は止《や》まない。幕府天領の検分使《けんぶんし》を命ぜられた根岸九郎左衛門は、吾妻川中流の北岸、原町《はらまち》の豪農富沢五郎兵衛の屋敷で今日の宿を取っていた。

揺れの収まらぬ中、根岸は庭を見やる。

青空の下、樹齢七百年ほどの大けやきが、天まで届けとばかり枝葉を伸ばしていた。

「大事ない様子。続けまするぞ、吟味役」

人を喰ったような顔つきで堂々と根岸の前に座す中背の優男《やさおとこ》は、代官の原田《はらだ》清《せい》右衛門《えもん》だ。

寄合《よりあい》医師の子として医道に励んでいたが、流行り病に倒れた江戸城の表御番《おもてごばん》医師に代わり、田沼の病を見事に治した縁で目を掛けられ、十代で取り立てられた。目から鼻に抜けるような切れ

者は、とんとん拍子で代官になり、次代の出世頭として江戸でも有名だった。鷹を思わせる鋭い眼差しは寸分の抜け目も感じさせない。月に棲む美男の妖怪 桂男《かつらおとこ》とは、こんな顔だちではなかろうか。頭が固くて小回りも利かず、保身が信条の小役人も多い中で、原田は慇懃無礼《いんぎんぶれい》でも仕事は抜群にできるから、根岸に不服はなかった。

「ここ原町では、手前人足《てまえにんそく》に加え、越後《えちご》の湯沢《ゆざわ》、柏崎《かしわざき》、小栗山《おぐりやま》から頼み人足を集めまする」

一瞥《いちべつ》でわかるよう紙に記した一覧を示し、原田が段取りよく早口で説明してゆく。

信州の中野陣屋にいた原田は、大焼けから時を置かずに村々の検分を始め、根岸が上州入りした頃には、天領内各村の被害をほぼ頭の中に収めていた。

検分使に内定するや、根岸はただちに原田へ文を送り、男に二合、女に一合ずつ六十日分の玄米を与える急ぎの措置を講じ、また、野良仕事を再開すべく農具代を下賜《かし》するよう命じた。さらに、実際の収穫に応じて年貢を決める「検見《けみ》」を許し、その結果、天領では四ないし六割の減免が行われた。原田の迅速かつ的確な差配のおかげで、混乱は少なかった。

「動かせぬ大岩は放置。泥は一尺五分ほど掘って、麦を播《ま》く段取りにござる。人足賃は〆て七両二分余りを見込んでおり申す」

降灰と天候不順による凶作も心配だが、浅間大変による最大の被害は、焼け石の落下や熔《と》け岩《いわ》の流下ではなく、大小無数の岩石を含む凄まじい激流によって、もたらされた。

すなわち、極めつきの大噴火に続いて発生した山津波は、まず北麓を瞬く間に丸呑みした。その後、吾妻川へなだれ込み、いったん川を堰き止めた。逆流が生じて膨大な量の水が湖のように貯め込まれると、自然に作られた堤が決壊し、一気に流れ下る。巨大な泥流はこれを幾度か繰り返しながら、最も高い場所では十七丈（一丈は約三メートル）近くに及ぶ高さにまでなり、川沿いの村の家屋や田畑を呑み込んでいった。

伊勢《いせ》崎《さき》藩の戸谷塚《とやづか》には七百もの遺体が流れ着いた。地元の民は、白蛆《しろうじ》が蠢き青蠅《あおばえ》のたかる無残な黒い骸を丁重に弔ったものの、夜な夜なすすり泣く声があちこちから聞こえるという。原町へ来るまで、根岸も各地で手を合わせてきた。

利根川に合流した泥流は、翌朝には江戸湾、翌夕には銚子《ちょうし》まで到達し、現在判明しているだけでも死者は千五百人以上、流失家屋は二千軒を超えていた。江戸川の中洲《なかす》にも夥《おびただ》しい数の遺体が漂着し、船運に支障を来すほどだった。

「原町はうまく行きそうじゃな。立派な百姓や商人《あきんど》がおると、公儀も大いに助かるわい」

原田によると、原町は村高《むらだか》九百二石余のうち百十石が泥流で荒れ地となり、家屋二百三十六軒のうち一割強が流失した。再興には人手が要るが、幸い死者は出なかった。おまけに、村の復興のため、懸命に尽力する者たちがいた。

「上掘《うわぼ》りで地味がいかほど戻るか、試させてくれんか。うまく行けば、他の村にも伝えたい」

原町を覆う泥の深さは、三尺から一丈近くに及ぶから、元の肥沃な土と上下を完全に入れ替える天地返《てんちがえ》しは容易でない。ゆえにひとまず、泥の上《うわ》っ面《つら》を掘る起返《おこしがえ》しで作付けをする。

「もし大豆やら粟《あわ》、稗《ひえ》がうまく育たなんだら、泥の浅い場所から元の土を掘り出して、泥砂の上に撒《ま》かせよ。公儀から、幾許《いくばく》かの金を払う」

村により被害は異なれど、まずは五郎兵衛のごとき余力のある高持《たかもち》百姓が田畑の復旧に成功すれば、他の手本となろう。検分使は天領の被害状況を調べ、復興の目論見《もくろみ》を立てる役目だが、今回は被害があまりに広範で甚大なため、幕府の力にも限りがあった。

「承知。しかるべく段取りを組みまする」

「御救普請《おすくい》は厄介事ばかりでいつも苦労するが、これほど楽をさせてもろうた経験はない。何でもお前が手際よう片付けてくれるからのう。ありがたや」

「幕閣への報告書の下書きも、拙者が承りましょう」

「目を覆いたくなる被害じゃが、能吏が取り組めば、御救普請も滞りなく進む。わしもこたびは出番があまりなさそうじゃ。これで隠居したいわい」

根岸が大笑しても、原田は美貌に冷たい笑みを浮かべたままで、肚の内は読めない。場を和ませようと、根岸は微笑みながら問うてみた。

「ところで原田。お前は妖怪が好きか？」

「嫌いでござる。ありもせぬ世迷言《よまいごと》を信ずるなど、愚の骨頂にござれば」

取り付く島もない即答に、根岸は面喰らった。

「子はおるんか？　お前の働きの礼に、わしが作った妖怪の根付《ねつけ》なんぞ――」

「拙者は賄賂、進物の類《たぐい》を一切受け取りませぬ。後に贓罪《ぞうざい》とされてはかないませぬゆえ」

原田は冗談ひとつ言わず、ひたすら仕事の話しかしなかった。

「さて次の来客は、例の喰えぬ商人でござる。名だたる賄賂の使い手ゆえ、ご油断なきよう」

あちこちから来る数十人との面会で、日中は片時も休む間がない。

桂男と入れ替わりに現れ、丸まって平伏したのは、蟇蛙《ひきがえる》を思わせる顔つきの肥えた老人だ。

「八代目、加部安左衛門でござんす」

梅雨時《つゆどき》の田んぼでカエルが鳴くようなガラガラ声の主は、ギョロリとした目つきで根岸を見ていた。齢七十にしては顔が脂ぎって、いかにもやり手の豪商のようだが、妖怪に譬えるならまさしく蝦蟇《ガマ》だ。人の精気を吸い取り、幾十人もの武士に化け、怪火を灯し、あるいは猫を溶かすなど、さまざまな怪異をなす妖怪である。

「会いたかったぞ、加部安」

上州一の分限者《ぶげんしゃ》と名高い加部安は大戸村の名主を務め、大焼けの後ただちに吾妻郡一帯の村々に私財を注《つ》ぎ込み、窮民たちを助けたという。見上げた男だ。

「民を飢え死に、離散、流浪の運命から、よう救ってくれた。厚く礼を申す」

根岸が深々と頭を下げるや聞こえてきたのは、意外にも恨み節だった。

「いつだってご公儀の腰は重うてかないやせんね。鉛ででも出来てるんですかい？」

幕閣に対し、根岸は一日も早い検分をと進言し続けたが、当面は様子見だとはねつけられていた。ようやく江戸を発したのは、浅間大変からひと月以上も経ってからだった。加部安ら奇特な民の善行がなければ、幕府が手をこまねく間に、数千人が飢え死にしただろう。

「全く、面目ねぇ話だい」

「根岸様は、勘定奉行の松本様と仲がおよろしいが、老中格《ろうじゅうかく》の水野様からはうんと嫌われて、年に一度は謹慎を喰らわれるそうですなぁ。以前は、あの田沼様に目を掛けられてたが、どうも近年は不興を買われておるご様子」

初対面の役人に面と向かって言う話ではあるまいが、加部安の言う通りだ。

最下級の旗本だった根岸は、田沼に取り立てられて世に出たものの、ずけずけと諫言《かんげん》を重ねるうち、次第に遠ざけられた。幕閣の政策を批判しても放逐までされないのは田沼の器の大きさだが、今では面会もままならなくなった。

「根っからの妖怪好き、奇談好きで、この手の話になると、前後を失われるほどじゃとか。手前はよう蝦蟇と呼ばれやすが、根岸様が一番お好きな妖怪は、代田で足跡らしきものをご覧になったダイダラボッチだ。ご自身のあだ名にもなっとる。お腰にぶら下げてる根付は、たか様のお手製で、謹慎なすってた折に贈られた品でしたかな」

　根岸は御救普請の現場に本差《ほんざし》は不要と考え、柄頭《つかがしら》の鉄地に銀象嵌《ぎんぞうがん》の妖怪図を施した脇差《わきざし》を腰に差すのみだが、白い木彫りのダイダラボッチの根付は、いかにもたかがお守りにくれたものだ。

　どうやって知ったのか、根岸が首を捻ると、加部安が大きな口から笑いを漏らした。

「へへ。金の使い方次第で、たいていのことはわかりやす」

　原田が言った通り、ひと筋縄ではいかぬ商人らしい。おまけによく喋る。若い頃に修業で江戸へ出ていたらしく、江戸言葉と上州弁が混ざっていた。

「上州じゃ、デーラン坊って呼びやすがね。あの巨人がついに殺されたのは、ここ上州なんでさ。だけど、奴が甦るって予言もありやすぜ」

「そいつはまことか！」根岸は覚えず身を乗り出した。

　故郷の山や湖を作った力持ちの巨人伝説は、各地に残っている。江戸では代田が有名だが、根岸が調べた限りでは、もうどこにもいないはずだった。

「死んだお袋から幼い頃に聞かされたもんでさ。金に飽かせて陰陽道《おんみょうどう》にのめり込んだ変わり者でしたがね。夫と息子に山を当てさせて、おかげで加部安は大金持ちになりやした」

　その昔、人間は神に「楽土を作りたまえ」と願った。

　神から命じられたデーラン坊は、人間たちのために岩を運んで山を盛り上げ、穴を掘って雨水を貯め、溝を作って流した。それが浅間山や榛名山《はるなさん》であり、あるいは吾妻川、榛名湖だ。おかげで人間は、豊かな山と水の恵みを得たが、食いしん坊の巨人は働くと腹が減り、片っ端から手当たり次第に食べてしまう。樹木を丸ごと喰らい、獣を丸呑みしたが、神が禁じたために人間だけは食べなかった。

「今も昔も人間ってなぁ、わがままな生き物でね。用済みの巨人が邪魔っけになってきた。だから神様に、デーラン坊が狼藉を働いたって嘘を吐いたんでさ。禁を犯して人間を食べたってね」

讒言《ざんげん》により神は巨人を罰し、永遠の眠りに就かせた。裏切りを知ったデーラン坊が大地に横たわった時、閉じられた目からこぼれ落ちた涙が、水晶になったという。

「お袋は身勝手な予言を残してやしてね。あちこちの村へ出かけては話しとりやした。自分の死後、浅間で大変が起こって、人間が危機に瀕する。だけどその時は、再びデーラン坊が目を覚まして、救いの手を差し伸べてくれるってね」

虫のいい話だが、根岸の想像するダイダラボッチは、確かにどこか少し抜けたお人好しで、頼まれたら、裏切り者でも助ける気がした。

「さてと、与太話はこのくらいで、本題に入りやすがね」

根岸をジロジロ見ながら、加部安がにじり寄ってきた。

「加部安だって、打《う》ち出《で》の小槌《こづち》は持ってやせんが、こたびは相当注ぎ込みやしたぜ」

「お前たちの多大なる功には、公儀として正式に報いるつもりじゃ」

「ケッ。せいぜい小判数枚に、一代限りの帯刀《たいとう》くれぇでしょうが。そんな見返りじゃあ、とても割に合いやせんな」

加部安がパンと手を叩くと、背後の隣室から家人が現れた。

干鯛《ひだい》を三折載せた折形《おりがた》を、これ見よがしに根岸の前へ差し出してくる。

「これは、ほんのご挨拶がわりにて。お役人には、儲けに応じたお礼をいたしやす」

加部安は口元に欲深そうな笑みを浮かべていた。高徳な豪商だと思っていたが、様子が違う。

「くれるものは全部貰うがのう。お前の狙いは何じゃな？」

蝦蟇は大げさに驚いて見せた。

「おとぼけを。こたびの復興にかかる金は、数十万両を下りますまい。されば上州一の商人《あきんど》に元請けを。万事手前にお任せくだされば、巧く回りやすぜ」

「齢七十で、まだ金が欲しいか」

「へへ。死ぬその時まで儲け続けるのが、商人の性《さが》。下心もなしに、人助けなどしませんや。儲けの一割、耳を揃えて根岸様のお手元にお戻しいたしやす。いかがですかな？」

しばし睨み合った。この商人の本心はどこにあるのか。

「わしは受け取った金品をすべて普請に回す。ゆえに渡せるだけ渡せ。わしの仕事は毫《ごう》も変わらねぇがな」

役人には扶持が与えられている。それを超えて、職分に関し金品を受け取るべきではない。根岸も最初は頑なに断っていたが、渡さねば他と差をつけられて不利になると考え、誰しもが金品を持ってくる。そこで根岸も考えを改め、真っ正面から寄付として受け取る方針にした。

「色々調べさせてもらいやしたよ。そんな面妖な真似をなさるから、借金で首が回らなくなるんでさ。手前と組めば、すぐ楽になれやすぜ」

「わしの懐具合なんぞ、心配するには及ばん」

「あーね。ダイダラ様は聞きしに勝る強情っぱりだ。ひとまず今日は、この辺りで退散しやしょうかな」

蝦蟇の大口でにんまり笑うと、加部安は恭しく両手を突いた。

「蛭《ひる》みたいに一度喰らい付いたら離れねぇのが、加部安でさ。今回が、手前の生涯最後の大商《おおあきな》いと覚悟を決めとりやすんでね。簡単にゃあ諦めやせんぜ」

蝦蟇が捨て台詞を残して堂々たる足取りで去り、また入れ替わりに数人が来た後、原田が割り込んできた。

「吟味役、明日以降の段取りでござる」

桂男は前置きなしに仕事の話に入る。二人の間に、手製の大きな絵地図が広げられた。

浅間山を一番上に置き、蛇行する吾妻川とその付近の村を記してある。利根川と合流後、忍城《おしじょう》や館林《たてばやし》城辺りまでを描いた図だが、原田は絵心もあるらしく、なかなか巧い。

「駆け足で各地を検分して参りましたが、残るは、吾妻川最上流《さいじょうりゅう》の二カ村のみ」

被災した天領の村は、群馬、吾妻、碓氷《うすい》、勢多《せた》など上野国七郡の七百三カ村にも及んだ。根岸は渋川宿《しぶかわじゅく》を見下ろす高台の古刹《こさつ》・良珊寺《りょうさんじ》に本陣を置き、六十名の役人を各地に派遣、配置し、自らは原田の案内で、被害が特に甚大な利根川から吾妻川沿いを遡《さかのぼ》りながら、被災後の難路を越え、検分と救済の指図に当たっていた。

「最後の検分地は、長野原村と芦生田《あしょうだ》村にござる」

色白の細い指を吾妻川上流へすべらせつつ、原田が説明を始める。

「長野原は村高二百五十二石のうち、二百一石が流出。村人四百二十八名のうち、二百名が死亡。家七十一軒、馬三十六頭、すべて流失してござる」

原田は淡々と語るが、根岸は覚えず呻いた。

「やはり上流に行くほど、被害がひどうなるのう」

「すでに同村では鋤《すき》、鍬《くわ》、斧、包丁、茶釜など諸道具を交付し、小屋の建設もあらかた済ませ、街道の復旧を始めており申す」

幕閣の想像をはるかに上回る被害だが、原田は現地で次々と手を打っていた。たまたま被災地に優れた代官がいたのは、不幸中の幸いだった。

「村を甦らせるのは容易でない。苦難の連続じゃが、お前の活躍で復興は緒《ちょ》についておる。先が見えてくれれば、民も日々を歩んでゆけるじゃろう」

「芦生田は、長野原より被害が幾分軽く、村高六百二石のうち、百五十一石が流出。村人百三十八名のうち十六名が死亡。四十三軒、四十三頭の馬、すべて流失してござる」

「ん？　芦生田は、天領ではないはずじゃが」

確かめると、田沼子飼いの旗本・古田《ふるた》十左衛門《じゆうざえもん》の知行地《ちぎようち》だった。天領と異なり、藩領については、年貢を徴している各藩が措置すべき筋合いで、旗本領も同様のはずだ。

原田は顔色ひとつ変えず、平然と応じた。

「幕閣より、別途のお指図がございましたゆえ」

田沼腹心の旗本領だから、芦生田村は特別に扱われるわけか。釈然としないが、当世では珍しくない話だった。田沼直々の指図というより、幕閣による斟酌だろう。もっとも、多大な被害だけに、一旗本による復興は不可能だ。幕府が手を差し伸べねば、民は見捨てられる。

「窮民の救済に異論はねぇが、ならば他にも、幕府が救うべき村がありそうじゃな」

原田は何食わぬ顔つきで聞き流すと、土砂の溜まった川の浚《さら》い、橋の架け直しの段取りなどを詳説してゆく。川と街道の普請は、幕府が行う習わしである。

「関所のある大笹村は、ごくわずか山津波がかすめたのみ。同村より上流に、検分すべき被害は出ておりませぬ」

根岸は絵地図に目を凝らし、二十余りの巨岩が描かれた下、殴り書きされた「兇原」の文字を見つけた。「のろいばら」と読むのか。

「原田。大笹村の手前にある、ここは何じゃな？」

根岸が浅間北麓の村を太い指で示すと、原田は顔色ひとつ変えずに答えた。

「鎌原は山津波で消えた村でござる。呪われた村ゆえ、兇原とも呼ばれており申す。生き残りが少しおりまするが、壊滅せし村を救いようもなく、検分は時の無駄でござる」

村へ至る道も埋まり、入村自体に難儀するため検分も未了で、「仔細《しさい》未だ不明」と以前に渋川で短く説明を受けた最奥の村だ。

「まだ村人がおるのなら、会わねばならんぞ」

チッと、原田は苛立たしげに舌を打った。

「これまでの村でも、吟味役はやけに時をかけて百姓と話をなさいましたな。されど、埋もれて滅んだ村の百姓と会って、何をなさるおつもりか？」

出世街道をひた歩む能吏の自負と高慢が、ツンと高い原田の鼻に表われている。

「一日にして、故郷も身内も奪われたのじゃぞ。民の苦しみ悲しみを受け止めてやるだけでも、多少の救いにはなろう」

「兇原の生き残りは百人に届きませぬ。幾千、幾万もの民を先に救うべきでござる」

「大焼けから、もうひと月半も経っておるのじゃぞ。村人たちは、名前を持つ一人ひとりの人間じゃ。捨て置いてよい者など誰もおらぬ。わしは天領に住まう者たちを一人たりとて取り残さぬ。そのためには話を聞かねばならん」

「民は由《よ》らしむべし、知らしむべからず。民から不平なぞ聞けば、公儀に対し過ぎたる期待を抱き、かえって不満を煽《あお》る仕儀となるは必定。相応の手当をした後、民は下手に触らぬのが、上策でござる」

原田は説く。優れた役人が被害を正確に摑み、十分に思案する。幕閣の許す限りで、考え抜いた手を打ち、民を従わせる。有無を言わせず進めれば仕事も早い。早いから多くの者が救われる。

そうやって原田は、山焼け直後の民を救ったのだ、と。御救普請の初動としては一理ある。

親のような齢《とし》の根岸に対し、原田は説教するように諭した。

「民は己が暮らしで精一杯ゆえ、頭にあるは己が利のみ。さような者たちの話を聞いたとて、愚痴や不満ばかりが噴き出して議論百出、まとめようもござらん。寝た子を起こしたあげく、待っておるのは無用の軋轢《あつれき》だけでござる」

「わしの考えは違う。民を置いてけぼりにしてはならん。皆で悩めば、少しずつ前へ進める。たまには良き知恵も出て参る。民の納得を――」

「さような代物は無用。われらは優れた政で、民を守ればよいのでござる」

「それで民の心は救われるのか？　民を幸せへと導かぬ限り、真の復興はないぞ」

「ふん、心など気の持ちよう。幸せなど計れますまい。公儀は、民の生活を再び成り立たせれば十分でござる。それから先は、坊主にでも任せられよ」

鼻で嗤《わら》う桂男の美貌には、明らかな侮蔑が浮かんでいた。

「むろん信心も大事じゃが、悲惨な境涯のままでは、心の救いを得られまい。原田、鎌原村を案内してくれい」

どんな時も、被災した民とじかに交わるのが、根岸の流儀だ。ここは譲れぬ。

「面倒くさい上役が来られたものよ。兕原には、宿にできる建物もござらぬが」

「構わん。若い頃は普請場で野宿したもんじゃ。伴《とも》の数も減らしてくれい」

「上流は舟も満足に使えず、行くだけでも苦労しますぞ」

大焼け前も、船運は中流の原町までだったが、その先は泥流のために道が寸断され、往来に難が出ていた。他方、川底が上がったため、川漁師の小舟を乗り継げば、芦生田まで行けるらしい。

「手数をかけるが、よろしく頼む」

「諸々の段取りを組み替え、川舟の乗り継ぎなぞ手配せねばなりませぬ。これにて御免」

原田が早口で言い捨てて座敷を出、次の来客が現れた時、屋敷がまたグラグラ揺れ始めた。

2

小雨が、降っていた。

辺りが白く煙ると、もう何もない村がぼやけて見えるから、ありがたかった。

もしもかいなの言う通りに、大笹村へ行く日を延ばしていたら、音五郎が志めをおぶって観音堂へ逃げられたろう。全員が助かっていたはずだ。悔やんでも、悔やみきれなかった。

かいなも腹の子も、志めも地面の下だ。家族も、家も田畑も、酒蔵も失って、絶望しかないのに、それでも生き続ける理由はあるのか。

「音五郎、にしも手伝ってくれんきゃあ？」

水の中で話しかけられているみたいだった。あの日から、音五郎はたいてい観音堂横手の縁束《えんづか》に背をもたせかけ、ぼんやりと一日をやり過ごしてきた。何もやる気が起こらない。

「皆で、鎌原村を作り直すんさ」

目の前に、吉六の浅黒い顔があった。村が埋まった次の日、主の加部安や店の者たちと戻り、以来、生き残った村人たちのために世話を焼いている。鎌原の濁酒《どぶろく》で一旗揚げようと同じ夢を見た盟友だが、もう何もかも終わったのだ。毎日しつこく声をかけてきて、煩わしい。

「今日も、黒岩さんたちが来てくれとるんさ。若ぇ者が頑張らんと」

「黒岩の旦那、か……」

音五郎はあの時、大笹村の黒岩長左衛門の屋敷にいた――。

大きな頭の初老の名主は、持ち込んだ濁酒を試飲するなり、大きくうなずいた。

――悪くねぇ。なんかもんが良き妻を得て、村おこしをするってんだぃ。ひと肌脱いでやるべぇ。わしが売りさばいてやるんさ。作っただけ持ってこんかや。

大喜びした音五郎が黒岩に礼を言っていると、凄まじい地鳴りがし、ガッタガッタと屋敷が揺さぶられた。

二人は身の危険を感じて庭へ飛び出した。小石の雨が降り、地面がゴゴゴと揺れた。

――こいつは半端じゃねぇべ。南無釈迦牟尼仏《なむしやかむにぶつ》……。

浅間山頂から北麓へ、巨大な灰煙が上がっているように見えた。鎌原の方角だ。

――いったい何が起こってんだぃ。旦那、悪《わり》んねぇ。

音五郎は戸板を借りるや傘代わりにして、黒岩の屋敷を走り出た。

信州街道を駆け抜け、大前《おおまえ》で吾妻川を渡り、鎌原へ向かう山道に入った。

森を抜けると、あちこちで大岩が赤々と燃え、シューシューと白い湯気を立てていた。無我夢中で駆け続けるうち、焼け出されて山から逃げてきた鹿の親子に出くわした。

西の丘に立った時、音五郎は声を失った。

故郷は、消えていた。

眼前には、全く別の世界が広がっていた。村は灰土と燃える巨岩に埋もれ、ぎっぱも、延命寺も諏訪神社も、信州街道も、家々も田畑も水路も、何もかもが無くなっていた。

右手に唯ひとつ残る小さな建物を見て、啞然とした。高台にあった観音堂が、今は十数段の高さしかなかった。狭い境内に、村人たちが身を寄せ合っている。志めは観音堂へ逃げたいとこぼしていた。だから、自分の家族だけは無事だと念じながら、境内へ飛び込んだ。

石段に座る仙太の悄然とした顔つきを見た時、音五郎の心ノ臓が凍り付いた。

周りの誰かが、かなは志めを背負って石段を登ろうとする途中、山津波に呑み込まれたと言っていた。

音五郎は残った石段を跳び下りた。泣き喚きながら、両の手で灰色の砂を掘り始めた。手が固い黒石にぶつかって、けがをした。それでも血まみれになった手を灰砂の中へ突っ込んだ――。

「なあ、音五郎。せめて水汲みくらいしてくれんきゃあ？」

吉六がまだ話しかけていたらしい。

「糞尿はうらが運んどる。するみたいな幼え子《おさね》も、手伝《てつど》うてくれとるんじゃど」

村の井戸も水路も埋まったが、少し離れた東と西に、浅間山麓から流れてくる沢があり、村人たちは谷間から命の水を運び、生活を営んでいた。

「よそ様の厚意に頼りっ放しってわけにゃあ、いがねぇべ」

大焼け直後から、黒岩と加部安、さらに千俣村の干川が、生き残った者たちに救いの手を差し伸べてきた。三人の名主は、着の身着のまま逃げてきた近隣村の村人たちを屋敷に引き取り、ある限りの鍋釜を集めて炊き出しをし、養い続けた。さらに鎌原では、延命寺のあった場所に、広い掘立小屋《ほったてごや》を建てて仮住まいさせ、新しく厩《うまや》と物置も造った。

「別に助けてくれって、頼んだ覚えはねぇさ」

与えられるまま、音五郎は麦、粟、稗を食って命を繋ぎ、屋根の下で夜露を凌《しの》いできた。でも、あのまま飢え死にしてもよかった。同じことを言う村人もいた。

「せっかく生き残ったんさ。けど、公儀は飢え死にせんように恵んでくれるだけで、普請のための検分をしてくれん。音五郎、このまんまじゃ、故郷が本当になくなっちまうべぇ」

村方三役が死に、百姓代の片割れの甚兵衛も中野陣屋へ出向いて不在だったため、吉六が村人たちを取り仕切るようになっていた。

「よかんべぇ。全部埋もれちまって、もう何もねぇ兇原なんじゃから」

最後の日、かなが作ってくれた握り飯を道中で歩きながら食べ、竹皮の包みを道端に捨てた。あわてて帰る道中で、ヒョウタンを落とした。幾度も捜しに行ったが、見つからなかった。

「兇原なんてやめてくんろ。皆《みんな》の故郷だぃ」

「皆って言うけど、ほとんど死んじまったじゃねぇか」

「うらは身内を全部亡くしたけど、お前《めえ》にゃ仙太がおるじゃろが」

「……あいつは、俺と血が繋がってねぇ」

仙太はかいなの死を音五郎のせいだと恨んでいる様子だった。もともと嫌われていたし、かながいなくなった以上、仙太だって、もう家族だと思っていないだろう。

「仙太は大好きな母親を亡くしちまったんだぃ。にしが面倒を見るしかねぇべ」

無理だ。自分さえ、生きていけないのに。

「吉六、どうしてにしは、そんなに張り切ってんだぃ？」

「辛くて悲しいことが、うんとあった。何かで頑張って、気を紛らわせるしかねぇべ。明日ようやく御代官様と勘定吟味役が村へお越しになるんさ。他の村じゃ、一からやり直そうって立ち上がっとるんね。皆でやる気を見せんと、このまんま放っとかれかねん」

吉六の言葉が、音五郎の頭の中を素通りしてゆく。

「いつまで落ち込んでんだぃ？　にしは百さんに認められた鎌原のなんかもんじゃろが」

百さんこと百助は、鎌原の若衆《わけえし》を集めて猟のやり方を教えた。鼻つまみ者の子で、寺子屋もやめて一人ぼっちの音五郎にも、声をかけてくれた。鉄砲を撃つのは面白そうだと思い、十二歳で弟子入りし、筋がいいと褒められてうれしかった。一二三やら吉六やら、名前に数のある弟子たちが多く、「百助門下の数揃え」と呼ばれ、音五郎は最年少の弟子として可愛がられた。

「ほれ、音五郎、立たんかぃ。百さんも認めた根性で、村を作り直すべぇ」

腕を摑もうとする吉六の手を、音五郎は邪険に振り払った。

朝、雑魚寝《ざこね》の大部屋で起き、誰かが作った味のしない飯を黙って食うと、観音堂へ向かう。十五の石段を上り、お堂の脇でぼんやり座って過ごす。夕暮れになると、戻って夕餉《ゆうげ》を食って寝る。食欲はないが、朝の粗食の後、昼を抜くと、腹が少しだけ減った。毎日この繰り返しだ。

「なあ、吉六。どうして俺たちが、こんな目に遭わなきゃなんねぇんだぃ？」

音五郎は吉六の顔を正面から見た。

たとえば百姓代の甚兵衛は、大焼けが起こったのは天罰だと、あれこれ詮索しては愚痴をこぼしていた。でも、かなは悪事など働いていない。なぜ山腹の社殿も、山裾の延命寺も呑み込まれたのだ？　神仏は何をしていたのだ？

「わかんねぇべ。けど、今は前を向いて生きるしかねぇんさ」

音五郎は地面へ手をやり、ひと握りの火山灰をすくい上げる。

「俺はこんな灰になっちまったんさ。放っといてくんなぃ」

心の中にあるのは、絶望だけだ。

もしもこの絶望に抗《あらが》える感情があるとするなら、腹の奥底からふつふつと湧いてやまぬ怒りだろうか。このやり場のない怒りを、破れかぶれの衝動を、音五郎は誰にぶつければよいのだ？　憎たらしい浅間山か、死んだ名主と村年寄か、馬鹿な甚兵衛か、今度来るという偉そうな役人たちか、それとも目の前の吉六か。

「明日はにしも顔を出しやんせ。さてと、他の連中にも声をかけとかねぇと。ここんところ、死にてぇって連中が多くて、心配でならねぇんさ。にしも死んだりすんじゃねぇべ」

吉六が勢いよく石段を下りてゆく。

死ぬ元気などあるものか。短くなった石段の上から身を投げても、うまく死ねまい。

いつしか小雨も止み、雲の切れ間から差す日が、湿って黒味を帯びた灰色の故郷を照らし出していた。あちこちの大岩から、湯気が派手に上がっている。

3

検分最後の目的地、鎌原村――。

「なんじゃ、ここは……」

根岸は言葉を失った。他とはまるで違う。

吾妻川沿いの芦生田村を出て南を望むと、凄絶な山津波が襲った後の寂寞《せきばく》たる荒れ野が、焼け爛《ただ》れたような浅間の中腹まで続く。見渡す限りすべてが薙ぎ払われた一面の灰砂の上には、家の代わりに幾つもの巨岩が転がっていた。風が吹くたび、砂埃が目に突き刺さる。

急ごしらえの狭い道を歩いた。ところどころ板を敷き、邪魔な岩を脇へよけただけの仮の道だ。途中、原田が竹筒の水を大岩へかけると、ジュッと音がし、たちまち湯気が上がった。

「タバコを吸われるなら、火は要りませぬな」

岩の内部がまだ燃えているらしい。原田はタバコ嫌いで下戸《げこ》らしいが、御救普請の最中はタバコも酒もやらないと根岸も決めていた。

「生き残りは幾人おる？　鎌原は何がどうなったんじゃ？」

「村高三百三十二石四斗《と》一升《しょう》三合《ごう》のうち、三百二十四石が流出。田畑九十二町《ちょう》一反《たん》五畝《せ》三歩のうち、四町五反を除く九割五分一厘の田畑が流され申した」

原田が昨日のうちに改めて手代をやり、確かめさせたという。

「五百七十名のうち四百七十七名が死亡。九十五家族のうち五十八家族が全滅。他所《たしょ》へ奉公稼《ほうこうかせ》ぎなぞに出ておった者三十八人と高台の観音堂に逃れていた五十五人、合わせて九十三人が命を拾い申した。二百頭いた馬も百六十五頭が流され、三十五頭が残るのみでござる」

根岸は絶句した。まさしく壊滅だ。

山津波の襲来を予期しえなかったのだろうが、観音堂以外の場所へ逃げた者たちは、すべて呑み込まれたらしい。

「九十三軒の家はすべて流失。ご覧の通り、耕地も不毛な荒れ地と化し申した。お求めの通り、この先の掘立小屋に生き残りを集めさせており申す」

乳飲み子や病弱な者たちは、まだ千俣村と大笹村に引き取られたままだという。

「村方三役は生きておるのか？」

「村を出ていた百姓代が一人だけ命を拾ったとか。が、村人をまとめる力はござらぬ」

他村では村方三役が復興の先頭に立つが、八割以上の人口を失った村で、再興を担える人材は残っているのか。

「この村を無から作り直すなぞ、不可能かつ無駄でござる。ほとぼりが冷めた後、廃村すべし。吟味役とて、目の前に瀕死の人間がおれば、ひと思いに死なせてやるはず。無理に生かしたとて、当人が苦しむだけでござる。この村も同じこと」

「死ねば終わりじゃが、生きておれば、いいこともある。村人たちの声を聞きたい」

原田は口元に嗤笑《ししょう》を浮かべただけで、何も言わなかった。

民からの血税で復興する以上、原田が言う通り、できもしない普請に金と人を注ぎ込むべきではない。それでも、民の思いは確かめねばならぬ。

根岸一行が悪路を南へ進むうち、浅間山の偉容がいよいよ近づいてきた。

掘立小屋の前に、村人たちが平伏している。

「お待ち申し上げておりました。大笹村の黒岩長左衛門にござんす」

名主の黒岩は五十絡みで、平べったい体と四角い顔が、ちょうど根岸の思い浮かべる妖怪〈塗《ヌ》り壁《リカベ》〉そっくりだった。大笹は至近だから頻繁に出入りして、救済に当たってきたという。頼りになりそうだが、疲れ果てたような顔つきが気になった。

「千俣村の千川小兵衛でござんす」

黒岩の隣に、鯵《あじ》の干物《ひもの》のように痩せ枯れた小柄な老人が立っている。千川は山津波と泥流が村々を襲った翌日、米価が暴騰すると見て、被害のなかった浅間西麓から信州上田へ入り、ただちに米百二十俵を買い付けた。さらに近隣六カ村に廻文を出し、命からがら逃げてきた村人たちを自村へ受け入れ、私財をなげうって飢餓から救った。

「黒岩、干川。よう皆を救ってくれた。厚く礼を申す」

根岸は大きな体を折るようにして、深々と二人に頭を下げた。行き届かぬ幕政は、このような徳高き村の名士たちによって支えられている。

「滅相もござんせん。人として、当然のことをいたしたまで」

謙遜する二人の名主の後ろから、貧相な老人が怯えた様子で、根岸を見上げていた。

「ひ、百姓代の甚兵衛でござんす」

今しがた墓場から抜け出してきたばかりのように、窶《やつ》れ果てた青白い顔だ。大きく長い頭はつるりと禿げ上がっており、妖怪のぬらりひょんを思わせた。

「吟味役、早う済ませましょうぞ。時の無駄でござる」

原田に急かされて仮屋へ入ると、中は大部屋になっており、四つの囲炉裏《いろり》が切られていた。湯浴みもほとんどできぬのだろう、すえた臭いがする。

黒岩の案内で、根岸は部屋の真ん中をまっすぐ進み、奥に陣取った。

村人たちが平伏する中、手も突かず顔を上げたままの者が二人いる。

部屋の鬼門に当たる片隅には、長い黒髪を結わず無造作に伸ばし、雪女のごとく色白で若く美しい女が座っていた。もう片方の隅には、真っ白な髪で上品な山姥《やまんば》のような老婆が、ぼんやりと宙を眺めていた。二人とも、魂を抜かれたように呆《ほう》けて見えた。

無礼を注意しようとする若い手代を、根岸は手で制した。

「皆、面《おもて》を上げてくれい。わしが、こたび勘定所より検分を仰せつかった根岸九郎左衛門じゃ。鎌原村は、公儀がじかに治める天領ぞ。百姓は国の宝なり。非力なれども、公方様になり代わって、お前たちの話を聞きに参った」

百姓たちの憔悴《しょうすい》し切った顔を見た瞬間、根岸は背筋に寒気を覚えた。

（こいつは、いかん……）

他村とは明らかに空気が違う。

突如災害に遭い、不幸のどん底へ突き落とされた民は、幕府が何をしてくれるのかと、不安と期待、さらには不満や苛立ちを抱いて場に臨むものだ。時には無礼な振る舞いもあり、怒声さえ飛び交う。だが今ここには、その気配さえなかった。あるのは、絶望と諦めと無気力だけか。

「突然に身内を奪われ、家も田畑も、生活の場も失うた。お前たちの痛み苦しみ、嘆き悲しみ、察して余りある」

心を込めて語りかけても、根岸の言葉は、絶望で凝り固まったような民の心まで、届いていない。ひとりよがりな思いだけが、虚しく上すべりしてゆく気がした。

「日々生きておるだけでも辛かろう。これからどうするかを皆で考えねばならんが、ひとまず食う物、着る物、何でも取り急ぎ困っとることがあれば、聞かせてくれい」

無表情で虚空を見つめたままの者、うつむいて微動だにせぬ者、途方に暮れた様子で顔を見合わせる者……。村人たちはそれぞれだが、言葉を発する者は誰もいなかった。視線さえ合わせようとしない。

この村は、あまりに壊れすぎたのだ。これほどに甚大な被害を受けた村を、経験豊富な根岸も、過去に知らなかった。何からどう手をつけるべきか、五里霧中だ。

傍らでは、原田が冷ややかに座を眺めている。

根岸はまぶたを閉じた。荒れ狂う川の辺《ほとり》に横たえられた村人の骸が、目裏《まなうら》に浮かぶ。

――お父《とん》をかえせ！

泣きわめく声が耳に甦った。足にまとわりつく幼子たちが小さな拳で根岸を叩いていた。若き日に初めて携わった木曽三川の御救普請で、根岸は子だくさんの父親を死なせたあげく、悲痛な廃村を自ら実行した。その後も、成功したと思える御救普請が一件でもあったろうか。いつも深く懊悩《おうのう》しながら、自分の非力を噛み締めつつ、民と一緒に行ける場所まで歩んだだけだった。

それでも根岸は信じていた。腰を据えて民と話し、共に悩むことは間違っていない。御救普請はそこから始まるべきだ。

「わしは体が馬鹿でかいじゃろう？　ダイダラボッチのあだ名まで付いとる」

うつむいて沈黙する村人たちに、根岸はめげずに語りかける。

「声も太いゆえ、地声で話しかけたら、よう怖がられるんじゃ。先だって、江戸の下町に子取りが出ると噂を聞いてな。夕暮れまで遊んどる子どもたちが心配になって、わざわざ出かけて行った。声をかけて家へ帰らせようとしたら、怖がって泣き出してのう。わしが子取りと間違えられてしもうたんじゃ」

根岸がガハハと笑っても、村人たちは静まり返ったままだ。

気まずい沈黙の後、根岸は仕方なく百姓代を指名した。

「甚兵衛よ。お前は何ぞ、困り事があるか？」

重ねて促すと、青い顔の老人が恐るおそる口を開いた。

「さ、されば、まずひとつ。大焼けの後間もなく、吾妻の川辺の村々で湯立てをしたところ、次は十二月の八日に、七月の十倍もの大焼けが起こるとお告げがあったとか……」

　その話は原田から聞いていた。大釜で沸かした熱湯に、巫女《みこ》や神主が笹の葉を浸し、自分や参列者の体に振りかけて神意を占ったところ、すこぶる不吉な託宣が出たという。他村にも信ずる者がいたが、未来は誰にもわからない。

「もしも予兆あらば、こたびは皆をすぐに退避させる」

「だけど、大入道《おおにゅうどう》まで現れて、この世が終わるんでやんす」

　甚兵衛が消え入りそうな声で縮こまっている。

「わしは人が好き、祭りが好き、奇談が好きでな。以前、なじみの心太《ところてん》売りと二人で、大入道を調べたことがある。狐狸《こり》が化けたんじゃと申す者もおるが、わしらが確かめた奴は、どうも石塔を見間違えたようじゃった。それに、人を驚かすだけで、悪さをせぬ大入道も多いぞ」

　硬い空気をほぐそうと得意の妖怪話をしてみたが、誰も反応を示さない。

「畏れながら、この際、申し上げまする」

　甚兵衛は全身をブルブル震わせながら平伏した。この気弱な百姓代が恐れているのは、目に見えぬ怪異か、それとも幕府が持つ力か。

「もとはと言えば、ご公儀が雷天山を掘ったり、狗貧山《くひんざん》の木を伐ったりしたから、天罰が下ったんでやんす」

　その噂も聞いた。原田は代官となるや、浅間北麓の雷天山に目を付けて硫黄の採取を始め、年に四百両を上納させていた。さらに大笹村の弥治兵衛《やじべえ》なる樵《きこり》に対し、狗貧山の五丈林《ごじょうりん》という幕府の御林（直轄林）を三百両で払い下げた。田沼は運上金の増徴を代官たちに求めたが、原田はこれに見事に応え、幕閣の覚えよろしきを得たわけだ。いずれの山も、手を出せば浅間が大荒れになると地元では伝わっていたが、原田は迷信にすぎぬと一蹴した。

「禁を破ったから、天の怒りに触れたんでやんす。弥治兵衛が伐った木の梢《こずえ》じゃ、美女の首が笑っておったんでやんす」

天罰が下った証拠に、金に目の眩《くら》んだ弥治兵衛は、天狗に首を引っこ抜かれて死んだらしい。

「笑止千万。もしもそちの申す通りなら、山を荒らした張本人である拙者に、なにゆえ天罰が下らぬのか。その天狗とやらは、いつわが前に姿を見せる？」

原田が隣で口を挟んだ。咎めるというより、駄々をこねる童を小馬鹿にしたような口調だった。

「十二月八日に、まとめて天罰を――」

「ならば、この呪われし村から、早々に立ち退くがよかろうな」

座に静かなざわめきが起こった。

「待たんか、原田」

村人たちが故郷を取り戻す意志を持たなければ、いかに幕府が人と金を注ぎ込もうとも、徒労に終わる。その場しのぎの救済を積み重ねたとて、真の復興には繋がらない。廃村が相当と思料するなら、検分使としてその旨を上申すべき筋合いだった。だが、根岸はまだ肝心の民の話を聞いていない。

「こたび最大の厄災を蒙った村なれば、いっそこのまま無くすほうが楽やも知れん。じゃが、鎌原村はお前たちの故郷じゃ。もしも村の再建を望むなら、話は別じゃ」

根岸は改めてゆっくりと場を見渡した。

「大きな話ゆえ、すぐに決めずとも構わぬが、他に誰ぞ思うところあらば、申してみよ」

場にいる一人ひとりの村人たちの顔を見てゆくうち、後ろの壁際にいる痩せた童と目が合った。

すぐに視線を落としたが、おどおどした様子で落ち着きがない。

「そこの童、名は何じゃな？　何でも言うてみい」

怖がらぬよう根岸が努めて優しく問いかけると、少年が顔を上げた。にっこり笑いかけてやる。

「この村をどうするかは、大人が決めるんじゃろが、うらに一つだけ願いがある」

声変わり途中のかすれ声を、黒岩がたしなめた。

「仙太、言葉遣いに気をつけるんさ。お前《めえ》は十一にもなって――」

「構わん。何を隠そう、勘定吟味役は人間にあらず。正体はダイダラボッチじゃからな」

またガハハとやると、仙太は険しい顔つきのまま笑おうとしたが、うまくいかなかった。

「仙太、未来を作るのは大人でのうて、子どもたちじゃぞ。さて、お前は何を願う？」

「観音堂の階段の下に、うらの母《かか》どんと祖母《ばあ》ちゃんが埋まっとる。母どんの腹ん中にゃ、弟か妹がおったんさ。せめて掘り返して、弔ってやりてぇんじゃ。それっきしだっぺ」

幾人かの村人たちがうなずいていた。

吾妻川下流の岸辺まで行き着いた骸は、誰ともわからぬまま弔われていたが、鎌原では幾百人もがぶあつい岩屑の下で生き埋めになったと見られている。

根岸が傍らを見やると、原田が憮然とした顔つきで頭《かぶり》を振った。

「この地面を三十五段も下まで掘り下げるなぞ、できぬ道理。流されて骸も動いたはず。埋まっておる場所さえ、定かではござらぬ」

根岸も原田と同意見だった。気持ちは痛いほどわかるが、幕府はあくまで生きている者たちを救うために普請をするのだ。

「仙太、お前の願いはしかと聞いた。皆、家族を失うて、さぞや寂しかろう。亡き者たちの供養《くよう》は念入りにせねばならぬが、いかなる順序で何をどうすべきか、お前たちの話を聞きながら思案させてくれい。他に、誰ぞおらんか」

「うらにいい考えがあるんさ」

今度は幼い声がした。右手の真ん中辺りにいるおかっぱ頭の少女は九歳で、すゑと名乗った。妖怪に譬えれば、さしずめ女子《おなご》の座敷わらしか。

「みんなでお花畑を作るんさ。灰色の砂におおわれた村なんか、鎌原じゃあねぇもん」

原田が嘲《あざけ》るように鼻を鳴らしたが、根岸はすゑの目をじっと見ながらうなずいた。

「面白いことを申すのう。すゑ、よう話してくれた。思案しておこう。皆の衆、他に聞きおくべきことはないか」

根岸はゆったりと場を見渡した。部屋の片隅では、相変わらず雪女が心を失ったような表情で、壁に背をもたせかけている。

「そこの娘さんよ。何ぞ、困ってることたぁねぇか？」

根岸が野太い声を柔らかく発しても、雪女は虚空を見つめたままだ。

「玉菜、にしにご下問だんべ」

黒岩が近くまで寄って促すと、若い女がようやく赤い唇を開いた。

「下流まで流されて、生きていた人はいませんか？」

気味が悪いほど抑揚のない口調だった。

勢いの弱まった下流で助け出された者は幾人もいたが、中流から上の巨大な泥流から逃れえた者は、たった一人だけだ。

「祖母嶋《うばしま》村で、泥の中から老女が見つかったんじゃが――」

老婆はすでに事切れていたが、その背にあった幼い孫は、丸一日泥の中にいたはずなのに、命を拾った。身を捨てた祖母の切なる願いが天に届いた奇跡としか考えられない。だが、鎌原は吾妻川の泥流でなく、山津波に埋まったのだ。生きていられるはずもなかった。

「遅参して申し訳ござんせん！　吉六に四平、幸七《こうしち》と惣八《そうはち》でござんす」

元気な声がした。三十路前後と見ゆる百姓たちが、掘立小屋の入口で平伏していた。すし詰めの大部屋で場所が空いているのは、根岸のすぐ前だけだ。

「四人とも、ここへ来んか」

ハッと畏まった先頭の吉六は、物怖《ものお》じせずに百姓たちの間をすり抜け、そばまでやって来た。真剣な顔つきに、根岸は好感を持った。

「未明、吾妻川へ身投げした者がおり、捜しておりました」

村の若衆では、一二三という百姓代が筆頭格だったが、あの日陣頭で避難の指揮を執って、命を落とした。さらに今日、鳩十《はとじゅう》なる仲間が身を投げてしまったという。十二人の家族でただ一人生き残った四十前の百姓は働き者で、つい昨日まで吉六と共に皆を励ましていたらしい。

根岸は内心で呻いた。

あと一日早く来ていたら、救ってやれたのではないか。そう思うのは、役人の傲慢か。

「痛ましい話じゃが、これからの鎌原村をどうするか、皆から話を聞いておったところじゃ。お前たちに何ぞ思うところはねぇか？」

吉六が背筋をピンと伸ばし、居住まいを正した。

「まずは、耕作の邪魔になる大小無数の石を取り除きやす」

吉六は加部安の店へ出稼ぎに出ていて命を拾ったものの、身内をすべて亡くしたという。それでも鎌原をくまなく歩いて調べ、考え、子どもたちのために寺子屋まで開いているらしい。

「同時に、街道を作り直さにゃなりやせん」

道が復旧しなければ、人も荷も動かない。村のほとんどが三間《けん》（約五・五メートル）を超える厚さで埋まったから、元の土まで掘り下げるのは無理だ。やるなら、今の地面の上に村を築き直すほかなかった。

「この掘立小屋も仮普請にて、また大きな地揺れが来れば、倒れかねやせん。されば家を建て、やりやすい場所から起返しを行いやす」

「お前に思案があるなら、詳しゅう聞かせてくれんか」

「絵図をお示ししながら、現地をご案内いたしやす」

「おお。されば、今から参ろうぞ、吉六」

根岸は勢いよく立ち上がった。

「皆の衆、お前たちがいかなる道を選ぼうとも、公儀は見捨てぬ。世に絶望ほど重い病も少ないが、幸い付ける薬はある。皆の前では言いにくい話もあろうゆえ、村を検分した後、望む者あらば一人ずつ聞こう。わしは話好きでな。何でも相談してくれい」

根岸たちが戸口へ向かおうとした時、「あら、旦那さま」と素《す》っ頓狂《とんきょう》な声がした。片隅にいた白髪の上品な山姥が、根岸に駆け寄ってくる。

「いつ戻ってらしたんきゃあ？　ご立派になられて」

根岸の袖を引っ張る白髪の老婆は、少女のように無垢《むく》な表情をしていた。

「くめさん、止《よ》しやんせ。このお方はご公儀のお偉い方だぃね」

吉六が小柄な老婆を抱き止めると、くめは怪訝《けげん》そうな顔つきで、根岸を見上げていた。

4

　吉六たちの案内で、根岸一行は観音堂から始め、灰色の荒野を歩き、被害を検分して回った。山津波を免れた田畑がわずかに残る城跡を行き過ぎ、奥の崖から吾妻川の深淵をのぞき込んだ後、取って返した。

　掘立小屋の裏手に立つ大樹の陰で、童たちが遊びに興じていた。

　シナノキは、実にくっ付いた葉が羽根の役割を果たし、高い所からうまく落とすと、面白いように飛ぶ。ごく単純ながら、不思議と何度もやりたくなる遊びだ。吉六によると、シナノキは樹皮で糸を紡いで布を織ったり、荷縄などを作るために、村では大切にされていたらしい。

「挨拶もせぬとは、躾がなっておらぬ。身分を弁《わきま》えさせよ」

「やめい。親兄弟を失っとるんじゃぞ」

　根岸は、手代に命じる原田の肩をガシリと摑んだ。

「いつの世も、子どもたちは希望じゃ。あの姿から、大人は元気をもらえる」

　幼子もいれば、大人になりかけている子もいた。仙太の姿もある。少し離れた低い崖で、ひとり野花を摘《つ》む少女がいた。するだ。心に深い傷を負っていても、子どもたちは変わり果てた故郷で、何かの遊びを見つけている。楽しめるなら、大いに楽しめばよい。

「吉六先生も、ぜひ」

　一番年長だろうか、声変わりを終えた少年が笑みを浮かべている。青白い顔をして、弱々しい体つきだ。

「小六も、一人だけ生き残ったかわいそうな子でござんす」

吉六が一礼し、小六の肩を叩きながら、輪に加わった。寺子屋でも教えているから、子どもたちに慕われているようだ。仙太は輪の外でつまらなそうにしていた。

「仙太、わしの腕前を見てくれい」

根岸が高い所から次々と実を飛ばしてみせると、子どもたちが歓声を上げた。童たちに囲まれて興じるうち、イライラした様子の原田に気づいた。

「おお、遊んでばかりもおられんわい。吉六、次を頼めるか」

最後に案内された場所は、諏訪神社の跡だった。あの日、百名以上の民が鎮守の森へ避難したものの、全滅したと見られている。

「山津波を生き延びた樹《き》が、ご覧の通り五本ございやす」

鳥居も社屋も流され、境内は完全に埋もれたが、けやきに桂、かえで、もみ、唐松が奇跡のように立っていた。村人は縁起のいい御神木《ごしんぼく》として祀り、あだ名まで付けてお詣りを始めたという。

「この唐松はまだ低うて、若いのう」

他の木々が流勢を和らげたおかげで、若木でも倒れずに済んだらしい。

「それでも生き残ったので、なんかもんに因《ちな》んで『なんか唐松』と名付けられやした」

周りは一面、灰色の荒れ野だが、晴天の下に五本の樹が立つだけで、救いを感じられる。

根岸は、頃合いの大きさの黒岩の出っ張りを見つけ、腰を下ろした。

「吟味役、先ほどお話しした件でございやす」

吉六は加部安に可愛がられ、ゆくゆくは鎌原村での暖簾《のれん》分けを夢見てきたと言い、口ぶりも少し垢抜《あかぬ》けていた。

「街道沿いに家を建て、これに記した場所から、順に畑へ戻して参りやす」

吉六は懐から絵図を取り出して広げ、指差しながら熱心に説く。

信州街道その他の道をすべて復旧し、家屋三十戸を建設、さらに村高三百三十二石の半分に当たる百六十六石を目指し、四十二町（約四十二万平米）もの開発を行うという野心に満ちた企てだ。根岸が立ち会わせた原田は関心なげで、黒岩と干川は心配そうな顔をしていた。

「動かせる岩を吾妻川の堤に使えば、一石二鳥じゃな」

岩や石があっては、耕作が満足にできない。巨岩は放置せざるをえまいが、できる限り皆で取り除いてゆく。川普請に絡めれば、幕府も堂々と支援ができるから好都合だった。

「この荒れ地を元に戻せるとは思えぬ。お前たち以外の村人は、やる気があるのか？」

一面の荒野を睨みつけながら、原田が口を挟んできた。

「一人ずつ声をかけとりやすが、なかなか……」

吉六が苦い顔をしていた。

百姓代の甚兵衛を始め、もともとその場所で耕作していた高持百姓の生き残りたちが承服しないという。農民たちの間でも、村方三役から高持百姓、本百姓、土地を持たない水呑み百姓まで、家筋、素性と格式に差があり、挨拶の仕方も少しずつ違うらしい。

「まずは、吉六たちの存念を聞かせてくれい」

「何とか耕作できるよう戻した後、来年の田植えまでに水路を通しやす」

絵図には、村に巡らされた水路に橋が架かり、水車小屋と水辺で遊ぶ童たちまで描かれていた。上手ではないが、味わいのある絵だ。さっき遊んでいた小六と一緒に作ったらしい。

「評判になれば、他から移り住む者も出て参りやしょう」

他村と違い、鎌原村では復興に向けた段取りが手付かずだった。だが、上からの押し付けでなく、故郷を取り戻さんと願う者たちの手で、復興の道筋が敷かれようとしている。障害は幾つもあろうが、根岸は手応えを感じていた。

「お前たちは、亡き者たちの弔いについて、どう考えておる？」

根岸は気懸りを訊ねてみた。立派な墳墓を幾つ建てようとも、失われた命は戻らない。それでも、残された人間たちの心の救いにとって、弔いは極めて大事だった。

「村の再建の目途が付くまで様子を見てはと、手前は考えとりやす」

吉六が答えると、ひょろ高い惣八はうなずいたが、小太りの四平が頭《かぶり》を振った。

「早《はい》くやってほしいと、うらは思いやす。おやげねぇ（かわいそうだ）から」

今度は中背の幸七が同意した。村人たちの中でも、気持ちが分かれている。

大焼けから、まだ二カ月も経っていない。

玉菜も問うていたように、大切な肉親を奪われた現実を受け入れられず、なお一縷《いちる》の望みを抱く者もいる。それが、今を生きる力となっている場合もあろう。いずれ何かで区切りをつけるにせよ、拙速な弔いは、心の整理がつかぬ者たちに、新たな苦痛と絶望を与えかねなかった。

根岸は立ち上がって、吉六たちに歩み寄った。

「村と皆のために、よう思案してくれた。吉六、お前がわしの片腕となって、村人たちを引っ張って行ってくれんか？」

撫で肩へ親しく手を置くと、吉六は緊張した面持ちで、根岸にペコリと頭を下げた。

「死んだ一二三と鳩十のぶんも、残りのわれら四、六、七、八で気張って参りやす」

百姓からすれば、薄禄の根岸も偉い役人に見えるらしく、距離の取り方が難しい。

「数揃えの五と九は、最初から欠けとるのか?」

「五は、音五郎と申す者がござんす。なかなか根性のあるなんかもんで、あいつがやる気になりゃ頼もしいんですが、老母と愛妻を亡くして自棄《やけ》になっとりやして。生憎と九だけは、昔から欠いとりやす」

「奇遇よのう。わしの名は九郎左衛門じゃから、数揃えの仲間に入れてくれんか」

四人は顔を見合わせていたが、吉六が「喜んで」とまた頭を下げた。

「その音五郎も加えられんか?」

「妻の形見を捜しに出たようで、今日は観音堂にもおりやせんでした。皆、手分けして捜すべぇ」

「わしと話したい者がおれば、掘立小屋から呼んできてくれい。ここなら内緒話もできる」

「畏まりやした。惣八は掘立へ行げ。他は音五郎捜しだぃ」

四人が足早に去ると、根岸は傍らの黒岩と千川を顧みた。

「さっきのくめじゃが、旦那と一緒に逃げなんだのか?」

「夫はよい男でしたが、もう十年も前に、心ノ臓の病で亡くなりました」

千川は、名伯楽《めいはくらく》だったくめの夫とりわけ懇意で、吾妻郡の寒冷な気候でも育つ作物を調べたり、地味を改善する手立てを二人で探っていたという。

「吟味役のように大柄でしたから、取り違えたんでござんしょう」

くめはまだ六十代の隠居暮らしで、髪も黒々として体も肥えていたが、罹災後は痩せ細り、言動も変になった。大家族で幸せに暮らしていたのに、一番年嵩《としかさ》のくめだけが生き残り、老い先短い身で天涯孤独になったわけだ。虚空を見つめながら、死んだ家族と話でもしているのか。

「仙太と申す童も、怯えた様子じゃったな?」

黒岩が心配そうな面持ちで答える。

「母親が山津波に呑み込まれる姿を間近で見て、毎夜のように魘《うな》されとるそうで」

十一歳の少年が受けた心の傷は深かろう。音五郎の妻の連れ子だという。ひとりで花摘みをしていたすゑも気懸りだ。他方、小六は吉六を慕っており、元気を取り戻しつつあるらしかった。

「一番心配なのは、玉菜でござんす。鎌原では評判の良妻賢母でしたが、夫と娘を亡くして、二十人余りの身内も死に絶えました」

黒岩が何度も小さく頭《かぶり》を振る。昨日まで一緒に暮らし、当たり前にそばにいた家族と身内が一日で消えたのだ。絶望に身を委ねるのも、無理はなかった。

「お前たちは村の再建について、どう思うておる？」

「無理でござんす。お諦めらっしゃい」

黒岩が即答すると、隣の千川も深くうなずいた。

傍らの原田は、当然至極と言わんばかりの顔つきだ。

「お前たちの見立てを聞かせてくれい」

「されば」と黒岩が口を開く。

足繁く鎌原村へ通っている黒岩は、内情をつぶさに知っていた。

「最初の頃は、様子が違いました。かくも悲惨な目に遭《お》うたのに、生き残った村人たちは、和気《わき》藹々《あいあい》とさえしておったのでござんす」

鎌原はまるで、善意に満ちあふれた楽土のようだったと、黒岩は遠慮がちに付け足した。

「時が経つにつれ、三カ村から助けに来る者たちも疲れて、数も減って参りました。鎌原の者たちも、過去にばかり思いを馳せるようになり、今じゃ悲しみにどっぷりと心を委ねて、口論や喧嘩さえ起こるありさま。吉六たちの頑張りも、最後の足掻《あが》きのようにしか見えません」

「鳩十の身投げも、無理が祟《たた》ったのでござんしょう」

千川が沈痛な面持ちで付け足した。鳩十は娘婿で、よく知っていたらしい。

根岸はやるせなくなって、何もない村を見た。

灰色に覆われた荒れ地を、陽光がまぶしいほどに白く輝かせている。

「吟味役、この者らの申す通りでござる」

畳みかけるように原田が口を挟んできた。

「若衆《わかしゅう》の描く兕原の再建など絵空事にすぎませぬ。さればまず、他所《よそ》に縁者あらば身寄りを頼らせましょうぞ。天領内の他村でも死者が出て手余り地が多数ござれば、縁者なき者には、これを分け与えて移り住ませるが至当。すでに具体の腹案はござる。この地獄から逃れられるなら、文句は言わせませぬ」

「じゃが、原田。それで、民は本当に幸せになれるのか？」

根岸は後輩の幕吏の醒めた目を、正面からのぞき込む。

「たとえば堤を築き、新しき田畑を拓く。たとえ苦しくとも、通常の普請には作る喜びがある。じゃが御救普請は、全く似て非なるものじゃ」

原田は代官として大災害に見舞われたのは初めてだろう。他方、根岸は見習いの頃から、洪水や地震、山崩れや火事に遭った悲劇の村での普請ばかり差配してきた。

「黒岩と千川が申したのは、どこでも誰しもがたどる道よ。御救普請はいつも綱渡りじゃが、本当の勝負はこれからじゃ」

突然の災厄に襲われた者たちは、まず呆然とする。異常な興奮に身を委ねる者も少なくない。

その後、救いの手を差し伸べられると、感謝の念と共に気分が高揚し、時に饒舌となり、幸せそうにさえ見えるが、ほとんど何も手につかない。その状態がひと月半ほど続くと、失ったものの大きさと重みに改めて気づき、深きも深い絶望に苛《さいな》まれるのだ。

運命を呪い、周りに不満をぶつける者もいる。悲嘆に暮れ、ただ泣く者もいる。何ら非のない自らを責め、命を絶つ者さえ出る。だから今こそ、救いが必要なのだ。ここで諦め、投げ出してはならぬ。苦悩する者たちに寄り添いながら、一緒に立ち上がるのだ。奇特な人々の善意は限りなく美しいが、いつまでも続きはしない。これからは仕事として、幕府が公の救済を行うのだ。

「大変にあって、人間がよって立つ最後の拠り所は、生まれ育った故郷じゃ」

黒岩と干川は神妙な顔つきで聞いていたが、原田は呆れ顔で小さく首を横に振り続けた。

「ともかく、ひとまず渋川へお戻りを。他村の普請もござれば」

単純な仕事は指図だけして配下の者たちに任せ、手分けしているが、浅間焼けはあまりに被害が広範に過ぎた。普請に膨大な費用が掛かるため、幕閣とのやりとりも不可欠だ。

原田が重ねて促した時、吉六たちが駆け戻ってきた。

「吟味役、面目ござんせん。音五郎を見つけやしたが、寝転がったまま、うんともすんとも申しやせんで。可愛げもある奴だったのに、浅間焼けで変わっちまいやして……」

掘立小屋からは誰も来なかった。百姓にとって、やはり幕府の役人など縁遠いのだろう。それでも、地道に続けてゆくしかあるまい。

「次来た時に会おう。ときに吉六。大戸村の加部安とは、どんな商人じゃな？」

「手前が最も尊敬する上州一、えんにゃ、関東一の大商人でございやす」

問うなり、吉六は笑顔で即答してきた。浅黒い顔に白い八重歯《やえば》がのぞく。

「大焼けの後も、鎌原へ何度も足を運んで、皆を励ましてくださいやした。手前は、鎌原の加部安になりたいと願っとりやす」

江戸の商人たちを手玉にとって荒稼ぎする一方、孤児《みなしご》に手を差し伸べ、寡婦《やもめ》の面倒を見、人助けに労を惜しまないという。黒岩、干川と力を合わせ、鎌原の村人たちを飢餓から救った人物なのに、根岸の前では強欲な商人のごとく振る舞っていた。妙だ。

「照れ屋で悪ぶるところもござんすが、手前に限らず、お仕えする者たちは惚れとりやす」

吉六を信じるのなら、加部安にもう一度会うべきだろう。

立ち上がった根岸は、吉六の肩へまた手を置いた。

「頼りにしておるぞ、吉六」

「次にお越しになる日までに、皆とよう話して、気持ちをひとつにしておきやす」

黒岩に鎌原村の名主も兼ねてもらい、干川と加部安に力を貸してもらう。甚兵衛を村年寄に上げて、吉六を百姓代にすれば、うまく回ってゆくのではないか。

一陣の荒れ風が、鎌原の灰砂を勢いよく吹き上げ、小さな竜巻を作った。

これからひと波乱、ふた波乱もあるだろう。

何が起こるかわからないのが、御救普請だ。

第三章　デーラン坊の涙

——天明三年（一七八三）九月九日、上野国・原町

1

夕刻、根岸は江戸の上役宛てに文を三通、一気呵成《いっきかせい》に書き上げた。ひと息つこうと、文机から顔を上げて庭へ目を移すと、原町の大けやきが秋の盛装を始めている。

——鎌原村の弔いを、どうするか。

避けては通れぬ難題だ。他村では、泥流が運んできた表土と、下にある元の土を入れ替える際に、たまたま骸が見つかるたび、弔いが行われた。だが、村ごと地中の奥深くへ埋もれた鎌原は事情が異なり、まだ一体も見つかっていない。身内の骸を捜して掘り出し、丁重に弔いたい気持ちはわかる。肉親の死を認められないのは、たとえば疫病の場合と違い、亡《な》き骸《がら》と対面していないせいもあろう。

根岸はあれから二度、鎌原を訪れて話を聞いたものの、結論は出なかった。民が右往左往して途方に暮れる時こそ、政《まつりごと》が道を示すべきだろうが、悩みは深まるばかりだ。

「吟味役、今日の面会は締め切りましたが、また伊勢崎藩の使者が執拗に捻《ね》じ込んで参りました。追い払いますが、如何？」

取り次いできた二十歳《はたち》前の侍は、原田の手代を務める高嶋喜藤次《たかしまきとうじ》で、主の手足として自在に動く。原田に心底惚れ込んでいる様子で、口調や態度まで真似ていた。

「いや、こたびは会おう」

「はぁ」と、喜藤次が意外そうな顔つきになった。先だって各地を巡検した際、平塚、長沼の地でも面会を求めてきたが、会わぬと一蹴していたからだろう。

やがて案内されて現れた継裃《つぎかみしも》姿の若い侍は、根岸に向かって恭しく両手を突いた。

「伊勢崎藩の国家老《くにがろう》、関当義《せきまさよし》が一子、重嶷《しげたか》と申し――」

「ばかやろう！　会わんと申し渡したに、何ゆえ参った？　公儀に対し不遜《ふそん》じゃあねぇのか？」

「民の命が懸かっておりますれば、一命を賭して罷《まか》り越《こ》しましたる次第」

「ほう」根岸がギロリと睨みつけても、関は怯まず、正面から見返してきた。

「わが藩では、利根川に泥流が押し寄せた際、ただちに船を出して民を救い、小屋を建てて住まわせました。今年の年貢も収穫に応じ、好きなだけ納めよと言い渡しました。されど、泥流の被害、あまりに大きく……」

関は民の惨状と藩による救恤《きゆうじゆつ》について語った後、詳細な絵図を示しながら、幕府の御救普請《おすくいぶしん》を求めてきた。

「わしが命ぜられたは、天領の検分のみ。伊勢崎の民は、年貢をもろうておる藩が救え」

「畏れながら、旗本領の芦生田村は私領なれども、御救普請が行われておる様子」

関はちゃんと調べて、痛い所を突いてくる。

「かの村は浅間のすぐ麓で、山津波をじかに食ろうた。被害が激甚ゆえ、一旗本による救済は至難であった」

「お言葉ながら、命の値打ちに違いがございましょうや。伊勢崎の民は死んでもよいと？」

若者は必死で食い下がってくる。

「ならば問う。伊勢崎藩では、納入済みの畑方の年貢を何とした？　まこと民の身を案ずるなら、なにゆえ半分でも返してやらぬ？」

「藩内でも種々の意見があり、某《それがし》の存念のみでは……」

「甘えるな、若造！　伊勢崎藩にはまだやれることがある。お前は身だしなみに意を用いる暇《いとま》があるようじゃが、わしは横になって寝る間もほとんどねぇ。とっとと失せい！」

根岸が大声でがなり立てると、関は青菜に塩の顔つきで辞した。

「あのしょげ返った様子では、さすがにもう来ぬのでは？」

「いや、あの若者は、口先だけで楽をしたがる小役人とは違う。命を捨てる覚悟で、わしに会いに来おった。最も厄介な敵は、しばしば味方のうちにおるものよ。伊勢崎に戻り、藩内でいま一度闘うてから、また来るじゃろう」

同じく門前払いに遭った前橋、高崎両藩の使者はすごすごと帰って行った。これ以上食い下がれば、あるいは死を賜《たまわ》ると恐れたのだろう。だが、関はしつこく根岸に付きまとい、命懸けで会いに来た。

「頼もしき役人もおるわい。日本も捨てたもんじゃねぇや。さてと、わしのほうも手ごわい味方と話を付けにゃならん。原田を呼んでくれんか」

二人とも早暁から夕刻まで、来客の予定がぎっしり詰まっているため、面会が終わってから文を読み、書き、談合をする日が多い。やがて現れた能吏は、優雅な仕草で両手を突くが、伊勢崎藩の話を聞くなり、反駁《はんばく》してきた。

「私領の救済は、検分使の領分を超えており申す。各藩は自ら責めを負って藩内の復興に努めるべしと、吟味役も繰り返し仰せであったはず。他藩への示しが付きませぬ」

「そも公儀は、天下安寧《あんねい》のためにこそある。命を懸けて民の救恤に尽くす藩を救うは、正しき道であろう」

「これは異なことを。されば吟味役は、役人の心意気次第で、民を救うか見捨てるかをお決めになると？」

根岸はぐっと詰まった。役人が愚鈍で怠惰だからといって、民に何ら非はあるまい。だがそれでも、すべてを諦め見捨てるよりは、まだしもましではないか。

「他藩も見習うて、必死に民を救うやも知れぬ。伊勢崎藩の御救普請は、関重嶷の差配で最後までやり遂げさせる。できねば腹を切る条件で認める。手配せよ」

「芦生田村とは事情が異なり申す。その者が約を違《たが》えれば、御身《おんみ》も連座して危のうござるぞ」

「人を信じるとは、そういう意味じゃ。わしはあの若造に賭ける。検分使がお前の強い反対を押し切ったと、覚書《おぼえがき》にでも記しておけ」

しばし睨み合っていたが、原田は「承知」と短く応じてから、次の仕事に移った。

「この間、仔細《しさい》を確かめておりましたが、あれ以降、嵩増《かさま》しの申し出はない様子」

「それは重畳」

根岸がにんまり笑っても、原田の落ち着き払った表情に変化はない。

上前《うわまえ》をはね、あるいは普請で楽をしようと、被害を実際より嵩増しして届け出てくる小役人たちがいた。原田が見抜いて突き返してきたが、後を絶たない。そのため二人で話し合い、一罰百戒の見せしめにと、三倍増しをしてきた小役人を吊るし上げた。原田が六十人の幕府役人たちの前で、証拠を挙げて不正を暴き、根岸が「切腹してぇのか！」と大喝して震え上がらせると、噂が瞬く間に伝わり、以来、不届きな嵩増しは姿を消したようだった。

「また本日、上州、信州の全代官及び諸藩に対し、米の買占めを厳《げん》に取り締まるよう、再度の要請を終えましてござる」

　不届き者は他にもいた。浅間大変を受けた米穀不足で値が上がり出すと、暴利を得ようと買占めに走る米屋、町人や豪農たちが続々と現れた。まかり間違えば餓死しかねない被災の民がいるのに、唾棄すべき悪人どもだが、検分使には止める力もなく、御救普請に差し支えるとの理由で取締りを要請するしかなかった。中でも民の救済に前向きでない安中《あんなか》藩内の動きは、気懸りだった。

「大儀。下手を打てば、一揆が起こりかねん。わしも重ねて江戸へ上申しておこう」

　根岸は文机に向き直り、筆を取った。

「江戸と申さば、勘定奉行の松本様より、下付金の件で報せが届いてござる。ここ原町は、家別と鍬取《くわとり》合わせて二千七百両で如何、と」

　振り向く暇も惜しく、根岸は手を動かしながら応じる。

「農具代を値切るたぁどんな料簡じゃ？　四千七百両要ると上申したはず。鍬取一人につき五百文ずつ受け取る勘定で、お前が積み上げた数字ではないか」

「そのまま認めるはずもござるまい。拙者は七千両から始めるよう、何度も申し上げたはず」

　肩ごしに振り返ると、原田の後ろで喜藤次がうなずいていた。

「その先はどうする？　七百三カ村で同じことをやる気か。ひと度取引に応じれば、双方が愚かしき駆け引きに終始せにゃならん。根岸九郎左衛門は上乗せも値切りもせん。今晩、文を書くゆえ、江戸へ至急届けさせよ」

「承知。江戸の水野様からも、村請《むらうけ》の件で文が届いておりまする」

老中格の水野忠友《ただとも》は五十絡みの田沼の腹心で、勘定奉行のさらに上役だが、直言する根岸を煙たがり、何度も謹慎を申し付けてきた張本人だ。

グシャリと音を立てて、根岸は読んだ文を握り潰した。

「町請《まちうけ》を認めるじゃと？　話が違うぞ！　血税にたかる蛆虫どもめが！」

加部安も狙っていたように、幕府から今回の御救普請を請けて中抜きすれば、誰しも大儲けができる。根岸は地元と近隣の村請に限ることで、困窮する村人たちに金をじかに渡して暮らしを助け、真の復興に繋げるべしと進言し、江戸で水野の了を得てから上州入りした。しかるに、江戸の町人と小役人たちが巻き返しを図り、水野に捻じ込んだに違いない。天災で打ちひしがれる者たちに仕事をさせるのは酷だからと、それらしき言い訳を取ってつけてあった。

「政は駆け引きでござる。いかなる時も人は我欲に生き、私利を貪《むさぼ》ろうとするもの。村請と町請の半々で手を打っては、如何」

原田は村請がよいと認めつつも、町請の排除が現実には不可能だと説いた。

慣れぬ村人たちでなく、普請の勝手を知る江戸の町人たちに差配させ、計画通りに手際よく復興を進める。中抜きはされても、結果として早く済むから、被災者のためにもなると言う。えして能吏は物分かりがいい。自分の出世に響かぬなら、わざわざ上役と無用の軋轢《あつれき》を起こさず、間違った命令でも実行する。

原田の後ろでは、また喜藤次がうんうんうなずいていた。

「ならん。金だけじゃねぇ。心の救いのためよ」

故郷が自力で甦ってゆく手応えを感じることこそが、救いに繋がると根岸は信じてきた。村請のみとせねば、江戸の町人や役人たちの食い物にされたあげく、見た目と形ばかりの復興となりかねなかった。ここは、譲れぬ。

「本来なら江戸へ行くべきじゃが、そんな暇はねぇ。今夜のうちに田沼様に文を書くゆえ、至急届けさせよ」

川を船で下れば、江戸には一日で着くが、鎌原村の様子も気に懸かった。まずは手紙を送り、埒が明かねば直談判《じかだんぱん》するしかあるまい。

「されど、町請の申し出があれば、ひとまず認めざるをえますまい」

火事場泥棒の町人たちは、幕閣の威光を振りかざしてくる。裏では賄賂が飛び交い、なし崩しで町請が当たり前になり、御救普請を席巻し、牛耳ってゆくだろう。

「普請に札入れをさせ、町人が落とした場合は、普請をいったんすべて停止せよ」

思案の末に根岸が命ずると、さすがの原田も瞠目《どうもく》した。

「乱暴な。さような真似をすれば、御救普請に差し障りが出ますぞ」

「村請を田沼様がお認めになるまでの辛抱よ。普請全体の段取りで、後回しにする理屈を作れ」

田沼は毀誉褒貶《きよほうへん》の激しい為政者だが、経綸《けいりん》の才は当代一であり、国を憂う心も本物だと、根岸は信じていた。

「今も昔も、権益には醜き蝿がたかるもの。町請を禁ずれば、恨みを買うは必定でござる。幕閣の意向に背けば、事と次第によっては腹を切らされまするぞ」

「そうじゃろな。わしがまたお前の反対を押し切ったと、覚書に記しておけ」

「早晩、金も止められましょう。我慢比べに勝てますかな?」

「それよ。思案はあるが、ひとまず、今ある金が尽きるまで、頼む」

「己の懐が痛むわけでなし、黙って幕閣に従われれば簡単なものを。面倒くさい上役じゃ」

原田は呆れ顔で立ち上がりながら、聞こえよがしに喜藤次にこぼした。

2

根岸は魘《うな》されて目を覚ました。

揺れる駕籠《かご》の小窓から外をのぞくと、灰を被った木々が見えた。まだ山中にいる。

「ここは、どこじゃろな?」

「もうすぐ仙人窟《せんにんくつ》だんべぇ。大戸宿まで、四半刻《しはんとき》ほどでやんす」

若い駕籠かきの一人から、のどかな返事が戻ってきた。

加部安が名主を務める大戸村は、原町の南の山深くにあり、北から入ると緩い登り坂が続く。

山焼けの被害を受けなかったため、根岸も未訪だったが、一刻余り掛かると聞いた。

馬や徒歩《かち》と違って、船と駕籠は移動しながら仮眠できるのがいい。連日のように徹夜が続く中、地元に金を落としてやりたいとの思いもあり、駕籠かきを雇ったのである。

根岸は手の甲で、額の冷や汗をぬぐった。久しぶりにあの夢を見た。生涯初の御救普請だ。

まぶたを閉じれば、子どもたちの泣き叫ぶ声が、根岸の耳にまた甦る。

——お父《とん》をかえせ!

まだ二十歳前の根岸が、旧姓の安生を名乗っていた宝暦の頃だ。

父の差配で、見習いとして勘定所に出入りを始めて間もなく、根岸は川普請について学ぶために、美濃郡代のもとへ下働きに派遣された。当時の木曽三川は頻繁に洪水を起こし、流域の村々は甚大な被害を受けていた。治水工事が繰り返し行われたものの、目に見える成果は上がらず、二百四十四カ村の民が塗炭《とたん》の苦しみを味わっていた。

——とにかく面倒くさいことは御免じゃ。

時の郡代は才覚も志もない旗本で、すべての事柄を己が保身と欲得だけで決めていた。根岸は東の木曽川、西の長良川《ながらがわ》が合流する桑原輪中を訪れ、耕地の半分が流された見越村を検分した。村人たちは、もう命を失いたくないと廃村を願う者と、故郷の再建を願う者に二分されていた。郡代は最も手っ取り早い廃村を考えていたが、根岸は村人たちの故郷再興の願いを聞き届けたいと考え、村の再建を熱心に説いた。

——すべて某がやり遂げて見せまする。村高は減らんほうがよいからの。

——ならば、そちに任せる。何とぞ！

初仕事に燃える若き根岸は、百姓代の龍之助《たつのすけ》と二人で普請の先頭に立った。以前より頑丈な堤を築き直し、村の再興を目前にしていた。龍之助の十人の子どもたちとも仲良くなった。ところが、根岸が笠松陣屋へ報告に戻っていたある夜、普請中の見越村をまたもや豪雨と大洪水が襲った。村の過半が再び流され、普請もすべて無駄になった。龍之助は避難の指揮を執るさなか、溺れた老人を助け出したものの、自らは命を落とした。物言わぬ龍之助を前に呆然とする根岸に向かい、子どもたちが「お父をかえせ」と泣き叫んだ。

——面倒くさい真似をしおって。腹を切れ。さもなくば、わしの腹の虫が収まらん。

激怒した郡代は、ただちに見越村の廃村を決め、根岸に切腹を命じた。後始末を済ませてから切腹すると応じたところ許され、村人たちを数カ村へ分散移住させた。

廃村を進める途中、根岸は龍之助の妻から、夫はもともと廃村を望んでいたと明かされた。再建を強く主張した村人たちは、町請で中抜きしようとする商人にけしかけられただけだった。故郷で暮らす人間が身の危険を感じて廃村を決意したのに、外から来た根岸がお節介にも再建を推し進めたわけだ。後悔の念に苛《さいな》まれる根岸に対し、龍之助の妻はすやすや眠る赤子を胸に抱き、涙を浮かべながら、続けた。

――でも、夫は普請を進めるうちに変わりました。簡単に諦めて故郷をほかろう（捨てよう）としとった自分は、間違っとったと申しました。もしもあのまま再建できとったら、きっと皆が幸せになっとったはずです。

普請に失敗し、人も死なせた根岸を、村人たちの多くは恨んだが、龍之助の妻だけは責めなかった。その後、幾つもの御救普請をする中で、故郷とは何か、心の救いとは何かを、根岸は考え続けてきた。だが、答えは見えない。ないのかも知れなかった。

「お侍様、大戸宿に着いたでやんす」

根岸は若衆を労ってから駕籠を降りると、加部安の門前に立った。

街道沿いの緩やかな坂道に建つ屋敷は、意外に質素な造りだ。屋敷のあちこちから、にぎやかな笑い声が聞こえてくる。

（加部安め、やはりわしを欺いておったか）

抜け目なさそうな丁稚《でっち》に用向きを告げると、大きな蝦蟇口《がまぐち》の老人が多少あわてた様子で現れた。周りには幼子たちがつきまとっている。加部安が「お客人じゃ」と子らの頭を撫でると、皆、根岸にペコリと頭を下げてから、屋敷の中へ戻っていった。

「お召しになりゃ、すっ飛んで参りやすのに、わざわざ大戸まで足をお運びとは恐れ入りやす」

「折り入って、上州一の商人に頼み事があってな。頭を下げに出向くのが筋じゃろう」

「儲け話なら大歓迎でござんすがね。さて、手前でお役に立てやすかどうか」

奥座敷へ通されて向かい合うと、清楚《せいそ》な身なりの十五、六の娘が茶菓を出してくれた。

「べっぴんじゃな。孫娘か？」

「まさか。この蝦蟇顔でござんす。血は繋っとりやせんで」

「お前は孤児《みなしご》や寡婦《やもめ》を助けておるそうじゃな？」

「才ある者なら、加部安で雇えやすんでね。恩返しじゃと力も尽くしてくれやす。金で忠誠を買えるならお安いもの」

これ見よがしに偽善をひけらかす売名の輩は多いが、この商人は逆のようだ。

「その道の詳しい古老によると、蝦蟇には怪異をなす妖怪と、ただのカエルがおる」

見た目の区別は単純だ。妖怪の蝦蟇は、後足の指が前向きでなく、女が三ツ指を突いて礼をするように後向きに付いているという。

「お前は蝦蟇でも、その力を善に用いておる」

変わった姿だから、妖怪は嫌われる。しばしば根も葉もない悪い噂を立てられ、恐れられる。でも、中には悪さをしない妖怪もいるのだ。私淑する石燕先生の描く妖怪を見て、根岸がとーんと来た（惚れた）妖怪は、十や二十ではない。

「はあ……どうも、まどろっこしいお話で」

妖怪談義に付き合わされ、加部安は迷惑そうだった。

「わしは人物を知りたい時、しばしば先方へ出向く。ここへ来る途中、お前の存念がわかった」

「さようで」

加部安は神妙な顔つきで、改めて品定めするように根岸を見返してきた。

「大戸から鎌原までは丸一日掛かる。老軀で大変後の悪路を通うのは、相当難儀したはず」

鎌原だけではない。加部安は原田が動く前に、大焼けで苦しむ村の人々に惜しげもなく手を差し伸べた。村を巡るたび、根岸は善行の跡を感じた。

「民に代わり、上様に代わり、改めて厚く御礼申し上げる」

根岸は手を突き、深々と頭を下げた。もしも加部安が動かなければ、上州の民は飢え死にし、やがてあちこちで一揆の狼煙《のろし》が上がったはずだ。

「こいつは参りましたぃ。お顔をお上げくらっしゃい、吟味役。お手並み拝見と、手前も根岸様の値踏みをいたしておった非礼、お詫《わ》びせにゃあなりやせん」

爽やかな笑みがあった。この蝦蟇の笑顔に、吉六も惚れたのだろう。

「加部安は代々、金貸しもやっとりやしてね。手前が若気の至りで派手な商いをやったあげく、大失敗をした罪滅ぼしでございやす」

上州で手広く金を貸して荒稼ぎをしていたある日、若い夫婦が返せぬから死んで詫びると、命を絶ったという。以来、加部安は変わった。

「して、吟味役。手前に頼みとは?」

「村請の件よ。わしは町請を締め出したいと考えておってな」

「手前は原田様と、半々で折り合うと話しておりやしたが」

加部安は町請を不可避と見た上で、できる限り江戸商人から普請を奪い、地元の窮民たちへの払いを確保したかったのだと、根岸に明かした。

「わしはびた一文、中抜きを認めとうない」

「吟味役は、手前よりも欲張りなお人じゃ。勝算はおありですかな？」

「ある。じゃが、そのためには繋ぎの金が要る。手を貸してほしいんじゃ」

根岸が腹案を明かすと、加部安はわが意を得たりの様子でうなずいた。

「喜んでお力になりやしょう。弟子の吉六が頑張っとりやすが、鎌原は廃村しかないと手前は思うとりやした。だけど、吟味役の下でなら、再建できるやも知れやせんな」

屋敷の庭から、愉しそうな子どもたちの笑い声が聞こえてきた。

3

「でっかい小役人め！　にしにゃあ、血も涙もねぇんか！」

音五郎が根岸に向かってわめくと、掘立小屋《ほったてごや》の中が騒然となった。

「無礼者、控えんか！」

喜藤次という線の細い手代がキャンキャン吠えても、音五郎は相手にしない。

「俺はせめて手厚く葬ってやりてぇだけなんさ。それさえ許さねぇってのかぃ？」

今できることは、かなと志めの丁重な弔いだけだ。二人の骸はきっと石段の下か近くにある。

音五郎が自分で掘り出すと訴えると、根岸はそれさえも禁じてきた。弔いの邪魔をする連中は、すべて敵だ。そう決めて以来、心が少しだけ楽になった。

「音五郎、何度も言うた通り、地中深くに埋もれとる五百もの骸を掘り起こすなんざ、とても無理じゃ。されど、正式な供養はいずれ必ず行う」

根岸という役人は図体が馬鹿でかく、声も野太いが、中身は臆病者《ズクナシ》と見た。

「吉六がほざいとる家も、道も畑も、俺にはどうでもええ。かなとお袋は、今も観音堂の石段の下で、生き埋めにされとるんじゃ！」

手代が言葉遣いを注意してきたが、根岸が「構わん」と言うのを幸い、音五郎はまくし立てる。

「一人を捜して掘り出せば、他の人間を捨ておけまい。お前だけを特別に扱うわけにはいかん。それに、民から預かっとる金は、亡き者たちよりも、まず生ける者のために使う」

「大焼けで苦しむ民をだしにして、大儲けする連中がおるって聞いたべ」

根岸が賄賂の干鯛《ひだい》を肴《さかな》に、渋川で無礼講の酒宴を開いたとか、加部安が御救普請の中抜きをしている、という噂もささやかれていた。

「いつの世も、我欲に生きる者たちはおるでな。じゃが、打つべき手は打っておる。根も葉もない噂を流す不届き者も後を絶たんが、わしは覚悟を決めて上州入りした」

「知ったことかい。ともかく皆の骸を捜して弔うんさ。話は全部、それからだぃね」

吉六にも、音五郎は弔いが先だと言い張り、徹底して村の再建に反対し続けた。

「音五郎、お前の存念はわかった。わしは他の者の話を――」

「俺は聞きたかねぇべ。江戸で大屋敷に住んで、美味いものをうんと食って、家族揃って幸せに暮らしとる武士が、何をどれだけ聞いたって、俺たちの気持ちは絶対にわからねぇ」

夢を手に掴みかけていた音五郎は、得意と幸せの絶頂から地獄へ突き落とされた。鎌原村で、上州で、日本で一番不幸せな人間だ。

「さよう。わしは幸せ者じゃ。よき妻に息子が一人、娘が三人おってな。子らも健やかに育った。幸せ者じゃからこそ、幸せを分けてやれる。ゆえに――」

「誰もあんたの親切なんか望んでねぇべ。お節介なんだぃ」

「控えよ、百姓。無礼が過ぎるぞ」

原田という代官が脅すように口を挟んできた。

「手討ちにすりゃあよかんべぇ。俺が生きてる理由なんて、これっぽっちもねぇんだから」

可笑しくもないのに、根岸が大笑した。

「いかにも、わしは節介焼きよ。手討ちなぞ無用。玉菜はどうじゃな？」

問いを投げられると、玉菜はゆっくり首を動かし、声の主を見た。

玉菜は言葉を忘れたように、いつも大部屋の隅でボーッとしていた。大焼け前は溌剌《はつらつ》とした働き者だっただけに、甚兵衛などは「羅刹女《らせつにょ》に魂を抜かれたんだんべ」と気の毒がっていた。

「お前は夫も子も、身内も皆、失うたそうじゃな。さぞや辛かろうが、この村の行く末につき思うところあらば、言うてみんか」

何もかも作りの大きいデーラン坊の顔に、似合わぬ微笑みが浮かんでいる。

百ほど数えられる沈黙の後、「どうじゃな？」と根岸に改めて促され、玉菜が口を開いた。

「よい死に方を、お教えくらっしゃい」

シンと、場が静まり返った。

根岸が鬼の泣いたような顔つきになると、音五郎はざまを見ろと思った。

「民が絶望する時、生きる望みを作り出すのが、政を預かる公儀の役回りじゃ。わしもいっそう気を引き締めて、御救普請に取り組んで参る」

口先だけだ。口でなら、誰だって、何だって言える。

「うらはご公儀のお力添えを得て、皆で村を再建したいと願《ねご》うとりやす」

吉六と三人の仲間たちが口々に賛意を示すと、音五郎は再び吠えた。

「に《い》しらは汚ねぇ足で、自分の身内を踏んづける気か！　再建なぞと騒いどんのは、吉六と引っ付き虫の三人だけだんべ。加部安から銭でも貰ってやがんのか？」

皆、不幸なままで、ずっと悲嘆に暮れていればいい。抜け駆けして幸せになろうとする連中が赦せなかった。今は目の前にあるもの、すべてをぶち壊したかった。

「弔いをしねぇなら、鎌原は廃村で決まりだぃ！　そうだっぺ、百姓代？」

音五郎が刺すように言葉を投げつけると、甚兵衛は全身をびくつかせた。

鎌原は変わり果て、悲しい思い出ばかりだ。弔いを済ませたら江戸へ出て、女衒《ぜげん》の手先でもやりながら、残りの憂き世を過ごそう。野垂れ死んだって別にいい。かゝはもういないのだ。これ以上、失うものは何もなかった。

「十二月八日に大きな天罰が下る前に、ここを離れるべきでやんす」

甚兵衛は「もうすぐこの世の終わりが来るだんべ」と繰り返すくせに、自分の土地が減るのは嫌だと、吉六の平等な区割りに猛反対していた。甚兵衛によると、根岸が現れるまで、原田は当然のごとく廃村する腹積もりだったらしい。

「御代官だって、廃村すべしと考えとるんだんべぇ？」

同意を求めたが、原田は百姓など相手にしないらしく、代わりに吉六が口を挟んできた。

「皆が反対なわけじゃねぇ。話がまとまらんのは、に《い》しが邪魔をして――」

「山焼けの時、村におらなんだくせに、今さらのこのこ戻ってきて大きな顔するんじゃねぇべ。とにかく俺は、鎌原村の再建なんぞ、絶対に反対じゃ！」

「うらは村を作り直したいんさ」

座の中ほどで、あどけない声がした。すゑだ。

「亡くなった人たちも、きっとそれを願っとると――」

「ガキは黙りぃ！　かなの骸を踏みつけながら、誰かが幸せになるなんざ、金輪際認めねぇ。片っ端から、俺がぶっ壊してやるべぇ」

「音五郎。村の行く末を決めるには、皆で話し合わねばならん。わしへの無礼は許しても、話し合いの邪魔は赦さんぞ。続けよ、吉六、すゑ」

「へん！　大焼けから、ずっと放ったらかしとったくせに、今さら何を偉そうに再建だぃね。話なんか、聞くだけ無駄なんさ。俺が反対と言ったら――」

「しゃらくせぇ！」

ぬっくと立ち上がった根岸は、音五郎の胸倉を片手で摑むと、そのまま宙へ体を持ち上げた。

「若造、何度も言わせるな。今は、皆で話をする時じゃ」

怒れる巨顔が、間近にあった。

「乱闘騒ぎまで起こしとるそうじゃが、お前が力ずくで参るなら、わしも容赦せんぞ」

身動きが取れなかった。恐るべき怪力だ。いや、締め上げる腕力というより、ビンビン伝わってくる覇気のせいか。怖いと、音五郎は初めて感じた。

「大変以来、お前は死にたいほど苦しんでおる。苦難から逃れようともがいて、憎しみを糧に生きとるじゃろう。不幸のどん底へ突き落とされた人間が、誰かを憎みたくなる気持ちもわかる」

両手で、根岸の右手を摑んで外そうとした。が、びくともしない。

「最初の御救普請で、わしは大失態を演じてな。その村に、洪水で家族も故郷も奪われた子がおった。わしが死なせた龍之助という男の長男じゃ……」

周りの人間を憎み、不幸にし続けた若者は、幾つもの罪を犯し、ついに縛り首と決まった。だが、面会に来た根岸に対し、死に臨んで最後に一つだけ願った。自分が生まれ育ち、家族と暮らした故郷のあった川べりで死にたい、と。

「もしもあの時、故郷を取り戻せておったなら、あの若者は違う道を歩んでおったやも知れん」

涙を浮かべる根岸の唾が、音五郎の顔にうんとかかった。

「お前は命の使い方を間違えておる」

組み伏せられるように、音五郎は怪力でそのまま床に座らされた。

「怒りのやり場がねぇからって、周りへ向けるんじゃねぇ。誰かに向けたくば、このわしだけに向けい。幾らでも受け止めてやる」

音五郎は減らず口ひとつ叩けなかった。

デーラン坊は大仰な身振り手振りで、皆に向かって語りかける。

「住み慣れた家も消えた。皆で毎日仕事をした田畑も、大切な家族と歩いた道も、一緒に飯を食った野原も、ガキの頃に隠れんぼをして遊んだ寺の境内も、全部変わり果てた。それでもここには、亡き者たちと共に味わった景色のようすが残っとらんか？　風は変わったか？　匂いは戻らぬか？　人がいなくなったら、村はなくなる。思い出の場所が跡形もなく、消えちまってもいいのか？　悔いのないように、皆で考えてくれい」

音五郎は顔を背けているが、多くの村人たちが根岸を見上げていた。

「むろんこの地を捨て去って、縁もゆかりもない場所へ移り住んで、一から新しくやり直すのも、立派な一つの道じゃ」

上座では、原田以下の小役人たちが鼻白んだ様子で、根岸の演説を聞いていた。

「星の数ほどの人間が、世に生まれては死んでゆく。ほとんどの人間は違う時代、遠い場所に生まれて、会うことも話すこともない。されどお前たちは、同じ故郷で出会い、交わり、天の配剤でなお生きて、同じ釜の飯を食ってきた。奇跡のような縁じゃとは思わんか？　故郷への熱き思いがなければ、村の再建などありえぬ。お前たちが諦めるなら、わしの仕事は鎌原にない。されど、熱意を抱く者たちがおるなら、手助けするのが役人の仕事よ」

掘立小屋に駆け込んできた小役人が、原田に一通の封書を献じた。お高くとまっていた代官は眼を通すなり、サッと顔色を変えた。

原田からすばやく耳打ちされた根岸も、呻いた。

「間に合わなんだか……」

場がざわめいた。根岸の顔が、苦渋に塗れている。

「すまん、皆の衆。わしは急ぎ渋川へ戻る。吉六を中心に、皆でよう話し合うてくれい」

急ぎ原田たちと立ち去りかけて、根岸は足を止めた。

「すぐに伝わるじゃろうから、言うておく。浅間山の南、安中藩で大きな百姓一揆が起こった。買占めをしとる不届きな米屋を、打ち壊し始めたそうな。仔細は知れぬが、これ以上広がらんよう、止めに行かねばならん。なるだけ早う収拾の目途をつけて、また鎌原へ参る」

根岸たちがいなくなると、嵐が去ったように場が静かになった。音五郎の首筋には、剛腕で締め付けられた時の息苦しさが、まだ残っていた。

4

秋の夕日が、原町の五郎兵衛宅に大けやきの長い影を作っている。今日も百人近い来客をこなし、気が付けば、日もすっかり傾いていた。

買占めへの対抗を頼んだ米屋と豪農たちと入れ替わりに、原田が現れた。

続いて喜藤次に導かれ、黒岩と千川が両手を突く。見返りもなしに鎌原の窮民を助け続ける奇特な名主たちだ。顔を見ると、やはり塗り壁《ヌリカベ》と鯵《あじ》の干物が思い浮かぶ。

「騒擾《そうじょう》の折にお目通りを賜り、感謝申し上げまする」

黒岩が案ずる通り、根岸は原田と二人三脚で危うい綱渡りを続けていた。百姓一揆は火付けまで伴って激化し、たちまち信州にも飛び火した。

浅間大変で作物が全滅した安中藩では、民が飢えに苦しむ中、米屋による買占めが追い打ちをかけた。山焼けで仕事を失った中山道の馬子《まご》・人夫・駕籠かきが蜂起して米屋を襲撃した事件をきっかけに、一揆は安中全域に広がった。小前《こまえ》百姓も加わり二千人ほどに膨れ上がった一揆は、打毀《うちこわ》しをしながら西進し、碓氷《うすい》峠を越えて信州上田にまで及んだ。上田藩松平家は、武力で鎮圧すべく支度中との報せが入っている。天領や他の上州諸藩への波及を回避するだけで、根岸は手一杯だった。本来は検分使の職分ではないが、満足な検分ができなくなるとの名目で、沈静化のために原田と駆けずり回ってきた。

「わしこそ、お前たちに鎌原を任せきりで、面目ない。吉六はいかがした？」

数日前にも原町で面会を求めてきたそうだが、根岸は渋川宿の本陣にあり、不在だった。

「音五郎から突き上げを喰らい、反対する者たちの矢面《やおもて》に立たされて、相当疲れがたまっておる様子。今日は休ませましたが、少々心配でござんす」

根岸でさえ経験がないほどの甚大な被害だ。もう少し待ってから、村の再建に向けて動き出すべきだったろうか。だが、無為のままいたずらに時を遅らせれば、何の未来も見えず、世をはかなむ者も出よう。うかうかしていると、幕閣に御救普請を打ち切られるおそれもあった。

「吟味役、われら、実はお願いの儀があって、罷り越しました」

黒岩が干川と顔を見合わせてから、言いにくそうに口を開く。

「これから先は、ご公儀にお任せできぬものかと。干川殿も、同じ存念にて」

根岸は内心で衝撃を受けた。が、考えれば無理もない。

鎌原支援のため、二人はすでに相当の私財を持ち出していた。借金までしており、これ以上は勘弁してほしいと言う。善意で支え続けるには、あまりにも大きな厄災だ。根岸はこの間、百姓一揆の対処に忙殺され、鎌原へ行く時間が全く取れなかった。

「吟味役。幸いこの者らのおかげで、鎌原村の生き残りは飢えを免れ申した。これ以上を望むのは欲深と申すもの。他村と違うて、かの地には何も残っておりませぬ。潔く、捨てられませ」

原田は真剣な顔つきだ。

曰《いわ》く、村ごと山津波にひと呑みにされ、八割以上の人口を失って壊滅した村を甦らせるなど、不可能だ。生きるだけで青息吐息の村人たちに、再建する力などない。あの地にいても、辛い思い出が甦るばかりだろう。人も金も、無尽蔵ではない。どこかで割り切らねば、復興などできぬ。鎌原再建の余力があるなら、他村に回すべきだ、と。

「若衆の頑張りも、しょせんは空元気《からげんき》。描いておる夢も絵空事《えそらごと》にすぎませぬ。二割に満たぬ生き残りで、何ができましょうや」

　村人のほとんどは途方に暮れていた。行き場がない者、そして故郷に半端な未練を持つだけの者たちばかりだ。

　名主二人は遠慮がちだが、後ろに控える喜藤次は、会津の赤べこのようにうなずいていた。

　ここにいる全員が、再建に反対か。

「じゃが、村人たちは多くの身内を失うた。せめて故郷を取り戻してやりたいんじゃ」

　散りぢりになって移り住んだ先では、方言も暮らしも、作物の育て方も、井戸や水路の使い方も少しずつ違うだろう。よそ者扱いされ、同情され、肩身の狭い思いをしながら、遠く離れて暮らすうち、思い出は色褪せ、故郷に繋がるよすがも消えてゆく。

　誰かの世話になって残りの人生を送るより、亡き肉親たちが土の下に眠る場所で、再び村を甦らせるほうが幸せではないか。土に埋もれた祖霊を残したまま、先祖代々の土地を見捨てる後ろめたさを、移住後もひどく重荷に感じている者たちを、根岸は知っていた。

「こたびは何百年に一度の大変なれば、望ましくとも叶わぬことは山ほどござる。目の前にいる者たちを見捨てられぬのは、ひとえに吟味役が情に流されておわすがゆえ」

「お前は、鎌原をひと目見た時から諦めておろう。じゃが、わしらは人事を尽くしたか？　民のために、とことん考え抜いたのか？」

「考えるまでもござるまい」

　呆れ顔の原田が小さく首を横に振り続けると、後ろの喜藤次もそろって振る。

「代官所の小役人たちも、江戸から嫌々やって来た役人連中も皆、再度の大焼けが起こらぬうちに、さっさと御救普請を終えて、己が家族のもとへ帰りたいのでござる。吟味役のひとりよがりな情と節介に付き合わされるのは、拙者も御免こうむる」

もともと江戸で上州入りを自ら名乗り出たのは、根岸だけだった。多くの役人たちが「貧乏くじを引かされた」と、声に出して嘆いていた。

「かつて老中より、代官の心得を伝授されましてござる」

駆け出しの代官手附《てつき》として初任地へ向かう十代の原田に、田沼は言葉を贈ったという。

——民とは、付かず離れず、情を移さず慕われず。何事もほどほどがよし。新しく事をなすより、無駄を省け。

事あるごとに民に頼られなどしたら、迷惑千万だ。ゆえに、頼りにならぬ冷たい代官だと思わせるくらいがちょうどいい。そうしておけば、たまに面倒を見てやると、意外によい代官だとかえって評価されもする。江戸の幕閣と朋輩に仕事ぶりを見せつける工夫も大事だが、新しい事をせねば、誰の仕事も増えないから、歓迎される。

滔々《とうとう》と弁ずる原田の後ろで、喜藤次がなるほどという顔つきをしていた。

「それは平時の話よ。今は大変時《だいへんじ》じゃ」

平時にあって小役人たちがいたずらに租税を上げ、無駄な仕事を作っては民を疲弊させる姿を、根岸は辟易《へきえき》しながら幾つも見てきた。

「非常の時なればこそ、民に情を移すなどもってのほか。三間《けん》もの灰砂で覆われた土を甦らせるには、一代か二代はかかり申す。そんな苦渋を民に味わわせるおつもりか。いざ廃村を」

詰め寄ってくる原田に向かい、根岸はゆっくりと頭《かぶり》を振った。

「わしは御救普請を長年やる中で、失敗を重ねながら決めたのじゃ。一人も取り残さぬとな」

「吟味役は千手観音か何かのおつもりか。救えぬ者は切り捨て、代わりに救える者を確実に救うのが政でござる。さもなくば結局、救えるはずの者も救えませぬ」

「むろん、人間ごときの小さな救いの手からこぼれ落ちる者は、山ほどおる」

根岸は、自分の掌を見つめた。

一人も取り残さぬと固い決意で臨んでも、救い切れぬのだ。

「百の命を犠牲にすれば千の命を救える時、いかになすべきか、正しき答えはあるまい。大事なのは、置かれた境涯と運命の中で、皆を救うために最後のぎりぎりまで全身全霊を尽くすことじゃと、わしは思うておる。じゃが、誰かを諦め、切り捨て始めた時、人間はおかしくなるのではないか。村人たちは言わば、大けがをして寝たきりの身じゃ。近隣の三名主が支えてくれたが、これからは役人たちが、民を立ち上がらせねばならん。されば、今から鎌原へ参るぞ」

腰を上げかけた根岸を、原田が「戯言《ざれごと》を」と鋭く制した。

「打毀し以来、日中ではこなし切れず、夜もぎっしりと面会が入っており申す。この後、夕餉《ゆうげ》を取りながら、上田藩松平家の使者と面会。その後は伊勢崎藩の某、さらに加部安も参りまする」

「むう、そうじゃった」

上田藩に対しては一揆の鎮圧につき、あたう限り命を奪わぬよう釘を刺しておかねばならぬ。伊勢崎藩の御救普請も、今夜のうちに関と仔細を固めておきたい。加部安とは幕閣と闘う段取りを詰めねばならぬ。

「黒岩に干川。実は渋川へ下る船の中で、鎌原再建の秘策を思いついたんじゃ。今宵、徹夜で仕事を片付けて、明日の朝一番で鎌原へ参る。さればあと少しだけ、わしに手を貸してくれんか」

二人が揃って、疲れた顔に人の好い笑みを浮かべた。

「乗りかけた船、畏まってござんす」

原田と喜藤次は揃って忌々しそうな顔をし、そっぽを向いていた。

5

人は、あっけなく死ぬものだ。

音五郎は寝静まった掘立小屋を出ると、淡い月明かりを頼りに観音堂へ向かう。

昨夜半、寝小便で目を覚ました仙太が、掘立小屋の軒先からぶら下がっている骸を見つけた。まさか吉六が首を縊《くく》るなど、夢にも思わなかった。

音五郎は今さらながら自分を責めた。取り返しのつかないことをした。

もともと吉六は、濁酒《どぶろく》で一旗揚げると約束した盟友だった。今思えば、大焼け以来すっかり音五郎は自暴自棄になり、感情に任せて再建に反対していた。吉六の邪魔をし、根岸に盾突くことで、憂さ晴らしをしていた。吉六を追い詰めたのは、廃村の急先鋒となっていた音五郎だ。根岸に圧倒され、負けたと思われたくなくて、あの後はもっと頑なに「弔いが先だぃ」と言い張り続けた。あれは話し合いと言うより、ただの罵り合いだった。

音五郎は十五段だけになった石段の下まで来ると、立ち止まった。

(悪《わり》んねぇ、吉六。赦してくれやぁ)

吉六は先だって原町に出向いたものの、根岸は一揆の対処に追われて遠方にあったため、会えずにすごすごと帰ってきた。音五郎はそれさえも、「そら見ぃ。本当は根岸も、再建なんか真剣に考えちゃいねぇ。あんな野郎を信じるにしは馬鹿だんべ」と責めたのだった。

村へ来て吉六の死を聞いた根岸は、硬い顔で黒岩に棺の用意をさせた。さらに、大笹村無量院《むりょういん》の僧侶に来てもらい、観音堂で通夜が行われた。遺骸はそのまま安置されている。

皆、悲しみの上塗りに呆然としているのに、てきぱきと段取りを指図する根岸に、音五郎は強い反発を覚えた。幸七が惣八に同じような不平を漏らしているのも、たまたま耳にした。やはり役人に、百姓たちの気持ちなどわかるはずがないのだ。とはいえ、焼けただれるような良心の呵責を根岸への反感に置き換えたところで、音五郎の心には何の救いもなかった。

重い足取りで石段を登り切った時、真夜中の観音堂から漏れる、かすかな明かりに気づいた。向拝《ごはい》へ近づくと、押し殺すようなむせび泣きが聞こえてきた。

「赦せ、吉六。お前にばかり重荷を背負わせてしもうた。お前の話を、ちゃんと聞いてやっておれば……」

音五郎はアッと声を上げそうになった。

途切れた涙声の主は、根岸だ。雲の上の幕府役人が一百姓の骸を前に嗚咽《おえつ》している。

明け方に出直そうと考え、引き返そうとした時、「誰ぞおるんか？」と中から声がした。

ややあって、木戸が開く。

「音五郎か。お前も手を合わせに来たんか？」

根岸は澄ました様子だが、袖口で涙と洟を拭っただけの、みっともない顔をしていた。根岸を責められなくなって、いよいよ気持ちのやり場がなくなってしまった。

黙ってうなずき、棺の吉六に手を合わせる。

心に浮かぶのは、根岸と同じく、詫びの言葉だけだ。

やがて音五郎が合掌を解くと、根岸がズルリと洟をすすった。

「また、死なせちまったい……」

平静を取り繕うような根岸の声は、かえってしょぼくれて聞こえた。

「これほど烈《はげ》しい被害はわしも初めてでな。未曾有の天災の前に、人間は非力なもんじゃ」

湿った沈黙が、観音堂に流れてゆく。

浅間焼けが多くの鳥獣の命を奪ったせいか、ふくろうの声さえ聞こえない。

「吉六抜きで村の再建は難しかろうな。四平たちに代わりは務まるまい。吉六とは、仲がよかったんか？」

「同じ夢を見とったんさ。ええ奴じゃったぃ……」

浅間焼けさえなければ、今ごろ吉六と一緒に、江戸で濁酒を売り込んでいたろうか。

申し訳なさと不甲斐なさで、涙が込み上げてきた。我慢できなくなった。

覚えずしゃくり上げると、根岸が立ち上がり、肩へ大きな手を置いた。

「音五郎、今は泣け。ぞんぶんに泣いておけ」

根岸が観音堂から出てゆくと、音五郎の視界がぶわっと歪んだ。


「お父っちゃんを返せ！」

小六が泣き腫らした目で、苦悩に満ちた根岸の顔を睨んでいる。

翌朝、原田たちが村へ来て、掘立小屋に村人たちが集められると、音五郎は部屋の隅に陣取った。吉六に可愛がられていた小六が泣きじゃくっている。

「吉六先生は、うらの父親になるって、言ってくれたべ」

小六は吉六の片腕のようになって、寺子屋の世話をしていた。家族を全員失った者同士、何とか幸せを摑もうとしていたのだろう。

「すまねぇ、小六。わしが吉六に甘えてしもうたせいじゃ。全部、わしの責めじゃ」

根岸は腹の底から絞り出すような声だ。

「大変が生む悲劇は時に尾を引いて、生き残った者の命まで奪う。吉六は張り切って、皆をまとめるとわしに約束した。それがうまく行かぬゆえ、吉六は独りで悩み、己を責め続けとったんじゃろう。わしの力が足りなんだばっかりに、また大切な仲間を失うた。すまん」

根岸が頭を下げる隣で、原田が口を挟んだ。

「吟味役。村の旗振り役亡き今、鎌原再建の夢は潰《つい》え申した。吉六を含め、大焼けにより命を落とした者たちの霊を正式に弔った後、粛々と廃村を進めて参りましょうぞ」

長い沈黙が流れた。重苦しい空気が場を覆う。

「代官の申し条が、正しいのやも知れん」

根岸は充血した目で、皆を見回した。

「鎌原ほど身内を失った村を、わしは知らぬ。わが身を顧みず支えてくれた近隣の名主たちも疲れておる。元気な吉六ももうおらぬ。山津波に埋もれた村の再建は、もとより困難を極めよう。されば、故郷は思い出の中で生かし、この村を廃する。それも一手じゃ」

根岸はいったん言葉を切り、目を閉じて深く息をした。

両まぶたは、お岩のように腫れあがっていた。

「わしは昨日眠れんでなぁ。ずっと朝まで考えておった。お前たちの父祖は、不思議な縁に導かれてこの地に住み、命を受け渡し、悲喜こもごも代々暮らしを営んできた。変わり果てた場所でも、故郷には先人たちが積み重ね、お前たちが受け継いだ歴史の重みと人の繋がりがある。何の因果かこの村に生まれ落ちて、育ち、今を生きる者は、村の歴史を引き継ぎ、守り、次の世代へ引き渡す務めがあるのやも知れん」

根岸は懐から一枚の紙を取り出して、皆の前に広げた。吉六が、親子になり損ねた小六と描き、最後まで懐に入れていた鎌原の絵図だ。

「水路のほとりで、水車が回っておる。そのそばで童たちが遊んでおる。これが、吉六の夢見た、新しき鎌原村の姿じゃろう」

（俺が、鎌原の息の根を止めちまったんさ……）

音五郎の胸が軋《きし》んだ。村人たちは一様に沈黙している。

「民を幸せへ導くのが政じゃ。もしも吉六の遺志を継いで、故郷を再建したいと申す者がおれば、わしは全身全霊で支えよう。じゃが、最後に決めるのは、あくまでお前たちじゃ」

根岸はゆっくりと、一つひとつの言葉を置いた。

皆はもう、うつむいていない。根岸をじっと見ている。

しばし続いた沈黙を破ったのは、若い声だった。

「うらは、故郷を作り直したいんさ。吉六先生と描いた、絵図みたいに」

小六がすすり上げながら、途切れとぎれに言い終えた。

「力不足じゃけど、吉六の遺志を継ぎてぇと思うとりやす」

四平と幸七、惣八が口々に訴えた後、鎌原に残りたい、他所《よそ》へ行きたくない、ここで死にたい、祖霊をここに残しちゃいけねぇなどと、声が続いた。

意外な話の流れになってきた。本心では多くの者が再建を願っていたのか。

原田は苦虫を嚙み潰したような顔つきをしている。

甚兵衛が首を絞められた鶏のような声で口を挟んだ。

「じゃけど、にしら。あの大焼けの時にゃあ赤い灰が降って、恐ろしい羅刹女が百人も現れた。地揺れだって、いつまでも収まらねぇ。せっかく再建しても、十二月八日にもっと大きな山焼けが来るんだんべ。人間の驕りとわがままが積もりに積もって、天の憎むところとなったんさ。鎌原はもう、捨てたほうがええ」

近ごろ伝わってきた噂だ。一丈五尺（約四・五メートル）もの羅刹女たちが、髪を四方に振り乱し、目から赤光を発しながら、人間の手を引き抜き、血を吸っていたという。

「ほう、甚兵衛。お前は羅刹女を見たんか？」

場の暗さをほぐすためか、根岸は明るめの口調だ。

「えんにゃ、沓掛《くつかけ》宿で見た者がおるとの噂を聞いたもんで……」

「わしは魑魅魍魎《ちみもうりよう》が出たと聞くたび、おっとり刀で探しに参るが、生憎、眉唾物《まゆつばもの》が多い。いつぞや江戸で〈通人《つうじん》〉なる鵺《ぬえ》に似た妖怪が現れたとの噂が広まって、それらしき絵まで出回ったが、よう調べてみると出任せじゃった。こたびも沓掛宿に参った時、羅刹女を見たという者を呼んで話を聞いた。じゃが皆、噂を聞いたと申すだけで案内もできんし、絵も描けなんだ」

とすると、羅刹女の話は出任せなのか。

「ともかく安心せい。こう見えても、わしは剣の腕には自信があるでな。次に羅刹女が現れて悪さをしおった時は、わが手で討ち取ってやろう」

甚兵衛はまだ不安そうな顔つきだが、ホッとした表情の村人たちもいる。

「羅刹女は悔い改めて、仏法を守る鬼神となったはず。会えたら、普請の手伝いを頼んでみるつもりじゃ。美味の団子でも一緒に食えば、楽しかろうて。のう、吉六」

根岸が天に向かって語りかけると、場が静かになった。

音五郎はこの日ずっと黙っていた。もう、反対を唱える気にはならなかった。もしかなが生きていたら、音五郎の憂さ晴らしと八つ当たりを叱ったろう。いや、かなに励まされて、村の再建のために、吉六と力を合わせていたはずだ。

「故郷は、どこかの誰ぞが作り直して、恵んでもらうもんじゃねぇ。自分たちで歯を食い縛って、必死で汗を掻いて、苦闘の末に勝ち取るもんよ。もしも本気でやるなら、皆を引っ張ってゆく者が要る」

根岸は座をゆっくりと見渡してから、まっすぐに音五郎を見た。

ドキリとした。何のつもりだ？

「なんかもん。吉六の代わりに、お前が皆の先頭に立たんか？」

皆が一斉に、音五郎を見た。小六に四平と幸七、惣八は恨めしそうな眼つきだ。

「……どうして、俺が？」

「吉六は、お前を買《こ》うておった。音五郎さえ仲間に加われば、頼りになるとな。百姓代になって、壊れた故郷を再建してみんか？」

吉六の、笑うと八重歯《やえば》がのぞく浅黒い顔が思い浮かび、泣きそうになった。毎日わずらわしいほど話しかけてくる、あの盟友はもういないのだ。

「けど俺は、再建にずっと反対しとったんさ。俺のせいで……」

「黒岩から聞いたぞ。お前は己が力で田畑を広げ、荷役《にやく》もやった。濁酒まで作り、気張っておったそうじゃな」

音五郎はかなと二人三脚で頑張っていた。この村には、愛妻が腹の子と眠っている。鎌原と無縁だった江戸の遊女は、音五郎と出会ったばかりに異郷で命を落とし、永遠の眠りに就いた。孝行しそびれた母も死に、父の墓も延命寺にあった。亡くした今では、他愛もない口論さえ懐かしく思えてきた。世話になった一二三が守ろうとした村だ。盟友の吉六が作り直そうとした故郷だ。取り戻したい、と思った。

「けど、俺みたいな嫌われ者にゃ、誰も従《つ》いてこねぇべ」

「平時ならな。じゃが再建は、岩だらけの荒れ野を這って進むがごとき、難儀な道のりじゃ」

根岸がゆっくりと村人たちを見回した。

「村を新しく作り直すには、なんかもんが要る。苦しい時でも、強引に皆を引っ張ってゆく生意気な若造がな。吉六の描いとった夢を、音五郎に委ねたい。皆の衆、構わんか？」

「へえ」と明るい声ですゑが応じると、半分ほどがうなずいた。

小六と四平たちは、そっぽを向いている。当然だろう。

音五郎は腹の奥底に、黒く煮えたぎるような贖罪の念を感じた。

根岸と正面から見つめ合う。

口を開くたび、吉六は根岸様、根岸様と言っていた。最後に話した時、吉六は「根岸様に惚れちまったんさ」とはにかんでいた。だから責めを負ったのだろう。

「これより、鎌原村を作り直すため、公儀が手を貸そう。よいか、音五郎？」

根岸の笑顔と場の空気に呑まれて、音五郎はぎこちなくうなずき返した。

6

原田が腹心の喜藤次を残して帰った後、吉六の弔いを済ませた根岸が、観音堂の向拝に立ち、村人たちに語りかけていた。音五郎は一番前で聞いている。

「これより、鎌原村の再建に入る。女たちは元気の出る飯を作れ。男たちは力試しじゃ。馬を使《つこ》うて、運べる大石を吾妻川まで運べ。昼飯どきに大事な話をするゆえ、皆、掘立小屋に集まってくれい。黒岩と干川、甚兵衛と音五郎は、お堂に残れ」

まずは邪魔な岩を取り除く。露出した岩だけでも相当な数だが、少し掘ればまたすぐ出てくるから、膨大な作業になるだろう。

村人たちは各々の持ち場へ向かうはずが、石段の前に行列ができた。高持《たかもち》百姓が先で、水呑み百姓が後という決まりが残っているせいだ。音五郎はぎっぱで田畑を切り開き、気ままに暮らしていたが、百姓の間にも面倒くさい身分があった。

（俺なんぞに、百姓代が務まるんかぃ……）

成り行きとはいえ、村の再建を託された。やるからには成功させたいが、ほとんど無からの出発で、道のりは険しい。てんでバラバラの村人たちを、どうやってまとめるのか。

「観音様にも、話を聞いてもらおうぞ」

堂へ入る根岸に喜藤次が続き、百姓たちも加わって、六人で車座を作った。

「鎌原に再び街道を通し、家を建て、畑を一から切り開く」

根岸が吉六の絵図を広げる傍らで、さっそく喜藤次が首をかしげていた。原田に従う下役人たちは再建に納得しておらず、反対を隠そうともしていない。

「じゃが、民の心の傷を捨て置いたままで、真の再建はない」

「わが主曰く、心の痛みは時のみがよく癒す。こちらの観音様にでも、お任せを」

喜藤次が口を挟んできた。立ち居振る舞いから話し方まで、原田にそっくりだ。

「時は偉大なり。神仏にすがりもしよう。されど、打つべき手を打たねば、また次に命を絶つ者が出る。わしはもう、誰も死なせん」

自分に誓いを立てるように、根岸は膝の上の拳を握り締めた。

「悲しみは途方もなく大きく、人の心は脆《もろ》い。されど、一人ではか弱き人間も、心を合わせれば強くなれる」

そうだとしても、幕府に何ができるというのだろう。喜藤次がまた口を挟んだ。

「普請のほか、外の人間にできるのは、せいぜい半端な同情のみでござる」

「確かに、同じ悲しみを味わった人間にしか、わかり合えねぇもんがある」

音五郎もそう思う。たとえば黒岩がどれだけ親身にしてくれても、それは一方的な同情でしかなかった。かえって、すまなさ、心苦しささえ感じる者もいるだろう。

「鎌原再建のためには、普請だけではのうて、目に見えぬ大事なものを作り直さねばならん。されば、わしに妙策がある」

根岸はいったん言葉を切ると、座を見渡してから言った。

「心に似た傷を持つ者同士で、もう一度家族を作る。女は妻亡き人の妻となり、男は夫亡き人の夫となる。親を失った子は、子を失った親と親子の契りを結ぶ。縁あって生を拾うた者たちで、新しい家族になるんじゃ」

音五郎は面喰らった。正気なのか。

「足を大けがすりゃ一人で歩けんが、助け合えば歩けるじゃろう?」

ずっとかなを失った悲しみに浸っていたせいか、再び家族を持つなど考えもしなかった。

「村人たちは生きがいを失っておる。助け合い、労り合い、励まし合う家族がおれば、もう一度生きがいを見つけられるはずじゃ」

甚兵衛は、豆鉄砲を食らった鳩のような顔をしていた。喜藤次も寝耳に水の話らしく、唖然としている。

「わしは名を半分覚えたくらいじゃが、黒岩と千川は、鎌原の皆をよう知っておる。されば最後の仕事として、誰を家族にするか、思案するよう頼んでおいた」

掘立小屋では、音五郎のように群れない人間も二割ほどいるが、夫婦で生き残った村人も少数ながらいるし、自然な集まりもできてはいた。でも、そう簡単に家族が作れるだろうか。

千川が懐から紙を取り出して開き、干からびたような声を出した。

「自信はござんせんが、まずはこの八組でござんす」

七組の男女が新たに夫婦となり、様々組み合わせて八つの家族を作るという。

幼い娘と二人だけ生き残った四平は、夫を亡くした亡妻の妹とその息子たちをよく気遣っていた。姻族と幼い従兄妹同士なら、家族になれそうな気もする。妻と生き残った幸七は、子らを全員失ったから、死んだ兄弟姉妹の子らをまとめて子にするのは自然だろう。未婚の惣八は、天涯孤独になった娘と夫婦になる。二人で話す姿もよく見るから、放っておいても結ばれたろうか。

「うらと家内は高持百姓じゃったし、血も繋がっとらん家族なんて、無理でやんす」

甚兵衛ら老夫婦の数組も、子や孫の世代と家族を作る。甚兵衛は老妻と孫一人の三人だけ生き残ったが、惣八夫婦と同居する案だ。惣八は気こそ弱いが優しいから、家族とするなら他の人間よりもいいはずだった。黒岩と千川も念入りに考えてはいるらしい。

根岸の手が伸び、甚兵衛の細い肩をガシリと摑んだ。

「できん理由を探すのはやめんか。とにかく、試してみい」

病人や妊婦、赤子を抱える母など、まだ他村で世話になっている者たちも呼び戻し、七組の祝言を挙げる。さらに、遠戚、姻戚の者などを家族に加えたりしながら、計六十人で八家族を作る提案だ。一匹狼だった音五郎は、含まれていない。

「わしがもう一組、取り合わせを考えてみた。どうじゃな、音五郎？」

根岸が示す紙に記された悪筆の文字を、音五郎は凝視した。

――くめ、音五郎、玉菜、仙太、するゑ

無理だ。五人の名を見た瞬間に思った。

「仙太をお前から引き離すのも変じゃろう。玉菜はするゑと同じ年頃の愛娘を亡くしたという。音五郎と玉菜なら、齢《とし》も近い。くめの世話も頼みたい。この家族を作ってみんか？」

黒岩、千川と甚兵衛が同時に首をかしげた。

「玉菜は美人で働き者でしたから、嫁にならんかと言い寄る男たちもおるようですが、本人はご承知のありさまで……」

千川の言う通りだ。玉菜は今までの音五郎より、さらに自暴自棄に見えた。

「吟味役。他はわからねぇけど、この家族は無理だんべ。仙太も玉菜も俺を嫌うとるし、くめ婆さんはもう気が触れとるんさ。するゑは呑んだくれの貧しい水呑み百姓の娘だぃ。玉菜が認めるはずがねぇべ」

田畑が埋もれた今でも、百姓たちは以前の格式に応じた挨拶をしていた。武士には平身低頭のくせに、内では威張り散らす百姓同士のややこしい風習など、音五郎は歯牙にもかけなかったが、他の村人たちは違う。

「武士も、身分やらしいきたりやらで雁字《がんじ》がらめじゃが、面倒くさくてかなわねぇ。そんなもの、きれいさっぱり捨てちまえねぇか？　生き残った人間は皆、仲間じゃろが」

　幸せで満ち足りていた者、何はともあれ平穏に暮らしていた者、どん底でもがき苦しんでいた者、音五郎のように自分の夢を摑みかけていた者。色々な村人がいたはずだが、浅間大変は皆を等しく襲い、ほとんどすべてを奪い尽くした。

「皆、たまたま鎌原に暮らしとっただけの他人なんさ。くっ付けてみたって、本物の家族になれるわけがねぇ。ともかく、九組目は駄目だんべ」

　首を横に振る音五郎の背を、根岸がぶあつい手でポンと叩いた。

「すぐには無理じゃろう。されどお前たちは、これからを生きねばならん。バラバラより一緒に生きてゆくほうが安心じゃし、楽しいじゃろが。十年、二十年の後には、思い出をたくさん作って、幸せだと思える日がきっと来る。試してみい、音五郎」

　皆が、音五郎を見ていた。

　百姓代になってすぐ、せっかくの提案をのっけから潰すのは気が引けた。音五郎は一二三のように出来た人間ではない。心の中には、かなしかいなかった。自信は全然ないが、失敗して失うものも、別にないのだ。

　音五郎が小さくうなずくと、根岸はにんまりと笑った。

「加部安にも来るよう頼んでおいた。名主三人から、皆に話してくれい」

　受け入れやすいように、鎌原の民を支援してきた近隣三名主からの提案として、家族づくりを打診するという。

「手前と千川殿も、まだしばし鎌原の世話をいたす所存。家族の取り合わせを考えた責めもござんすから」

引き続き黒岩たちが助けてくれるなら、村の再建がうまく回るかも知れない。

「ありがたや。喜藤次よ、わが秘策にお前の主も驚くじゃろうな」

「公儀もそこまで世話を焼くなら、離縁の面倒も見ねばなりますまい」

上役の念押しに喜藤次が嫌味をぶつけても、根岸は上機嫌で返した。

「御救普請は幾つもやったが、家族づくりは初めてじゃ。夫婦円満の秘訣も披露せにゃな」

「原田様以下、われら役人が鎌原再建に承服しておらぬこと、くれぐれもお忘れなきよう」

根岸の手がニュッと伸び、喜藤次の肩へ置かれた。

「肩が凝っとるぞ。力みすぎじゃ」

喜藤次がギッと睨みつけても、根岸の笑顔は変わらない。

「民が家族を持って幸せになれば、再建もはかどる。皆が元気に働いて、どんどん村が出来あってゆく姿を見りゃ、役人たちも変わるじゃろ。さてと、わしはこの場を借りて文を書く。昼餉《ひるげ》の支度ができたら呼んでくれい」

根岸はくるりと小さな文机に向き直った。


一刻余り後、掘立小屋のなかは賑やかだった。戸惑いながらも、少し華やいでさえいる。

惣八は照れくさそうな顔つきで、新しく家族になる者たちと顔を見合わせていた。大きな不幸が襲った直後だけに、惚れた腫れたの話はご法度《はっと》に近かった。半数近くは当惑気味の様子だが、恩人の三名主が提案し、「それはよき思案じゃ」と根岸が喜んで勧めると、拒むわけにもいかず、八組の六十人はそれぞれに集まり、改まって挨拶を始めた。

でも、音五郎ら九組目の「家族」は、やはり出だしからつまずいた。

声をかけても、来たのはするゑだけで、囲炉裏端のくめはニコニコ笑いながら虚空を見つめていたし、玉菜は話もろくに聞かなかった様子で、無表情のまま部屋の隅で壁にもたれていた。仙太は残りの者たちの中にいて、誰とも視線を合わせようとしない。するゑが困り顔で他の三人を見ていた。

「玉菜、お前はまだ二十五と聞いたぞ。その若さなら、一からやり直せる」

根岸が促すと、玉菜が目も合わせずに応じた。

「なんかもんと夫婦《めおと》になるくらいなら、死にます。鎌原村なんて、このまま滅びればいいんさ」

取り付く島もない呪いの言葉に、根岸が頭を掻いた。

「玉菜さん。うらは、この五人で家族になりたいんさ」

けなげに訴えるするゑに一瞥《いちべつ》もせず、玉菜は冷たい声でぼそりと呟く。

「どうして、わたくしが水呑み百姓の娘なんかと」

するゑはみるみる泣きそうな顔になった。唇を噛んでこらえている。

「家族は偶然が重なってできる。わしみたいな妖怪好きの変わり者が、家族なんぞ作れるかと母は案じたが、今ではダイダラボッチのごとくどっしり構えておるぞ」

根岸が大笑すると、座からぎこちない笑いが起こった。

「むろん、家族がありゃ幸せになれるって、単純な話でもねぇさ。世の中にはいがみ合って、果てには殺し合う不幸な家族までおる。じゃが、わしみたいな仲良し家族もおるでな。だから、たぶん家族を作ったほうが得じゃ」

人間は孤独な生き物だ。一人で生まれ、死んでゆく。常に寂しさと闘いながら人生を送る。それでも、誰かと一緒にいる間だけは、寂しさがまぎれるのだ。もともと人間は喜怒哀楽の人生を、幸せになるために生きている。助け合わねば生きていけぬし、幸せは誰かと分かち合った時、もっと大きくなるのだと、根岸はしんみり語った。

「どうしても嫌なら無理強いはできんが、人はどこかで暮らさにゃならん。この大部屋で、近くにおるだけでもよい。家族の真似事だけでもしてみてくれい」

ひとまず四つの囲炉裏を三等分して九家族を配置し、残りは好きに任せる。

「八家族は、ひと足先に骨肉の一族となれ。皆のお手本じゃ。残りの者たちも、今年のうちに家族を作ろうぞ。わしはしばらく他の村を回らにゃならんが、次に参る時は祝言を挙げるゆえ、楽しい宴の支度を頼むぞ。新しき家も、その時に間に合わせたいのう」

これからの鎌原村は、家族を作った者と、作れなかった者に大きく分かれてゆくだろう。音五郎のごとき人望のない人間が皆をまとめ、引っ張っていけるのか、不安だらけだ。

「好きな者、家族になりたい者がおれば、わしにこっそり言うんじゃぞ」

根岸がにぎやかに大笑すると、八家族の中から小さな笑いが漏れた。

7

月明かりに強さがないのは、渋川の空にも灰がまだ舞っているせいか。

夕餉の後、ずっと文机に向かっていた根岸は筆を置き、ひと息ついた。

御救普請の本陣を置く渋川宿は、三国《みくに》街道の宿場町だ。佐渡奉行街道、伊香保《いかほ》街道を結ぶ間道も交差し、被災天領の村々を訪ねるのに至便だった。最も被害の大きかった吾妻川上流の村々を訪問する時は原町をよく根城としたが、渋川へ戻ると、たいてい仕事が山積みになっていた。

「まだまだ、文はどっさり来ておりまする」

背後から聞こえてきた若い声に振り返ると、喜藤次が紙の束を小脇に抱えていた。鎌原村を最後に一度目の巡回が済んだ後は、喜藤次が原田に代わって案内を務めることが多くなった。

夜は各所からの報告を読み、誰やらに文を書いているうち、明け方が来る。

「御救普請はいつも忙しゅうて、苦しいものじゃ」

通常の普請には被災者がいないから、民の苦情や揉め事もほとんどない。未来に向かって、夢を描きながら歩めばいい。だが、御救普請は過去を振り返りながら、苦しむ民に寄り添って進めねばならぬ。金がない人手もないと、現場で苦悩するまじめな役人たちを励ます必要もあった。

「今日も、徹夜にございまするか？」

喜藤次は、原田に及ばぬものの有能で、根岸の雑用をてきぱき片付けてくれるから、助かっていた。原田の腹心を自任し、自ら「原田様の目である」と胸を張っているから、根岸についても主に逐一報告しているらしかった。最初は肩をいからせて根岸を睨んでいた喜藤次も、ひと月ほど近くで過ごすうち、親しく話をするようになった。

「書を読むのも、物を書くのも好きじゃが、本当は眠るのも大好きなんじゃ」

もしも好きに暮らしていいのなら、戯作《げさく》でも書いてみたかった。たっぷり午睡もしたい。隠居するまで、とうてい無理そうだが。

「ところで先刻、川越藩《かわごえ》からまた付け届けがございました」

千鯛一折、銀二枚を贈ってきたという。

「役人への進物は一切無用と改めて伝えい。受け取った物は、復興の足しにせよ」

喜藤次は一礼して辞そうとしたが、少し迷いを見せてから再び腰を下ろした。

「吟味役は、わが主と全く違うように見えて、意外と少し似ておられまする」

原田も同じく賄賂を拒絶する。が、それは弱みを握られ、あるいは後で連座して罪を被らぬためで、清廉とも少し違うのだと言う。一本筋が通っていて、強情なところはそっくりらしい。

「覚悟を定めた武士に、賄賂など効かぬ」

喜藤次はよく議論をふっかけてきたが、根岸が正面から受け止め、妖怪まで登場させてあれこれ論じているうち、最近は根岸の話を楽しげに聞くようになった。

「実は、吟味役にご相談したき儀がございまする」

「おう、何でも聞いてやるぞ」

「原田様に原町の差配を任されたのですが、実は御救金の配分を巡って、揉めておりまする」

過日、根岸は原田と諮り、村々の名主と村年寄を呼び出し、復興のため百石につき金四両を下付したが、その配分方法が決まらないという。単純な頭割によると、土地を多く持つ高持百姓の耕地復旧がままならず、他方、田畑の持ち分に応じた高割《たかわり》によると、貧しい水呑み百姓は飢えを凌《しの》ぐだけともなりかねない。

「さらによう話し合わせてから、やり方を二つ示してやれ。ひとつは困窮の度合いで上中下に分けて、配分額を決めよ。いまひとつは二両を高割とし、残り二両を頭割とせよ」

「なるほど。よきお知恵を賜りました」

時が掛かり、仲間内で揉めようとも、民が村の復興に向け、金の配分も含めて話し合い、自分たちで決めてゆくことが望ましい。ぶつかり合い、試行錯誤を重ね、苦労して汗を掻く中で絆が生まれ、やがて復興への真の道筋も見えてくるのだと、根岸は信じていた。政には、迅速が大事な局面もあるが、他方で、あえて時を掛け、納得を得るべき場合もある。

「今まで原田様を目標に、一流の役人たらんと精進して参りましたが、これからは根岸様からも学ばせていただきまする」

喜藤次が目を輝かせているが、根岸を手本にしてよいものか。

周りが心配しないように堂々と振る舞いはしても、鎌原の件ばかりは自信がなかった。未曽有の被害だけに、過去の経験も通じない。たくさんの民の人生が懸かっているのだ。思案の末、家族を作らせ、歩き出させてはみたものの、原田の進言に従うべきだったかと悩みもした。だがともかく、今は這ってでも前に進むしかない。

「わしの経験から、ひとつ、お前にいいことを教えてやろう」

根岸の言葉に、喜藤次があわてて居住まいを正した。

「笑え、喜藤次。笑う門には福来るという至言を知っとるじゃろ」

「は、はぁ……」

喜藤次は拍子抜けしたような顔つきに、慣れない笑みを浮かべた。

第四章　家族ごっこ

――天明三年（一七八三）十月二十三日、上野国・鎌原

1

大きな鍬《くわ》を手に秋晴れの空を見上げると、かなと二人でぎっぱを切り拓いていた頃を、どうしても思い出してしまう。

「音五郎、そろそろ吟味役をお迎えに行ぐべぇ」

黒岩に声をかけられた。鍬を置き、整備し終えた街道を並んで歩く。

このひと月近く、吉六が掲げた新しい鎌原村を目指して、音五郎はがむしゃらに道普請に励んできた。喜藤次の立ち会いで道を通す位置を確かめ、両側に溝を掘ってゆく。男たちが東の小熊《おぐま》沢から粘土と砂利を運び、女子どもや年寄りも加わって道の表面に敷き、鍬で整える。大きな石を取り除いて吾妻川へ運ぶ作業も大変だが、村の中心から隣の芦生田村までを開通させた。家も八軒建てた。今日の祝言のために、皆で必死に間に合わせたのだ。

自分たちで作った道だと思うと、誇らしい。歩き心地も悪くなかった。

「お前も鎌原の皆も、よう頑張ったんさ。吟味役もお喜びになるだんべ」

新しい家族を作ったあの日のうちに、根岸は役人たちが使う仮屋の建設を命じ、「開発場《けいほつば》」と名付けた。さらに近隣の村々で一日八十六文を払うと約して人を集めた。被災し貧窮する者たちにとっても貴重な稼ぎ場だ。皆、普請に精を出し、復興は目に見えて進み出した。

「皆、あのデーラン坊にまんまと乗せられとるな」

かく言う音五郎も同じだ。わかっているのに、悪い気はしなかった。

村の北のはずれに着き、根岸一行を待つ。

「御救普請《おすくいぶしん》を数多くこなしてこられただけあって、吟味役はようお考えじゃ」

「童までこき使うと聞いた時にゃ、鬼かと思ったぃ」

七歳以上の老若男女は全員、普請に従事せよとの厳命に、皆は首をかしげた。憤った音五郎が原町へすっ飛んで行き、根岸に問いただすと、「しゃらくせぇ、金を払うためじゃ」と即答された。童と年寄り、女たちはできる限りをやればいい。音五郎ら元気な男たちが人一倍働けとの返事だった。根岸は村人を窮乏から救うために、金を落とす仕組みを作ってくれたわけだ。

「よきお役人が来てくだされたのは、不幸中の幸いじゃった」

役人は偉そうにして、百姓から搾り取るだけの連中だと思っていた。根岸でなければ、音五郎は今ごろ故郷を捨て、江戸でろくでもないゴロツキ稼業に身を窶《やつ》していたろうか。

道のりはもちろん平坦ではない。黒岩たちの助けがあっても、普請の経験もなく、そそっかしい上に短気な音五郎は、毎日のように誰かと衝突した。十日ほど前にも人手の配分を巡って、四平たちと激しい口論になった。

――なんかもん。この普請場にゃ、五人よこすって約束だんべ。

っちまったぃ。

――四平。悪いが、道普請にもっと人手がいるって苦情が出たんさ。ちっとんべぇ甘く見積も

――なんてザマだぃ！　一二三さんなら、もうとっくに終わってるだんべ。

――待てやぁ、幸七。なんで一二三が出てくるんだぃ？　もともと金も人手も足りねぇのを、だましだましやってたんだぃ！

――また喧嘩を。やめてくらっしゃい。

小六が割り込んで収めに入ったから、怒りを抑えて立ち去ろうとしたら、背後で聞こえよがしに四平の笑い声がした。

――勘定もできねぇ馬鹿が百姓代だなんて、百年早えで。寺子屋からやり直さんかや。

――仕様《しゃい》もねぇ！　百姓代なんかやめてやるべ。今日から、にしらがやれ。

音五郎が全部投げ出そうとした時、ささやかな奇跡が起こった。

普請場に捨て台詞を残し、喜藤次に辞任を伝えようとうつむいて開発場へ向かう途中、灰砂から突き出ている茶色の小さな突起に気づいた。取り上げてみると、赤い紐で括《くく》られたササラの持ち手だった――。

音五郎は懐へ手をやり、ササラを握り締める。

（かな、俺は今日も頑張っとるで）

桶や食器を洗う他愛もない道具の端くれが、今となってはかないの唯一の形見だった。怒濤の山津波で、何もかもが流され埋められたのに、音五郎の手元へ戻ったのだ。かなが力を貸してくれていると信じ、ひとまず続けようと決めた。

やがて、足早に歩いてくる大男の姿が見えた。斜め後ろに小柄な侍が小走りで続き、その後ろ

に数人が従う。根岸は重い自分を担がせるのは申し訳ないと言って駕籠《かご》をほとんど使わず、馬にも乗らなかった。被災後の悪路もあるから大変だが、原田以下も仕方なく上役に倣い、徒歩《かち》で移動していた。駕籠かきと馬を復旧の仕事に回したい根岸の思惑もあったろう。

道端に平伏していると、根岸が目の前にしゃがみ込み、笑顔で二人の肩へ手を置いた。

「黒岩に音五郎、立派な道ができたのう」

「早速ご案内を」と黒岩が歩き出し、音五郎が続く。

「皆、忙しゅうしとるじゃろう」

音五郎は毎日クタクタになるまで働いた後、普請場に近い小熊沢の水で汗を流す。腹を空かして掘立小屋《ほったてごや》へ戻り、囲炉裏の一隅に五人の家族で集まって夕飯を食う。するが話すくらいで、まだほとんど会話はないが、疲れて泥のように眠ると、もう夜明けだ。同じような日々の連続でも、無心で仕事に打ち込み、誰かと力を合わせて何かをやっていると、気がまぎれた。日々、道が少しずつ出来あがってゆく姿を見ながら、自分は生きていると確かめられるのだ。

「おお、木の香りがするわい。わしはこの匂いが大好きなんじゃ」

新築の家に近づくと、根岸が団子鼻をクンクンさせた。

「吟味役！　ようこそお越しくらしゃいやした」

新居の前で平伏していた四平、幸七、惣八たちが笑顔で根岸を取り囲んだ。

「力を合わせて何かを仕上げると、気持ちいいじゃろう。人生にはまだまだ楽しいことがある。千川、お前たちも皆をよう助けてくれた」

後で駆けつける加部安も、弟子の弔い合戦としてひと肌脱ぐと言い、三名主は鎌原の新しい船出だからと、人手を出してくれた。

「明るいうちに、観音堂で七組の祝言を執り行った後、今宵それぞれの新居で小宴ができればと存じやす。ぜひ吟味役からも、祝いのお言葉を賜《たまわ》りたく」

「承知したぞ、干川。わしの話は妖怪も出てきて長いゆえ、皆、覚悟しておけい」

どっと笑いの広がる輪から離れ、音五郎はまだ道のない南へ足を向けた。ふと、ぎっぱのあった場所へ行きたいと思った。

今日の祝言の支度は三名主の差配に任せてあるから、出番はしばらくない。

道なき道を進み、ずいぶん変わった周囲の景色から、この辺りだと見当をつけた。

ここへ来ると、夢のような過去がまざまざと甦る。

ただぼんやりとして悲しみに浸るのは、久しぶりだ。

骸は石段の下かも知れないが、魂は家族で暮らしたこの地に戻っている気もした。

(どうして俺たちが、こんな目に遭うんだんべ?)

決して答えの出ない、堂々巡りの問いだ。幼い頃、志めから聞いた気の毒なデーラン坊の伝説を思い出した。使い捨てられた巨人も、同じような気持ちだったろうか。

音五郎はゴツゴツした岩の荒野に腰を落とした。

根岸は吉六の夢を実現するというが、本当にできるのか。道のりは、はるか遠い。

もしかしたら、もうこの土地を捨てたほうが幸せになれるのではないか。

両手で、灰砂を掘り始めた。

ササラのほかに、思い出の品でも見つかればと思った。

仙太も形見を探しているらしく、数日前もここで姿を見かけた。声をかけても返事せず、音五郎を一瞥《いちべつ》して帰っていった。かなの子だし、また家族になったのだから、何とかしてやりたいとは思う。でも、接し方がわからず、腫れ物に触るように避けていた。

砂へ突っ込んだ手が固い岩にぶつかった。岩を取り除き、モグラのように夢中で掘る。

出てくるのは、灰砂と黒い岩だけだ。まるで蟻地獄《テッコハッコ》にいるようだった。

（もし市松紋の古伊万里か、信楽焼の湯呑みの破片でも見つかったら……）

願かけをしようとして、気づいた。音五郎には別段、願いたいことがなかった。

村を甦らせて、どうするのだ？　四平たちを幸せにするだけか。

（俺は誰のために毎日《まいんち》、汗水を流してんだぃ）

何もかもが疎ましく思えて、また全部投げ出したくなった。話しかけるたび「死にたい」と繰り返す玉菜の色白な無表情が思い浮かび、尻餅を突いてへたり込んだ。

「お前たちは、ここで暮らしとったそうじゃな」

背後で野太い声が雷のように落ち、熊のような体が、隣にどっかと腰を下ろした。

「もう逃げようって、かなは何度も言ったのに、俺は心配《あんじゃあ》ねぇって相手にしなかった。村から二度も逃げ出したら見っともねぇし、田畑も家も誰かに取られちまうって思ったんさ。だけど、かなを失うくれぇなら、全部捨てて逃げりゃよかったぃ……」

「そうなんか」

音五郎は心の中で自分を責め続けてきた。でも、誰かに話したのは初めてだ。

「足の悪いお袋を支えながら、かなはここから観音堂へ向かったんさ。途中でお袋が転んでからは、身重の体でおぶったんさ」

かなは志めを見捨てなかった。そういう女だった。

「お袋は昔、ガキの俺を半殺しにしたクソ親父を、泣きながら止めてたんさ。親父は憎いだけだったけど、お袋が俺を育ててくれた。照れ臭くて、憎まれ口を叩いてたけど、感謝はしてたんさ。何にもなくて可哀想な人生だったから、親孝行して楽させようって思ってたのに、いなくなっちまった。この前、黒岩の旦那に聞いたんさ。『息子の酒を試してくらっしゃい』って、悪い足で大笹村までこっそり頼みに行ってたんだぃね。俺が酒造りを頑張ってるのを見て、何かしてやりたいと思ったんだんべ。お袋は最後に何を考えてたんだんべ……」

胸に渦巻くやるせない思いを誰かに聞いてもらうだけで、心は軽くなるのだろうか。以前はかな相手に愚痴をこぼしたが、まさか幕府の勘定吟味役に話すとは思わなかった。

隣で、根岸の手が掬った灰色の乾き砂が、サラサラとこぼれ落ちてゆく。

根岸が柔らかく包み込むような笑みを浮かべていた。

「大切な人間がいかなる最期を迎えたのか、残された者は知りたくなる。怖いし嫌じゃが、故人に少しでも思いを馳せるためにな」

音五郎は、山津波のすぐ後に仙太から聞いたが、不明な場合がほとんどだ。

「人は驚くほど簡単に死ぬ。そしてもう戻らねぇ。いつだって、そいつの繰り返しよ」

根岸は被災地を訪れるたび、悲嘆に暮れる民と一緒に、無数の死と向き合ったのだろう。「根岸様、根岸様」と連呼していた吉六のきまじめな浅黒い顔が、なぜか思い浮かんだ。

「わしはいつも、どうすりゃ人の死が無駄にならねぇか、亡き者たちのために何ができるかを考えとる」

どんなこじつけでもいい。残された者は、死と悲しみを受け入れるために、大切な人が生きていた意味を探し、確かめようとする。

「だけど、過去が変えられねぇ以上、遺された者たちは将来に向かって、今を生きるしかねぇ。

絶望と悲しみから立ち上がった人間が、いつか人生を振り返った時、歩んできた来し方をよしと言えるなら、大切な者たちの死を無駄にしなかったとは思えねぇか？　その時初めて、その死が生きてくるんじゃねぇかな」

「吟味役、俺は結局、どう生きりゃいいんだんべぇ？」

「いつも己が良心に問いかけて、よいと信じられる道を歩め。誰に対しても、胸を張れる生き方をすればよい」

　かなに救われる前、江戸でならず者の片棒を担いで悪事を働いていた時も、大焼けの後やぶれかぶれになっていた時も、音五郎は胸が苦しくて、重かった。良心に反する道だったからか。

「玉菜の案配はどうじゃな？」

「さっぱり相手にしてくんねぇべ。余り者の家族はやっぱり難しかっぺぇ」

「まだ始めたばかりじゃねぇか。ほれ、お前には心強い味方もおるぞ」

根岸に促されて振り返ると、灰砂の悪路を小さい姿がちょこちょこ駆けてくる。

「デーラン坊さま、音五郎さん。そろそろ祝言なんさ」

「よう呼びに来てくれた、するゑ」

根岸はするゑをひょいと持ち上げ、自分の肩の上に乗せた。するゑはとびきりうれしそうだ。

「そうじゃった。お前は父親の肩へ行け」

根岸がするゑを音五郎の肩へ移してきた。小さな手が、音五郎の頭を遠慮がちに摑む。

かなと歩むはずだった道を、これから、全く別の人間と歩んでゆくのか。

　音五郎の胸の中を、重くて後ろ暗い思いが通り過ぎていった。

2

鎌原観音堂で、騒々しい祝言をやっていた。

玉菜は退屈だった。音五郎に言われるまま、狭い境内の真ん中に置き物のように座っている。あの日以来、自分は木偶《でく》人形だと言い聞かせてきた。玉菜の心は粉々に壊れたらしく、何も感じなくなった。不養生と無気力のせいか、近ごろは体がだるく、熱っぽい。

入れ替わりで、七組目の男女が新しい家族と一緒に堂内へ入ってゆく。

根岸と三名主が立ち会い、観音像の前で夫婦の契りを結ぶ盃を水で交わしていた。夫を亡くしてまだ四カ月にもならないのに、もう誰かの妻になるなど、玉菜には想像もできなかった。

延々と続いた空々しい儀式も、やっとこれで最後か。

早く終わってほしかった。馬鹿げた祝言も、虚しい宴も、何もない玉菜の人生も。

生き残りの村人たちが笑顔の時は、肉親を失いながらよくも笑えるものだと、憎らしく思った。逆にいがみ合っている時は、こんな人間たちのために夫が命を落としたのかと、腹立たしかった。

一二三が何もしなければ、村人たちは全員死んでいたのだ。そのほうがよかった気さえする。

「皆の衆、小腹も空いたじゃろう。三村より心ばかりの贈り物じゃ。食い切れんほど作ったで」

加部安の指図で、藁束《わらたば》で巻いた団子が、八家族と残りの者たちに配られてゆく。

「おお、団子じゃねぇか！」

今年は作物が全滅した上に物価が高騰したため、ろくな食べ物が手に入らず、どの村も四苦八苦しているらしい。粟《あわ》と稗《ひえ》が常だから、米で作った団子は贅沢だ。

「するから、団子が根岸様の大好物と聞いて、宴席にはもってこいじゃろうと、三名主で決めやした。甘い味噌をたっぷりと付けて、召し上がらっしゃい」

干からびたような痩せ顔で、千川が口を挟んでいる。

「江戸を出てから団子を食っとらんゆえ、うれしゅうてたまらんが、わしの祝言じゃなかろうに」

「団子を好かぬ者なぞおりやせん」

黒岩が取りなすように応じると、「そいつはそうじゃ」と根岸が大笑した。可笑しくもないのに、わざとらしく笑う役人だ。あの日から玉菜は一度も笑っていない。これからもないだろう。

「おい、皆。もらってきたんさ。少し変わった形の団子だで」

音五郎が戻ると、まがい物の五人家族のうち、するだけがうれしそうな声を上げた。

六つの団子を刺した串を六本まとめ、藁束で巻き付けたものに、人の形に似せた団子をひとつだけ差してある。六個にしたのは亡き吉六に敬意を払うためだと、黒岩が付け足していた。

「縁起ものだんべ。ほれ、玉菜」と、音五郎が無造作に差し出してきた。

今さら縁起を担いで何になるのだ？　めでたいことなど、金輪際あるはずがなかった。

それでも、少し空腹を感じて串を取ると、音五郎がうれしそうな顔で隣に座った。

柄にもなく百姓代になって、ひとり気を吐いている。夫のような立派な人間が命を落とし、なんかもんのようにつまらない人間がなぜ生き残ったのだろう。玉菜はもう神仏など信じない。だから、観音堂にお詣りもしない。祈るべき願いもなかった。

「この団子は、きっと皆の身を護ってくれようぞ。されば、身護団子《みごだんご》と名付くべし」

根岸が野太い声で、満足そうにひとりごちている。

今さら何の護身か。あの時に、夫と娘の身を守ってほしかった。

「さればいま今日より、八家族はそれぞれ新居に入って、新しい暮らしを始めい。今宵はわしも一軒一軒の宴に顔を出して、新しい門出を祝おうぞ」

根岸ははちきれんばかりの笑顔で、わが事のように喜んでいた。暇な役人もいるものだ。

「三名主が、餞《はなむけ》に話をせよとわしに申すゆえ、皆の衆、ちと耳を貸してくれんか」

根岸が観音像を背に、ゆっさゆっさと座り直した。

「江戸は浅草に、よう当たる人相見《にんそうみ》がおってな」

麹町《こうじまち》の呉服屋に勤める若い手代が占いを頼んだところ、死相がくっきりと出ていた。「来年の六月には必ず死ぬ」と聞いた若者は店をやめ、浅草寺《せんそうじ》で出家して死の時を静かに待っていた。そんなある朝、若者は両国橋《りょうごくばし》から身投げしようとする若い女を引き止めた。娘は江戸に憧れて越後国から出てきたものの、人に騙されて借金を作ってしまった。実家に迷惑をかけられぬから、死んで詫《わ》びようと考えたらしい。尋ねると、蓄えをはたけば支払える金額だったから、代わりに返し、娘を国へ帰してやった。ところが死ぬはずの六月を過ぎても、手代はピンピンしている。

「人相見にまんまと一杯食わされたんさ」

音五郎が合いの手を挟むと、根岸はゆっくりと頭《かぶり》を振った。

「手代も怪しんで浅草を訪ねたんじゃ。人相見は驚いて、何かよほどの善行をしたのではないかと、逆に尋ねてきた」

事情を聞いた人相見は得心した風で、死相もすっかり消え、これからはよき妻を得て順風満帆だと見立てた。手代はただちに還俗《げんぞく》し、越後の娘を呼び戻して所帯を持った。

「今、商いで大いに成功しておるぞ」

「へぇ」と音五郎が感嘆の声を上げ、周りもどよめいていた。おめでたい人間たちだ。

作り話に決まっている。もしも善行を積んで死を免れるなら、なぜ一二三は山津波に呑み込まれたのだ？　いよは心優しい子だった。十歳で死すべき理由など全くなかった。

「奇談には嘘話も多いゆえ、わしも本人たちにじかに確かめてみたが、どうも真らしい」

もしも実話なら、偶然が幾つも重なっただけだ。

「世は不合理に満ちておる。浅間大変はその最たるものよ。されど、よき心根で頑張っておれば、きっと報われると、わしは信じておる」

玉菜は反発しか覚えなかった。

何もかも失って、もう報われたいとも思わない人間は、どうすればいいのだ？

「時には後ろを振り返って、亡き者たちを想い、自分が今、生かされてあることに感謝するもよかろう。されどこれからは前を見て、家族で助け合いながら生きてゆくんじゃ」

空疎な言葉は、玉菜の心に届く前に、泡がはじけるように次々と消えてゆく。

もう誰の言葉も、自分には届かない。くめのように正気を失ってしまえば楽だが、魂は空っぽのくせに、玉菜の頭はまだ働いていた。

「わしはこれから、観音様の前で文を書くでな。それまでに宴の支度を頼むぞ」

宴を取り仕切る加部安の指図で、村人たちはきびきびと動いた。八家族が順序よく観音堂の石段を下り、新居へ向かってゆく。

「俺たちも、戻るべぇ」

音五郎が声をかけると、すゑだけが元気に応じて先頭に立った。音五郎がくめを支えながら、石段を下りてゆく。仙太の後、玉菜も下り始めた。

（いよは亡くなったのに、どうして……）

するゑの姿が目に入るたび、玉菜は腹立たしい気持ちになった。せめていよが生きていてくれたら、たとえ夫を失っても、愛娘のために生きられたと思う。

掘立小屋へ戻ると、玉菜はいつもの壁の隅に背をもたせかけた。

八家族がいなくなり、新居へ宴の支度を手伝いに行った者も多く、大部屋は空き家のようにガランとしていた。すっきりして、むしろ心地がいい。

「今夜は、俺も吟味役と祝宴へ顔を出すんさ。先に食べちまおうで」

音五郎とするゑが、宴に出される食材のおすそ分けをもらってきた。

「加部安の旦那が奮発してくれて、ひとり一尾、鰺《あじ》の干物が食えるど」

百姓代になり切って調子に乗る音五郎に対し、玉菜は敵意さえ覚えた。

「なすの味噌漬けに白いお米なんて、今日はてんで豪勢ね」

貧しいするゑは、生まれてこのかた雑穀しか食べたことがなかったろうが、米を常食していた玉菜にとっては懐かしく、切ない気持ちになった。

「藁餅《わらもち》ばかりじゃ、気も萎えちまうからな」

幕府は「藁餅」なる食べ物の作り方を触れ出した。生藁《なまわら》を長く水に浸《つ》けて灰汁《あく》を取り、根元から細かく刻んで蒸《む》し、乾燥させて臼《うす》で挽《ひ》く。これに葛《くず》や蕨《わらび》、あれば米粉《こめこ》を混ぜて餅のようにするのだ。皆、黙々と胃袋へ入れていたが、不味《まず》すぎて玉菜には食べられなかった。

「だけど、吟味役は意外にお気に入りだんべ。この前は十個も食べとった」

「デーラン坊さまは、何を食べても美味しいみたい」

まがい物の家族で食事をする時、話すのは音五郎とするゑだけだ。

傍らの仙太は、育ち盛りだから空腹なのだろう、大切そうに鰺の干物を少しずつ口に入れながら、白米を何度もお代わりしていた。が、何もしゃべらない。仙太は目の前で母を失って以来、元気がなかった。玉菜を頼ってきた時もあったが、相手をする心のゆとりがなく、そっけなくすると、離れていった。夫を慕っていた子どもだが、血も繋がらない赤の他人だ。

くめは呆《ほう》けていても、舌だけは確かなのか、白米と魚をしっかり食べている。

いつものように、玉菜は押し黙ったまま食べ終えた。

「食った、食った。毎日こんなもんが食えりゃいいんだけど」

「後は、うらが片付けとくから」

するゑが張り切って後片付けをするから、楽だ。

玉菜はいつもの片隅に身を埋める。くめも傍らで呆けているから、ちょうどよかった。

ずっと死にたかったが、死ぬ気力も湧かなかった。せめて形見でも見つかればと、十日ノ窪の界隈を探してもみたが、灰砂と黒石しかなかった。もう少し元気が出てきたら、玉菜は死ぬ。どうやって死ぬのが一番いいか、つらつら考えていた。今はただ、死ぬために生きている。

「玉菜さん、掻巻《かいまき》をもらってきたんさ。寒くなりそうだし、よかったら着らっしゃい」

にっこり笑いかけてくるするゑから、無言で受け取った。

「この掘立小屋も、寂しゅうなるのう」

根岸が単身ゆらりと現れた。玉菜たちが使う囲炉裏端《いろりばた》まで来て、どっかりと座った。音五郎とするゑが並んで平伏し、少し離れて、仙太が形ばかり続く。

「さてと、この家族はどんな案配じゃな？」

「うちは、まだまだ時が掛かりそうだんべ」

いや、死ぬまで無理だ。もっとも、玉菜はもうすぐ死ぬから、後は好きにすればいい。

「大切な肉親を幾人も失ったんじゃ。簡単じゃねぇさ」

あれだけ山が跳《は》ねていたのに、役人たちは何もしなかった。民を守れなかったくせに、今になって同情面する気か。

「吟味役、大焼けはどうして起こったんだんべ？　春に山が跳ね始めてから、人間は幾万もの祈りを神仏に捧げ続けた。俺たちも祈ったんさ。だけど、加護はなかったぃ」

甚兵衛のように、正しい道を守らぬ人間に下された天の戒めだと考える者も多いらしい。でも、玉菜は納得がいかなかった。夫と娘がどんな悪事を働いたというのか。甚兵衛のせいで犠牲になったとさえいえる。

「御救普請のたび、わしは人間の非力と運命の酷薄を痛いほど感じる。じゃが、浅間大変については、ある儒学者の見立てがわしの考えに近い」

下仁田《しもにた》の高橋道斎《どうさい》によると、山焼けは自然の理で起こる天災であり、人間の業《ごう》とは関係がない。善光寺のおかげで信州に山津波が起こらなかったという噂も怪しいと、根岸は続けた。

「実際に浅間へ来て、絵図と照らし合わせて得心したんじゃが、前掛山には欠けがある」

根岸は囲炉裏の脇にあった木の鍋蓋《なべぶた》を取り、釜山に見立てながら、その周りに太い指先で円を描いた。二重の輪に当たる前掛山は丑寅（北東）の方角が欠けている。熔《と》け岩《いわ》がそこからあふれ出て、鎌原へ流れ下ったのは理の当然だという。一二三も最後の夜、そう言っていた。

「天罰かどうかはともかく、浅間大明神の社殿だって呑み込まれたんさ。神仏など信じても、虚しいだけだんべ」

音五郎の恨み節の通りだ。

延命寺の甘藍和尚と信者たちも戻らなかった。山に殺されたのだ。

「じゃがわしは、神仏を信じとるぞ。人の世には、不思議なことがたまに起こるでな」

根岸は余り者の五人を見渡してから、思わせぶりに声を潜めた。また、くだらない奇談か。

「江戸は下谷《したや》の広小路《ひろこうじ》に、小ぎれいな茶屋を営む夫婦がおった。小さくて貧しい店じゃが、客にはよきもてなしをする。食いっぱぐれた者たちが来ると、気の毒に思うて銭も受け取らんと団子でも茶でも馳走するから、野良猫まで頼ってきたそうな。だけどそんな調子じゃ、儲かるはずもねぇ。借金が嵩《かさ》んで、どうにも首が回らんようになった。夫婦で相談して、あと三日で店を畳むと決めた翌朝のことよ。加賀藩の身分の低い武士が現れて、茶を一杯飲んだ後、鼻紙袋を忘れて帰りおった。その中に何が入っておったと思う？」

「小判？」小首をかしげるすゞに、根岸は頭《かぶり》を振る。

「谷中感応寺《やなかかんのうじ》の富籤《とみくじ》が一枚、入っとった」

夫のほうが忘れ物を届けに加賀藩邸を訪ね、これこれの風体のお侍で云々と説明したのだが、そんな侍はいないという。

「まさか、吟味役。二ノ富くらい当たっただか？」

身を乗り出す音五郎に、「おうよ」と根岸は胸を張った。

「妻が富定日に寺へ行ってみると、何と一ノ富が当たった。百両を受け取った夫婦はそれで借金を返して、感応寺門前へ店を移した。今でも『一二三屋《ひふみや》』の名で繁盛しておるぞ」

夫と同じ名に玉菜の心が乱れた。牛のように大きな根岸の顔を睨みつける。

「作り話だんべぇ。世の中、そんなにうまく行ぐはずがねぇんさ」

小さい声で、仙太が珍しく口を挟んだ。

根岸は実際に一二三屋の夫婦に会い、家宝として仏前に供えてある富籤も見せてもらった。下谷にいた頃の常連客からも話を聞いたという。本当の話だとしても、やはりただの偶然だ。

「偶然が幾つも重なる時、人はそれを奇跡と呼ぶのやも知れん。神仏に祈ることで、心が救われる時もある。ごくまれじゃが、願いは叶えられ、奇跡も起こる。幾つも御救普請をやるうち、わしはそう信じるようになった」

根岸はいつの間にか、玉菜と仙太に向かって語りかけていた。でも、玉菜は何も信じない。もう祈ることもない。夫と娘が生き返りでもしない限り。

「山は嫌いじゃ。母《かか》どんを殺した浅間なんか、なくなりゃええべ」

仙太と同じ気持ちだ。自分を見つめる根岸に、玉菜は問うてみた。

「祈りはどうして届かなかったのですか？　夫も娘も死ぬべき人間だったのですか？」

根岸は寂しそうに微笑みながら、ゆっくりと頭《かぶり》を振った。

「天の摂理は、わしにもわからん。残念無念じゃが、いい人間が早死にすることは幾らでもある。人智の及ばぬ運命というほかない。されど、お前たちが助かったのは偶然じゃねぇ。きっと何か理由があったんじゃ」

納得できなかった。生きよと運命が言うなら、逆らって自分も死んでやる。

玉菜の望みは、夫と娘と一緒に眠ることだ。二人の骸は諏訪神社境内の奥底にあるのか、吾妻川まで流されたのか。二人の近くで命を絶つには、どうすればいいのか。

「わたくしだけを生かした、神仏が憎らしい」

玉菜は虚空へ視線を戻すと、呪いの言葉を吐いた。

天罰や仏罰を喰らってもいい。失うものは何もないのだ。

この後、陽気な根岸も加わり、八つのつぎはぎ家族が、祝いの宴で場違いに騒ぐのだろう。

一二三は百姓代として、皆を救おうとして死んだ。自分と家族の身だけを考えていれば、助かったはずだ。あれだけ山が暴れていたのに、甚兵衛や音五郎を始め愚かな者たちは、大事ないと思い込んでいた。役にも立たぬ祈りを捧げるだけで、避難を訴える夫に耳をろくに貸さなかった。夫が死んで、そんな連中が幸せになるなど許せない。

「生きるのは辛《つれ》ぇもんだが、色々あっても、死ぬ日が来るまで生きる。そいつが人間の尊い仕事さ。どんな生き方も誤りじゃねぇよ。だけど、死んだ人間の後を追うことだけは間違いじゃ」

根岸は、玉菜から死の臭いを嗅ぎつけているのか。

音五郎と二人で玉菜にまだ話しかけていたが、もう何も聞こえなくなった。

3

秋の朝は肌寒い。にぎやかな祝言の翌日は昼までお休みで、鎌原はしずかだった。おとなたちは夜が遅かったらしく、起き出している人はまだ数えるほどだ。

家族を亡くし、ひとりぼっちになって、するは最初ホッとした。でも今は、誰かといっしょにいないと、さびしい。

ずいぶん短くなった観音堂の石段を下りて少し歩くと、住んでいた長屋が地中深く埋まる十日ノ窪の上だ。

よいしょと、両手で重たい岩を脇へ転がした。

シナノキの林で拾っておいた棒で、灰砂を掘り返してみる。

しばらく続け、固い手応えを感じると、手を突っ込んで確かめた。——石か。

時間を見つけては掘ってみるが、出てくるのはただの石ころばかりだった。

「こんな所で何やってんだぃ、するゑ?」

うしろから音五郎が現れ、となりに腰を落とした。ぶっきら棒でこわいおとなだと思っていたけれど、家族になってからは、なにかと声をかけてくれた。

「いいもんが見つかりゃあって、思ったんさ」

「へえ、お前《めえ》も思い出の品を探しとるんか。どんな物だぃ?」

音五郎がかなの形見のササラを偶然見つけて、肌身離さず大切にしているのは知っていた。

「いよさんの持ち物でも見つかりゃ、玉菜さんも少しは元気を出すかも知んねぇから」

以前は、きれいで優しい母親を持ついよを、うらやましく思った。でも大焼けの後、玉菜はすっかり変わってしまった。ずっとこのままだとしたら、たまらなく悲しい。

「お前はいい子だぃね。俺も玉菜にゃ嫌われとって、相手にしてもらえん。仙太とは昔からうまく行がねぇし、くめ婆さんはさっぱり話が通じねぇ。吟味役も無茶な家族を作ったもんだぃ。やっぱりこりゃ、駄目だんべ」

無理強いはしないと、根岸は言っていた。でも、このままで終わるのは惜しい。

「まず、うらたち二人で始めて、お手本を見せるんさ、お父っちゃん」

勇気を出して呼んでみると、音五郎が驚き顔で、するゑを見ていた。

「ちっとんべぇ擽《むぐ》ってぇな。けど、父親と娘だけの家族だって、ごまんといるもんね」

「あと三人を、うまく家族にするんさ」

「けど、ろくに口もきいてくれんのに、どうやってやるんかぃ?」

「デーラン坊さまにお知恵をもらうんさ。何でも相談せいって、仰ってたもん」

するゑは音五郎を引っ張って、開発場《けいほつば》へ向かう。

働き者の根岸なら、もう起きているはずだ。

血の繋がらない他人を「お父っちゃん」と呼べて、するゑは恥ずかしいと同時にうれしかった。同じ長屋で暮らしていたけれど、あれはするゑの家族だったのだろうか。呑んだくれの父からは殴られてばかりで、腹の違う兄と姉からもいじめられた。「来年の春、お前を沓掛《くつかけ》の遊女屋に売る」と聞かされていた。だから、家族がいなくなっても、涙は出なかった。これから新しい暮らしが始まるのだと、胸がおどったくらいだ。

新居を左右に見ながら、信州街道を二人で歩いてゆく。

そのうち、開発場から言い争う声が聞こえてきた。

――お指図どおり町請の普請をすべて止めたところ、幕閣は案の定、対抗して送金を止めて参りました。渋川宿の持ち金はあと数日で底を突き申す。これ以上、普請を続けられませんぞ。吟味役は鎌原のみならず、七百三カ村すべてをお考えあれ！

仮屋に近づくと、野太い声と甲高い声が激しくぶつかっていた。するゑには難しい話だ。早朝に代官の原田がやって来たらしい。

――実は加部安に話をつけてあるんじゃ。上州一の商人がわしらを支えてくれる。

――ほう。いつまで我慢比べをするおつもりか。

――勝つまでよ。言ったじゃろう。わしは一人も取り残さん。

――またお得意の綺麗事を。拙者の進言どおり廃村しておれば、吉六とやらも死なず、吟味役も苦しまずに済んだはずでござる。

原田のお説教に、根岸はだまったままだ。

――村を捨てれば、すぐに皆が楽になれ申す。要らざる情をかければ、また悲劇を生みかねませぬぞ。人は辛きこと、嫌なことを忘れて生きてゆくもの。新天地を用意してやるのが、われらの務めでござる。老中は言うに及ばず、老中格も拙者の味方であること、お忘れなきよう。

――未曽有の国難を前に、敵も味方も、妖怪変化《へんげ》もねぇさ。村人たちが頑張っとるんじゃ。支えてやるのが役人の役目じゃろが。

「あの二人はいつも喧嘩しとる。まあず（とても）仲が悪いのう」

音五郎が耳元にささやいてくると、するゑは小さく笑った。

――これ以上、鎌原再建に固執するおつもりなら、拙者にも思案があり申す。渋川で仕事がござるゆえ、失礼いたす。せいぜい百姓と馴れ合われよ。

言い捨てて仮屋を出てきた原田に、喜藤次たちがあわてて続く。

興奮冷めやらぬ様子の役人たちは、するゑと音五郎に見向きもせず、街道を北へ去っていった。

「まずい時に来ちまったみたいだんべ」

舌打ちする音五郎に続き、するゑも恐るおそる仮屋へ入って、驚いた。

口論したばかりなのに、根岸は座って腕を組んだまま、いびきをかいている。

仮屋に残っていた黒岩が、そっと二人に注意してきた。

「宴の果てた後も明け方まで、あちこちの役人宛てに、文をうんと書いておられたでな」

「役人たちの間じゃ、鎌原の再建はさぞお荷物なんだんべ」

「やめたいというのが、本音じゃろう」

やがて、ふごっと鼻を鳴らした根岸が、万歳しながら伸びをした。文机の上に置いてあった身護団子の残りを数本まとめてつかむと、ムシャムシャ食べた。

「モリモリ元気が湧いてきたわい。御救普請で後ろから鉄砲玉が飛んでくるのは日常茶飯事よ。黒岩、役所は何とかするゆえ、原田の言うことなんぞ気にせず、手筈通りに進めてくれい」

　黒岩がうなずくと、根岸は離れて立つ二人に笑いかけてきた。

「親子そろって、わしに相談か？」

「玉菜はまるで取り付く島がねぇべ。くめ婆さんはいつも上の空だぃ。仙太は俺を嫌っとるんさ」

　音五郎がこれまでの努力を訴え、するゑも思いつくかぎり付け足した。

「あまりに辛く悲しい出来事に襲われた時、人間は心を失うて、泣くことさえできんようになる。あるいは、頭が変になる。わしはそんな可哀想な民を、幾人も見てきた。玉菜とくめは、ちと時が掛かるのう。されば、まずは仙太よ。子ども同士で話してみてはどうじゃな？」

　仙太はいつも落ち着かない様子で、話しかけてもじゃけんにする。するゑは寺子屋へ通えなかったから、親しい子どももいなかった。

「するゑ、遊びの話をしてみぃ。普請では働かせてすまんが、子どもたちはもともと遊ぶのが仕事じゃからな。正月には皆で、すごろくでもしようぞ。原田も加えたら、面白そうじゃ」

　根岸は妖怪すごろくを作っているらしい。おっかなそうだが、今から胸がドキドキしてきた。

「へえ、やってみます」

「頼むぞ、するゑ。お前は、音五郎一家の座敷わらしじゃ」

　根岸は仮屋がゆらぎそうなほど大きな声で笑う。

「さてと、音五郎。頼みの原田たちが投げ出しおったゆえ、わしらで仔細《しさい》を詰めねばならん。あっと驚く再建で、奴らを見返してやらんか」

　おとなたち三人が吉六の絵図面を開いて話を始めると、するゑはふと思いついて、ぎっぱへ向かった。時々、仙太が砂をほじくり返しているからだ。仮道を難儀しながら向かったが、何もない灰色の荒れ野には、秋風が音もなく吹きそよいでいるだけだった。

むなしく戻るうち、諏訪神社の跡で下を向いて歩く仙太を見つけた。

「仙太さぁん、何か見つかったっぺ？」

「お前《めえ》にゃ、関わりねぇ話だんべ」

「だって、家族じゃねぇの」

「誰が、お前らなんかと」

仙太はふてくされた顔で「なんか唐松」の根元に背をあずけた。歩き回って、疲れたらしい。

「デーラン坊さまがお正月に、妖怪すごろくを作ってくださるんさ。皆で遊ぼうって」

一瞬、仙太の顔が華やいだが、すぐに険しい表情に戻った。

するゑはたんぽぽの茎で笛を作る話とか、色々してみたが、ムスッとだまり込んだままだ。

「ねえ、兄《あん》にゃって、呼んでいい？」

するゑは勇気を振り絞って言ってみたが、「よせやい」と仙太はかぶりを振った。

でもしばらくすると、何か思いついた様子で顔を寄せ、声を落とした。

「するゑ、一つ言うことを聞いたら、うらの妹にしてやる」

仙太は思いつめたようにこわい顔をしていた。

4

日の傾いてきた神社跡で、仙太は唐松のご神木を足蹴《あしげ》にしてやった。

音五郎から言いつけられた厠《かわや》の糞尿の汲み出しをいやいや終えて、後《うしろ》ノ沢で水を浴びたものの、嫌な臭いが取れなかった。

（なんか唐松って名前は、いただけねぇ）

よくここへ来るのは、いよとの楽しい思い出に浸れるからだ。重郎右衛門に初めて乗れた時のいよはうれしそうだった。馬の背から下ろしてやる時、女子《おなご》の体は柔らかいのだと知った。

（情けねぇ。今晩も、たぶん寝小便するだんべ……）

目を瞑《つむ》ると、眼前でかなが山津波に呑み込まれる姿が浮かぶ。仙太に見捨てられたと知った時の志めの驚き顔も、だ。

何度も悪夢に魘《うな》されるうち、もう治ったはずの寝小便が再発した。皆が暮らす大部屋が臭くなって、周りの人間は迷惑そうに仙太を避けた。気にするとよけいに悪いらしく、毎晩になった。夕方から水を飲まないようにしたら、漏らす量は減ったが、喉が渇いてたまらなかった。

（あんな馬鹿げた家族、うらがぶっ潰してやるんさ）

家族ごっこで妹になったすゑがしきりに話しかけてきても、相手にしなかった。寝小便で眠れないからイライラしていた。人と付き合うのは煩わしいくせに、独りきりだと怖くてたまらなかった。くめ婆さんは頭が変になっていて、小便臭いのさえ気づかないから一番いい。

あのなんかもんが百姓代とは、笑わせる。

仙太は六歳でこの地へ来た。喋りは鎌原の方言に染まったが、故郷はあくまで江戸だ。村の再建なんか、どうだっていい。音五郎が辺鄙な浅間へ連れて来なければ、かなは死なずに済んだ。今ごろ母子二人、江戸で暮らしていたろう。悪いのは音五郎だ。だから仕返ししてやったのだ。

「仙太、ここにおったんかぃ」

黒岩はいい人だが、音五郎の味方だから、嫌いだ。

「吟味役がお前と話したいと仰せじゃ。開発場へ顔を出さんかぃ」

「うらみたいなガキに、何の用だんべ？」

仙太の胸がざわついた。まさか、もうばれたのか。

「聞いとらんが、鎌原の皆を気に懸けてくださっとるんさ」

黒岩に従《つ》いてゆくうち、小熊沢のほうから音五郎の騒ぐ声が聞こえてきた。

「かなの形見のササラが失《な》くなったって、大騒ぎだぃ。行水をしとる最中に、沢へ落としたんじゃねぇかって、川を浚《さら》って捜しとる。夜っぴてやるそうだんべ」

ざまをみろと、仙太は内心でほくそ笑んだ。

開発場の仮屋まで行くと、根岸の野太い声が外まで聞こえてきた。

「どこの誰がどれだけ深く悲しんだか、もっと可哀そうか。そんなもんを比べて何になる？　家族を一人でも失えば、それだけで、とてつもなく辛ぇもんだ」

黒岩が仙太の耳元でそっとささやく。

「先客が長引いとる。しばし外で待つど」

新しくできた家族の誰かが、揉めているらしい。

「大切な者たちを失ってから、三カ月ほどで家族を作ったんじゃ。すぐにうまく回るはずもねぇさ。美味《うめ》ぇ料理と同じで、じっくり時間を掛けるんだよ」

何でも相談に来いと根岸が言うので、真に受けて開発場へ行く者もいた。

「一生気の合わねぇ夫婦もいる。口論ばかりの親子もいる。難しゅう考えるな。皆で暮らして助け合って、たまには喧嘩もして、幾つも思い出を作るんじゃ」

ぬらりひょんがどうのと、ボソボソ応じる声がした。甚兵衛か。

「共に喜び、悲しみ、共に怒り、楽しむ。辛い人生を悲喜こもごも一緒に歩んでゆくうちに、だんだん家族になるもんじゃ。あわてず、ゆっくりと歩め」

根岸に肩へ手を置かれ、仮屋の外へ送り出された夫婦は、やはり甚兵衛夫婦だった。二人はぎこちない仕草で礼を述べたが、仙太を見て、ばつの悪そうな顔をしていた。

「おう、仙太。待たせたな。黒岩は外してくれんか」

手招きされて中へ入ると、巨体の前へ座らされた。

「かなは働き者できっぷのいい女だったから、音五郎もぞっこんだったようじゃな」

仙太は返事をしなかった。かなの弔いを拒んだから、嫌いだ。

「お前にとっても、さぞよき母親じゃったろう」

根岸が何を知っているのだ？　会ったこともない他人に、何がわかるものか。

「かなは、優しかったか？」

母は褒め上手だった。上州へ来て、仙太が音五郎に教わり、初めて馬に乗れるようになった時、かなはとてもうれしそうな顔をして、うんと褒めてくれた。

「わしのお袋は優しかったが、叱る時は怖かった。かなもそうじゃったか？」

その通りだったから、仙太はつい軽くうなずき返してしまった。

「さようか。お袋は口うるさかったが、この齢《とし》になって振り返りゃ、一言一句、息子のためを思っての言葉じゃったとわかる。今も天から見守ってくれるから、時々声が聞こえるんじゃぞ」

根岸はこんな話をするために、仙太を呼んだのだろうか。

「わしは大の酒好きなんじゃが、呑むと仕事ができねぇ。迷うておったら、『九郎左《くろうざ》、やめときな』ってお袋の声がする。代わりに団子を食うんじゃが、それも食い過ぎたら、また『その一本でやめときな』って言われる。お前はまだ、お袋の声が聞こえてこねえか？」

「そんな声は、自分で作ってるんさ」

かなはもう死んだのだ。石段の下に向かって、あるいはぎっぱで、どれだけ話しかけても、母は決して答えてくれない。

「わしも最初はそう思うとった。じゃが、心の中でお袋の声を聞いとるうちに、どうやら本物だって気づいた。お袋が言いそうなことしか言わねぇからな。いつも語りかけておれば、心の中に住んでくれるんじゃぞ」

根岸のころりとした指が、相撲取りのような胸板を差している。

「そんなの嘘っぱちだんべ」

「お前は今、毎日かなを思うとるじゃろう？　同《おんな》じように、かなはいつもお前を天から見守っておる。されば、じきに声も聞こえてくるさ」

かなが今の自分を見たら、どう思うだろう。

「人生は悩み多きものじゃ。何でも心の中のかなに尋ねてみよ。きっとよき答えをくれる」

今の仙太は、かなに話しかけられるだろうか。叱られるのが怖かった。

「わしとて、亡き者たちを土石の中から掘り出して弔うてやれぬのは、心苦しい限りじゃ。されど、役所も一枚岩ではない。鎌原の再建そのものに強く反対する者もおる」

「鎌原なんて、うらはどうなってもいいんさ」

「縁もゆかりもなかったのに、お前の母親が一生住もうと決めた場所じゃぞ。家族や親しき人々が地中の奥深くに眠るこの地を、大きな墓じゃとは考えられんか？」

かなのお腹《なか》の中には、弟か妹がいた。かなを取られまいかと内心恐れていたが、今となっては一度でいいから会ってみたかった。志めは孫のように可愛がってくれたのに、最後にひどいことを言ってしまった。一二三先生もいよも、鎌原のどこかに眠っているはずだった。

「かなが死んだのは自分のせいじゃと悔いて、音五郎は頑張っとる。じゃが、村の再建は一朝一夕になるもんじゃねぇ。お前たち、次の世代が引き継いでいかねばならん」

仮屋の外が何やらざわつき始めた。根岸と話したい者たちの行列ができているらしい。

「ところでな、仙太。音五郎が小熊沢で行水をしとる間に、かなの形見のササラがなくなったんじゃ。するゑに盗ませたのは、お前じゃな？」

だしぬけの問いと、根岸のまっすぐな眼差しに、仙太はたじろいだ。

「音五郎が大騒ぎするのを聞いて、わしも小熊沢へ行った。あそこは湿っておって、粘土も多い。小さなわらじの足跡を見つけたんじゃ」

するゑが捕まって、洗いざらい白状したわけか。

やはり家族でも何でもない、赤の他人だ。

「ああ見えて、強情な小娘でな。何を問うても、するゑはうんともすんとも言わなんだ。じゃが、するゑにはササラを盗む理由がねぇ」

根岸が顔をのぞき込んできた。どんな思案を積み重ねたのか知れないが、仙太が本当の下手人だと確信している様子だった。

「お前が母親の形見を欲しかったのか、それとも、音五郎を恨みに思っての仕業なのか、わしは知らん。じゃが音五郎にとっては、あんな物でも宝物でな。しょげ返った様子が、可哀そうでならんのじゃ。早う返してやってくれんか。わしからうまく手元に戻すゆえ」

音五郎は半狂乱になって、赤紐のササラを捜し回っているという。

仙太が盗んで来いと言った時、するは嫌がった。少し借りるだけだとなだめすかし、やれば妹にしてやると約束して、首を縦に振らせた。するから受け取った後、鎌原城跡の崖に隠したのだが、これほど大事になるとは思わなかった。

「音五郎は、お前の母親を誰よりも愛しておった。かなも、音五郎を受け入れておった。お前のほかにただひとり、かなをよく知り、今でも想うておる。お節介じゃろが、かなのためにも、お前たちを仲直りさせてやりてぇんじゃ」

重郎右衛門に手こずる仙太がやっと馬を乗りこなした姿を見て、かなと一緒に喜ぶ音五郎の笑顔を思い出した。

「すぐに取ってきて、こっそりわしに渡してくれい」

仙太がうなずくと、根岸はうれしそうな笑みを浮かべた。

肩へ手を置かれて仮屋から出ると、村人たちの行列ができていた。先頭にいるのは四平だ。

「まだまだおるのう。わしは今日のうちに、ひとまず原町へ帰らにゃならん。原田がつむじを曲げおるでな。いかがした、四平？」

親しげに肩を組む根岸の姿が仮屋の中へ消えると、仙太は足早に開発場を立ち去った。

5

翌早朝、仙太がまだ眠っていると、喜藤次が現れ、皆に招集をかけた。

緊張した面持ちの音五郎が掘立小屋まで呼びに来て、玉菜とくめを除く皆で開発場へ向かった。

仙太はするゑに誘われ、最後に小屋を出た。

「するゑ、色々すまんかったぃ」

うまい言葉が見つからず、立ち止まって、するゑにだけ聞こえる声で謝った。

するゑはうつむいたままうなずいたが、たちまち顔を歪めて泣き出した。

「吟味役はお見通しだったから、全部話した。うらが悪いんさ」

仙太はどぎまぎしながら、するゑの痩せっぽちの体をそっと抱きしめた。すがりついてくると、小さな背をさすってやった。泣き虫の小娘のくせに、するゑは仙太を裏切らなかった。

泣かせたのは仙太だが、もう泣かせたくない。

村には、仲のいい兄弟姉妹たちがたくさんいたが、仙太には誰もいなかった。欲しいと思ってはいたが、今から生まれても齢が離れすぎて、無理だと諦めていた。

でも、根岸が勝手に家族を作った結果、自分にも妹ができたわけか……。

「あのお役人なら、信じてもいい気がする。きっと何とかしてくれるんさ」

次第に肩の震えも収まり、「そうね」とするゑが泣きながら笑った。前歯が一本抜けている。

「行こう。開発場で、みんなが待っとるんさ」

二人並んで歩きながら、仙太は思案を巡らせる。

（けど、まずい話になっちまったんべ……）

仙太は昨日、根岸に諭された後すぐ、隠していた赤紐のササラを取りに行った。でも、どこにも見つからなかった。谷風で吹き飛ばされたのなら、崖下の吾妻川に落ちて流れてしまったろう。

開発場へ戻ると、根岸がまだ村人たちの相談に乗っていた。面談の合間に呼ばれて仔細を話すと、残念そうな顔をしたが、「わかった。わしに任せい。気を落とすな」と、仙太の背を叩いて励ましてくれたのだった。

開発場へ着くと、ほとんどの村人が揃っていた。皆、役人たちが来る信州街道に向かって両手を突いている。

「吟味役にしては物々しいべ。どうしたんじゃろ」

昨日、根岸は遅い粗食の夕餉を共にしながら話をさらに聞いた後、音五郎たちを呼び、普請の段取りは明日また来て確かめると話し合い、夜遅く原町へ戻って行った。

仙太もすゑと並んで平伏して待つうち、馬が闊歩《かつぽ》する音が聞こえてきた。

「皆、面《おもて》を上げい」

颯爽と鎌原に現れたのは、代官の原田と伴の役人たちだ。根岸はいない。

下馬した原田は、仮屋の前に用意された床几に座った。

「こたび、根岸九郎左衛門殿は、検分使の任を解かれた。すでに江戸への道中にある」

一斉に驚きの声が上がる。仙太も耳を疑った。

「後任が決まるまで、吾妻郡の代官である拙者が、鎌原村の御救普請を差配いたす」

抑揚もなく淡々とした原田の語りを、皆が固唾《かたず》を呑んで聞いている。

「鎌原では、耕地の起返《おこしがえ》しを一切行わず、残りの街道の普請のみとする」

荷役《にやく》と宿屋を提供するだけで、小さな宿場町として残すのだという。

「すでに建てた八棟のうち、四棟を旅籠《はたご》、馬屋、米屋及び問屋とする。八家族のうち四家が残り、他はすべて移り住む。行き先は公儀が決めるゆえ、黙って従え。されば、誰がここに残るかを決めよ。前任の検分使の差配で家族になった者たちも、そのまま共に移るか、それとも一からやり直すか、五日後に手代をよこすゆえ、それまでに決めておけ。よいな？」

早口で伝えると、原田は切れ長の目で場を威圧するように見渡した。

「御代官様、お待ちくらっしゃい。吟味役が任を解かれたとは、何ゆえ――」

皆を代表して尋ねようとする黒岩を、原田が手で制した。

「当方の事情を、そちらが知る必要はない。拙者は問いなど許さぬ。前任の検分使が間違ったやり方で、そちらに無用の期待を抱かせた様子ゆえ、拙者がじきじきに命令を言い渡しにきたまで」

「俺たちはこれから、いよいよ畑を――」

「控えよ、百姓！」原田は立ち上がりざま、甲高い声で音五郎を一喝した。

「代官とじかに話ができるのは名主のみじゃ。何か物を申したければ、筋を通せ」

言い捨てて馬に跨《またが》った原田が、役人たちを引き連れて去ってゆく。

静けさが戻った開発場には、茫然自失した村人たちの姿があった。

「再建はこれからじゃねぇか。いったい、何が起こったんだんべ……」

百姓代の音五郎に、皆の視線が自然と集まる。

「大戸村の加部安殿が、何かご存じやも知れん。事情を確かめてみるべぇ」

黒岩が力なく応じると、甚兵衛がぼそりと口を挟んだ。

「御代官様にゃ逆らわんほうがええで。吟味役はもう江戸へ帰られた。最初から根岸様以外のお役人たちは、村の再建に反対じゃった。うらたちは夢を見とったんさ」

「えんにゃ、あの吟味役が、鎌原と俺たちを見捨てるはずがねぇ」

立ち上がった音五郎の言葉に、半分ほどの村人たちが口々に同意を示した。

「再建と言うても、難所はこれからだんべ。山津波で固まった土を掘り返して田畑に戻すにゃ、とてつもねぇ労力がいるんさ。小さな宿場町として残すんが、せいぜいだんべ」

「甚爺《じんじい》、そんな話は百も承知だぃ。それでも皆、頑張るつもりだったんさ」

大工でない村人たちは最初こそ手間取ったが、ようやく仕事に慣れ、本腰を入れて動き始めていた。今やめれば元の木阿弥だと、音五郎は訴えた。

「けど、どうするって言うんだんべ？　にしらは御代官様の命令に逆らう気か？」

甚兵衛が言い返すと、音五郎は口ごもった。

「お達しの通り、残る者と移る者を決めにゃあならねぇ。どのみち十二月八日には、もっと大きな山焼けがあるんだんべ。わしは移る」

「爺さま、これから頑張ろうって、昨晩も話したじゃありゃせんか」

同居を始めた惣八がなだめるように口を挟むと、甚兵衛が頭《かぶり》を振った。

「血も繋がらねぇのに、家族なんざ作れるわけがねぇだんべ。家族ごっこもおしまいじゃ」

仙太は隣に座るすゑの悲しげな顔を見た。

まさかこんな形でもう一度、家族がなくなるとは……。これから全く知らない場所で、一人きりで生きてゆくのか。たちまち、心細くなってきた。

「寄せ集めのにわか家族にこだわる必要もねぇだんべ。わし以外に移りたいのは誰だっぺ？」

甚兵衛が問いかけたが、名乗り出る者はいない。

「うらとお前は一緒だぃ。兄妹だからな」

仙太が小声でささやくと、すゑは泣きそうな顔に笑みを浮かべた。妹がいたら、自分も頑張れる気がした。

「いっそ、くじ引きで決めるかの」

得意げな顔で甚兵衛が提案した時、音五郎が「加部安の旦那だぃ」と街道を指差した。

紋付の羽織を翻してやって来る小太りの老人は、確かに大戸村の豪商だ。

「加部安殿、何がどうなっとるんじゃ？」

黒岩の問いに、加部安は大きな蝦蟇口《がまぐち》でニンマリと笑った。

「戦《いくさ》だぃね。根岸様はこぼしておられた。後ろから鉄砲を撃たれてかなわんとな。江戸へ向かわれたのは、闘うためじゃ」

「原田様はまだお若いが、老中の一番のお気に入りじゃど。勝ち目はあるまいて」

甚兵衛が口を挟むと、加部安は片笑みを浮かべながら、皆を見渡した。

「実は船へ乗られる前に吟味役とお会いして、策を一つ授けられた。鎌原再建のためには、根岸様が必要じゃ。皆で、デーラン坊を取り戻すんじゃ」

「もしかして、直談判《じかだんぱん》を――」

青くなる甚兵衛を、加部安が遮った。

「わしが参る。上州一の商人が土産を持って江戸へ参って、何が悪い」

「教えてくれ、旦那。俺たちはどうすりゃええんさ？」

音五郎と仙太が身を乗り出すと、四平ら村人たちが、加部安を取り囲んだ。

第五章　江戸のダイダラボッチ

——天明三年（一七八三）十月三十日、江戸・吉原《よしわら》

1

勘定奉行の松本秀持《ひでもち》は駕籠《かご》に揺られながら、軽く舌打ちをした。

（ダイダラはしつこい男じゃからな）

腐れ縁の大男に追いかけ回されていた。ふだんは仲がいいが、今は会いたくない。


昨夕、検分使を罷免《ひめん》されたばかりの根岸が、松本の屋敷に現れて面会を乞うてきた。上州の山深くにいたはずなのに、あまりにも早い帰還に不意を衝かれた。用件は、解任の理由を正面から問いただし、撤回させるために決まっていた。ひとまずは居留守を使って門前払いにしたが、もとより諦めを知らぬ男だと、長い付き合いで知っている。

（面倒くさい大焼けなんぞ、起こらねばのう……）

浅間大変以来、松本は気の休まる暇がなかった。

松本は金銭の勘定が昔から得意だった。印旛沼《いんばぬま》干拓でも蝦夷地《えぞち》開発でも、有能な配下を使って

上からの命令を地道にこなせはしても、自分の頭で新しく何かを考えるのは苦手だった。松本にこれ以上の出世はありえぬし、望んでもいない。人並みの賄賂を受け取り、小金も貯めてある。後は糟糠《そうこう》の妻と穏やかに暮らせれば、それでよかった。

ただの天守番《てんしゆばん》だった松本が勘定奉行にまで上り詰めるなど、誰が予想しえたろう。夢みたいな話だが、田沼に目を掛けてもらった運と、愚直に捧げてきた忠誠のゆえであって、才能のおかげではない。「ご九郎さん」があだ名の根岸を配下として得たのも、大きな幸運だった。

今回、上州での凄まじい被害が続々と報告される中、老中たちはまず様子見を決め込んだ。松本も途方に暮れていたから、根岸の強い要望で御用部屋へ進言を繋いだ。検分使として現地に入った根岸は頻繁に文を寄越し、あれこれ注文してきたが、松本は上役としてそれをこなしていればよかった。駆け引きで多少ぶつかっても、後は任せておけばいいと安堵していたのに、現地では田沼子飼いの原田、幕閣では老中格の水野と衝突し、罷免となった。出世頭の原田が、水野か田沼に直接訴えて決めた人事だ。松本にはどうしようもない。

（とにかく面倒くさい話は、御免じゃ）

根岸が周囲と軋轢《あつれき》を起こすのはいつもの話だが、今回の一件は松本にとっても寝耳に水だった。仰天して御用部屋へすっとんで行き、水野に事情を尋ねたところ、「問答無用」と一蹴された。「それではダイダラが納得いたしませぬ」と泣きつくと、「そちは逃げ回っとれ。文句を垂れおったら、奴にまた謹慎を申し付ける」との答えが返ってきた。十二月の再噴火の噂が広まったせいで全員が尻込みして、検分使に適当な後任もいないと訴えると、今後は根岸抜きで、水野と原田がやるというので、松本は引き下がった。

（原田は敵に回しとうないのう……）

今、日本を支配しているのは、田沼意次だ。側用人と老中を兼ねる権力者は、徳川幕府の歴史上初めてだった。田沼は幕府の裏と表で力を握ったに等しい。

株仲間《かぶなかま》の再編と流通税の徴収、新貨の鋳造、手伝普請《てつだいぶしん》の再開、海外交易の強化、印旛沼の開発など、田沼は斬新な施策を次々と打ち出してきたが、天下の万事にわたり自ら判断を下すわけではない。些事《さじ》はむろん配下が措置するし、重要な事柄は老中たちが御用部屋で吟味した上で、田沼の決裁を仰ぐ。水野の判断を覆せるのは田沼のみであり、その田沼に面会できる幕臣は、老中とその許しを得た者たちだけだ。松本とて、お召しがあればともかく、面会は容易でなかった。

(水野様を金以外で動かせるはずもなかろうに)

根岸は賄賂を用いず、駆け引きもせず、言葉だけで交渉する珍しい幕吏だった。下手をすれば二晩でも続きそうな、あのしつこく鋭い舌鋒《ぜっぽう》に、松本はいつも根負けした。逃げ出そうとすると、大きな手で腕をガシリと摑まれる。根岸の気迫に呑まれたが最後、蛇に睨まれたカエルよろしく身動きが取れなくなった。

(あやつも、もそっと上手に世を渡れりゃ、ええんじゃがのう)

松本はカッパが好きで、根岸と話が合った。時に衝突はしても気心の知れた間柄だから、互いの屋敷もよく訪ねていた。二年前、仙台河岸《せんだいがし》にある伊達《だて》家の蔵屋敷にカッパが現れ、その似顔絵まで出回った時は、興奮する根岸と二人でカッパ探しに出かけたものだ。

(じゃが今まで、ダイダラから逃げ切れたことがあったかのう……)

根岸は早暁から、江戸城内の勘定所に詰め、松本との面会を繰り返し求めて小役人たちを困らせていた。松本はわざと遅れて登城《とじょう》し、御用部屋の水野に根岸の帰府を知らせた後、油漆《うるし》奉行との面会を無駄に引き延ばし、先だって調べたばかりの御金蔵《おかねぐら》を改めて検分したり、何度か廁《かわや》へ籠《こも》るなどして、根岸から逃げ回っていた。その後、終業の刻限の少し前に裏口へ走り、用意させておいた駕籠に飛び乗って吉原へ向かった。江戸の夜の闇に紛れれば、根岸とてお手上げだ。

(明日の昼には、謹慎の言い渡しじゃろな。ほとぼりが冷めたら、両国橋の幾世餅《いくよもち》でも手土産に買って訪ねてやろう)

つらつら思案するうち、駕籠が止まった。日本堤《にほんづつみ》に着いたらしい。

吉原出入りの男たちに声をかける、水茶屋の女の艶《つや》っぽい声が聞こえた。

松本が駕籠から身を半分ほど出した時、ひどく酸い臭いが鼻を衝いた。

暗がりからヌッと現れた黒い影に、松本はアッと声を上げてのけぞった。

「勘定奉行、松本伊豆守《いずのかみ》様、お待ち申し上げておりましたぞ！」

根岸が片膝を突き、眼だけをランと輝かせていた。大きい割に神出鬼没だ。

「これ、静かにせんか。吉原まで追いかけ回すとは、何と無粋な男じゃ」

「ごもっとも。されど、天下国家の大変時にござれば」

大音声が響くと、道行く者たちが面白そうにこっちを見た。

「何か用があれば、明日の昼、勘定所で聞いてやる」

「また謹慎ですかな。その手は食いませぬ。されば今ここで」

「戯言《ざれごと》を申すな。場を弁《わきま》えい」

「女遊びよりも、浅間大変で苦しむ民のほうが大事でござる」

根岸ががなり立てるせいで、人だかりができ始めた。

この男は昔から場も考えず、言い出したら退かぬ厄介者だ。ぶつかるたび辟易《へきえき》させられてきたが、いつも矢面《やおもて》に立たされるのは松本だった。他の配下は皆、保身と出世を考えて大人しく従うのに、根岸だけは脅しもすかしも通用しない。放っておけば、不毛なやり取りが明日の朝まで続きかねぬ。吉原大門《おおもん》の前で、天下の勘定奉行と勘定吟味役がみっともない内輪揉《うちわも》めをするのだけは避けたかった。

「ダイダラ、近う」

松本が駕籠の中へ引っ込むと、根岸の顔だけがニュッと中へ入ってきた。やはり臭い。甘い物が大好物で酒もよく呑むから、相当肥えていたのに、少し痩せたようだ。

「勘定奉行は老中格に言われて、命令を実行されたのみ。違いますかな？」

根岸の声には同情が混じっている。

「その通りじゃ。わしは波風が立たんのが一番ええ。文句があるなら、水野様に申せ」

勘定奉行まで上り詰めてから、松本は欲得よりも保身に重きを置いていた。守りに守って、無難に凌《しの》ぐのだ。先月は一揆が起こったと聞いて夜も眠れなかったが、幸い根岸の奮闘で天領までは広がらなかった。根岸がこのまま大過なく御救普請《おすくいぶしん》を終えてくれれば御の字だったのに、海千山千の水野は、保身のみならず欲得ずくで動くから、揉めたに違いない。

「されば勘定奉行に代わり、水野様に面談を申し入れまする。明日いちにち、松本様は腹痛《はらいた》を理由に、登城されませぬよう」

根岸は上役を飛び越えての法度《はっと》破《やぶ》りの談判ではなく、松本の代理として老中格に事情を確かめる体裁を取るわけだ。謹慎の命は、直接の上役である松本から下されるが、仮病で遅らせ、明日のうちに水野と話をつける気だろう。

「お前に任せる。ともかく、わしに累が及ばんようにしてくれい」

そもそも水野の欲得がもとで起こっている軋轢だ。自分で何とかすべき筋合いではないか。

ゆらりと立ち上がった根岸が踵を返すと、その背が少し寂しげに見えた。

「ダイダラ、気晴らしに吉原で少し呑んで行かんか」

「不調法にて」

大酒呑みのくせに、浅間大変の始末が付くまでは、まだ仕事の真っ最中か。

「家族もお前を待っとるんじゃ。無茶をせんようにな」

上に大人しく従っていれば、謹慎もない。老中格との談判ともなれば、事が大きくなり、どんな結末を迎えるか知れぬ。他人のために危ない橋を渡らずともよかろうに。

「それにしても、お前は臭うぞ。その格好で水野様にお会いするつもりか？」

「被災せる民は、風呂にもろくに入れませぬゆえ。御免」

根岸は一礼すると、土手八丁《どてはっちょう》に並ぶ屋台の雑踏へ消えていった。

駕籠の周りには、野次馬たちの人だかりができていた。明日にはもう、江戸城内で女好きの松本が吉原でひと悶着《もんちゃく》起こしたと噂が立つだろう。

駕籠から出ようとした時、気づいた。

なるほど根岸は、早暁から悪臭を放つ着たきり雀で、勘定所でもゴタゴタしていた。さらに吉原まで追いかけて騒いだから、やむなく松本が水野に取り次いだと言い訳しやすくするために、やりとりを目立たせたわけか。いざこざがあっても憎めぬのは、根岸のこうしたさりげない気配りのゆえだろう。

だが、水野は田沼の最側近で、権謀術数に長けた策士だ。簡単には行くまい。

2

江戸城本丸の長廊下を、落ち始めた夕日が照らしている。

御用部屋を出た水野忠友は渡り廊下を歩き、名の付いていない小部屋へ向かった。本来は配下の役人たちが御用聞きに使うが、町方や商人との密談に便利な場所だった。

(加部安とやらは、いかほど持ってきおるか)

金儲けの上手な男と付き合って、損はない。この世は金で動いているからだ。政《まつりごと》をうまく運ぶには金が要った。水野に限らず、政をやる者の多くは金か女で動くし、転ぶ。

江戸まで出てきた上州一の豪商が、手ぶらで老中格に面会を求めはしない。原田によると、肚の内が読めぬ曲者《くせもの》だそうだが、水野は原田ごとき青二才とは違う。加部安は根岸と懇意になったらしいが、商人はあくなき利を追求する生業だ。根岸の失脚で、御救普請は村請から町請になる。加部安は請負の便宜を得ようと、すり寄ってきたに違いない。

水野は塵ひとつ落ちていない廊下を、左へ折れた。

(松本め、仮病なんぞ使うて逃げおってからに……)

未明から根岸が登城して遠侍《とおさぶらい》に居座り、松本の代理として執拗に面会を申し入れてきたが、多忙を理由に拒否させた。あの厄介者には会わぬに限る。急ぎ持ち回りで根岸の処分を決したから、明日には松本を屋敷から引きずり出して謹慎に持ち込めば、話は終わりだ。

西日の差す部屋に入ると、小柄で小太りの老人がちょうどカエルのように丸まって平伏していた。風呂敷包みの一つも脇に置いていない。進物はひとまず懐に入る程度の金子《きんす》か。

「そちが加部安か。浅間大変の後、商売の案配はどうじゃな？」

水野は挨拶を省いた。進物の受け渡しは目立たぬよう、早く済ませるのがコツだ。

「ご公儀のおかげで、いかなる時もうんと稼いどりやす」

がばりと面《おもて》を上げた男は、財運を招く三脚の蝦蟇《がま》のような顔つきをしていた。

「商人が儲かり、公儀の懐も潤えば、言うことなしじゃのう」

「いかにも。ご公儀に対する日頃のご恩に報いるべく、本日は大きな土産を持参致しやした。ここに運び込ませてもよろしゅうございやすか？」

水野は内心期待した。もしも田沼の時代が終われば、一蓮托生《いちれんたくしょう》で水野も失脚する。できればその前に、水野家の将来を安泰にした上で、引退しておきたかった。

「苦しゅうない」と応じるや、加部安は「はっ」と畏まり、パンパンと手を叩いた。

やがて部屋へ現れた巨漢を見て、水野は危うく悲鳴を上げそうになった。

根岸がやけに大きく重そうな風呂敷包みを肩に乗せ、両腕で支えながら入ってきたのである。

（ちっ、してやられたわ）

「水野様、お久しゅうござる」

ズシンと、根岸が畳の上に何かを置いた。その振動で、水野の体が一瞬宙に浮かんだ。

「されば、勘定吟味役より、土産物の口上を」

根岸が風呂敷の結び目を解くと、黒い大岩が現れた。表面には小穴が無数に開いている。

「こいつが浅間石《あさまいし》でござる。吾妻川流域にはこの百倍もある巨岩がゴロゴロ転がっておりますぞ」

話には聞くが、水野も見るのは初めてだ。

「加部安、そちは商い上手と思うたが、存外、世渡りが下手じゃのう。このわしに睨まれて、よいことは何もないぞ」

根岸はしばしば周りの人間の頭を変にさせる。仮病を使って引っ込んだ松本も然りだ。

「商売はよき政の上に成り立つもの。上州再興なくして、商人の儲けもございやせん。されば、御救普請が頓挫《とんざ》しかねぬ様子を見るに見かねて、罷《まか》り越《こ》しましたる次第」

「加部安。そちとて、よもや商人の分際で、田沼様の政に口を挟むわけではあるまいに」

商人たちは金で都合よく政を捻《ね》じ曲げうるが、見返りなしに役人は動かない。

「水野様、なにゆえ御救普請の真っ最中に、わが任が解かれたのでござるか」

野太い声が割り込んできた。無粋な浅間石の向こうに根岸がずんと控え、眼を光らせている。

「そちの左遷、謹慎など年中行事じゃろが。地位に恋々《れんれん》とするとは珍しいのう」

「わしでのうては、復興が成りませぬゆえ。罷免の理由をお教えくだされ」

相手にする必要はない。水野はことさら無視して、腰を上げようとした。

「待たれい！　老中格、逃げるおつもりか？」

落雷のような大音声に、水野は腸《はらわた》が煮えた。

「上役に向かって、何じゃその言い草は!?」

水野は根岸を睨みつけながら、思案した。

議論しても埒は明かぬが、商人の眼前で格下の配下に叱責されて逃げ出したとなれば、笑いものだ。面会の後、この部屋に浅間石が転がっているというのも、収まりが悪い。根岸の怪力で愚かな進物を持ち帰らせたほうがよかろう。

腹が立ったが、上州で手っ取り早く旨味を得るためには、加部安を味方に付けたほうが得だと、水野は自分に言い聞かせた。

「根岸。そちは不届きにも、伊勢崎藩国家老からの賄賂と引き換えに、格別の計らいで御救普請を認めた。それだけで解任の理由として十分じゃ」

「伊勢崎藩からは、勘定所に干鯛《ひだい》なぞの寄付がござったが、すでに売り払い、普請の予算に組み込んでおり申す。勘定所へのありがたい寄進については、ここに仔細《しさい》をすべて記帳してござれば、お検《あらた》めくだされ」

根岸が懐から出してきた帳面には、日付と品に人名と数量、金額などが事細かに記されていた。

検分使なら簡単にひと財産作れように、受け取らぬとは変わった男だ。贓罪《ぞうざい》の線は藪蛇《やぶへび》になるやも知れぬと案じ、水野は方針を変えた。

「賄賂の授受はともかく、藩領での御救普請は許されまいが」

「伊勢崎藩における御救普請は、利根川の川普請にござる。ご覧あれ」

根岸はまた懐から一枚の紙を取り出すと、水野の眼前に大きく広げた。

ダイダラボッチの指が、利根川沿いを差す。

「こたびの泥流は、伊勢崎藩の南、すなわち利根川左岸を襲い申した。右岸の一部は天領ゆえ、堤を直さねばなりませぬ。されど右岸のみ高くすれば、増水の際に左岸の堤が危うくなりましょう。左右の足を使わねば歩けぬのと同じでござる。かくて川普請は、左右一体に行わねばなりませぬ。川越藩の前橋分領でも、同様に認める所存」

後から難癖をつけられぬよう、根岸は伊勢崎藩の者と示し合わせ、川普請として説明可能な工夫をしておいたわけか。

「伊勢崎の件はともかく、そちは町請を認めるとの通告を受けて旋毛《つむじ》を曲げたあげく、一切の普請を止めたと聞くぞ。普請の遅れは罷免に値しようが」

当初は水野も被害の深刻さに驚き、根岸の進言に理があると考えて町請禁止に心が傾いた。だがその後、町方から猛烈な横槍が入った。江戸の商人から十分な見返りがあると確かめて、町請を許すことにしたのだ。根岸の反発は予想したが、解任と謹慎で対抗すべしと思案した。

「はて。全体を見通し、普請に順序を付けながら、御救普請は滞りなく続けておりまするが」

根岸は札入れの結果、江戸町人が請け負った普請を、すべて第二期の工事に回して普請を止めた。後回し可能な普請を餌にして江戸町人に食らいつかせたのである。これに対抗し、水野は送金を止めてやった。早晩立ち行かなくなり、村請もできなくなると踏んだが、根岸はなかなか泣きを入れて来なかった。この件については、原田からも報せが上がっていない。

「嘘をつけ。渋川の金はとっくに底を突いたはずじゃ」

「さしあたり手前が金主《きんしゅ》となり、動かしておりまする」

にやりと笑う蝦蟇を見て、水野は唖然とした。驚くべき財力だが、何のためだ？

「根岸よ。そもそも検分とは、被害状況を確かめて復興の是非可否を決め、行うべき普請の中身と人手、金を見積もる役回りであろう。そちはこの二カ月で検分を終え、目論見《もくろみ》を出してきた。それで仕事は終わったのじゃ。普請は別に行う」

検分使が普請奉行を兼ねると、役人によっては普請で利を図ろうとして、前提となる検分自体を歪めかねない。ゆえに別の人間を当てることが望ましいと、水野は建前を語った。

「畏れながら、それは空論にござる」

現実には検分使が最もよく事情を知るから、そのまま普請奉行に任じられることが多かった。御救普請では急ぎの対処を要するため、現地入りすれば普請も並行させるのが通例だ。

「わしの不正をご懸念なら、別に目付役を寄越されませい」

「幕閣として決めたのじゃ。そちの指図など受けぬ」

根岸は天狗の羽団扇《はうちわ》のように大きな手を、畳に残るわずかな西日の陽だまりへやりながら、まっすぐに水野を見た。

「水野様、今日は最高の秋晴れでしたな。されど、日輪も必ず沈みまするぞ」

根岸はいきなり土足で、心の奥底まで踏み込んでくる。

言わんとするところは明らかだった。日輪とは、天下に並びなき田沼意次の権勢だ。一旗本へ零落した水野家が、三万石とはいえ大名として復活できたのも田沼のおかげだ。忠誠は尽くすつもりだが、二十年近い田沼時代が翳《かげ》りを帯び始めたことに、水野も気づいていた。

「浅間大変は類《たぐい》なき大被害。天下と公儀の行く末は、今この時の対処如何に懸かっており申す」

物価が上がり、上野や信濃では大掛かりな百姓一揆まで起こって、天下に不穏な空気が立ち込めている。天高く舞い上がった灰のせいで、この夏は涼しかった。全国で凶作になるのではないか。大噴火を天罰だとし、田沼の政と結びつけて不満を語る者たちも、後を絶たなかった。時代の潮目が変わるやも知れぬ。

「木っぱ役人めが。老中格を脅すつもりか？」

田沼が根岸を買っているから放逐はできないが、衝突するたび謹慎させてきた。難事を押し付け、失敗させて辞めさせようと、日光東照宮に禁裏《きんり》、二条城の修復から東海道・関東各所の川普請まで、面倒くさいこと、厄介ごとはすべて押し付けてきた。だが、根岸は嫌な顔ひとつせずにこなして、生き延びている。邪魔な男だ。

「水野様。わしは苦しみ喘ぐ民を救いたいだけでござる。他意はござらぬ」

相も変わらず、綺麗事を恥ずかしげもなく並べる男だ。虫唾《むしず》が走る。

根岸の隣で、加部安もそっと両手を突いた。馬鹿な商人もいるものだ。

「ふん。そちごときが、わしを説き伏せようなぞ百年早いわ」

下から言われて一度決めた方針を改めるほど、水野は惰弱な男ではない。江戸の町人たちが大儲けをしようと御救普請に群がっているのだ。今さら村請のみとすれば、水野が信を失う。

「否。説くべきはあくまで老中、田沼意次様でござる」

生意気な。老中格など眼中にないか。だが、根岸の思い通りにはさせぬ。

「勘定吟味役の分際で、お目通りが叶うと思うてか」

幕府を自在に動かす田沼は、将軍にも等しい地位にある。幕吏といえども簡単には会えない。贈賄して便宜を欲する者たちも後を絶たぬから、面会は厳《げん》に制限されていた。

「浅間大変に伴う御救普請は、まさしく御用部屋にてご審議賜《たまわ》るべき重大な案件。老中格勝手掛に面会しても事が解決せぬなら、田沼様にご説明申し上げるが筋と存ずる」

なるほど浅間石を担いで物々しく出入りすれば、嫌でも多くの者たちの目に留まったろう。水野との面会は済ませたと報告する気だ。

「わしは取り次がぬぞ。田沼様への目通りは、あらゆる手立てを講じて阻んでやるわ。上州一の商人とて、いつまでも無理は続くまい。わしに味方せねば、破滅するぞ」

松本を叱責の上、速やかに謹慎を申し付けさせる。根岸に掻き回されぬよう、田沼への手紙はすべて水野が握り潰しておいた。

「そちのごとく馬鹿でかいだけのつまらん岩を、とっとと持ち帰れ」

水野は言い捨てるなり立ち上がって、足早に小部屋を出た。

長廊下はひんやりとして、日の名残りはわずかも残っていなかった。

3

夕刻に馬が暴れて少し騒ぎがあったものの、その後の内藤新宿《ないとうしんじゅく》は、妖怪でも現れる前触れのように静まり返っていた。

「本当なら、酒の一杯でもやりてぇところでございやすが」

指先で猪口を持つ仕草の加部安に、根岸は小さく笑い返した。

「お前まで付き合わせてすまんのう」

水野との会談後、他の老中に面会を求めたが、水野から厳しく言い渡されているらしく、徒労に終わった。放っておけば入ってくる見返りをわざわざ捨ててまで、勘定吟味役の酔狂のために火中の栗を拾い、水野に睨まれようという者はいなかった。

「この旅籠《はたご》は信じてもいいんですかい？」

加部安は江戸で定宿にしている日本橋の旅籠を勧めたが、上州の民を思えば贅沢はできぬと、少し足を延ばして場末の安宿に投宿した。

「金では買えねぇ奴だって、世の中にはいるさ」

十年近く前、日本橋を渡る根岸の懐から財布をすろうとした盗人の細腕を摑まえ、ひねり上げたことがあった。少し力を入れすぎたらしく、盗人がひどく痛がったため、家へ連れ帰って手当し、たかと一緒に話を聞いてやると、病がちの老母のためにやむなく食い物を盗んで前科者になって以来、働き口がないのだと泣きながら語った。内藤新宿の旅籠になじみの女将がいたので、根岸が仕事を世話してやったところ、まじめに働き、所帯まで持っていた。

「江戸城の外で、田沼様を捕まえねばならん」

根岸にはすでに謹慎の命が下されていようが、所在不明のため伝達されていないだけだ。登城すれば、根岸は捕縛される。普請が終わるまで自邸に戻る気はないが、駿河台の根岸の屋敷近くにも、水野の手の者が待ち伏せしているはずだった。

命は惜しまぬが、根岸が田沼に直談判《じかだんぱん》して死罪でも喰らえば、御救普請がこのまま食い物にされ、真の復興は成らぬ。余り者の五人家族の顔が浮かんだ。根岸は鎌原村だけではない、上州の民の行く末を背負っているのだ。このまま田沼に会えず、検分使の罷免を撤回させられなければ、加部安も破綻しかねない。

壁は二つあった。いかにして田沼の目通りを得るか。面会できたとして、いかに説くか。

長い付き合いで、根岸は田沼の人物をよく知っていた。原田、松本や水野と違い、田沼は己が信条に従い、大局に立って判断する。話の通じる余地はあると踏んでいた。

「のう、加部安。ミツバチは偉いと思わんか？」

「……変わったことを仰るもんじゃ」

蝦蟇が怪訝《けげん》そうに太い首をかしげている。

「ミツバチは花から蜜を採る時、蜜だけをうまく吸い取る。花の美しい色も、かぐわしい香りも損なわねぇ。じゃがわしは、人に迷惑をかけねば、前へは進めぬみたいじゃ」

一つしか、手を考えつかなかった。天下の老中格、水野忠友を相手に喧嘩を売れるのは、大大名くらいだ。

「細川銀台公のお屋敷へ商談に行ってくれんか？　天下国家のため、火中の栗を拾うていただく」

約五十年前、破綻寸前の熊本藩を引き継いだ若き細川重賢は、自ら率先して徹底した質素倹約に努め、優れた人材を登用し、殖産興業により藩財政を見事に立て直した。細川は部屋住みだった頃に白金台に住んでいたため、「銀台公」と呼ばれる。

「筋金入りの蘭癖《らんぺき》大名と聞き、以前に一度、舶来の品を売り込みに参りやしたが、失礼ながら高い買い物はなさらぬお方のようで……」

加部安は途中で言葉を濁した。今年にも江戸へ進出し、舶来品を手広く扱おうと目論んでいたらしく、浅間大変がなければ、貿易でも荒稼ぎをしていたはずだという。

「わしの名を出せば、必ずお会いになる。お顔は骸骨天狗《がいこつてんぐ》のようじゃが、本物の名君よ。ところで、音五郎は遅いのう」

「手前の店の者を、日本橋の堀留《ほりどめ》にやっておりやす。必ず捕まえて参りやしょう」

細川と田沼を動かすには、なんかもんが必要だ。

根岸は祈る気持ちで、腰の脇差《わきざし》の妖怪根付《ねつけ》をそっと指先で撫でた。

4

江戸城龍《たつ》ノ口《くち》にある熊本藩上屋敷《かみやしき》は、優に一万坪を超える広さで、屋敷内には側近たちの長屋もあった。あの田沼意次といえども、手の出せぬ領域である。

藩主の細川重賢は広間の広縁に座り、オランダ商人から買った鉛筆で、庭池に遊ぶ鴨《かも》を紙に描いていた。

目に見える通りに写す。絵心は人並みだが、金の掛からぬ蘭癖として気に入っていた。

（ダイダラがわしを頼って参るとは、よほど追い詰められたか）

先刻、根岸九郎左衛門が浮浪のような薄汚い姿形《なり》で、細川の屋敷へ現れた。

折り入っての頼みがあると、先に来た上州の商人から聞いてはいた。側近の竹原勘十郎《たけはらかんじゅうろう》が根岸に言って聞かせ、ひとまず今、風呂へ入らせている。髭も剃《そ》らせるので少々長引きそうだと、先ほど竹原が知らせてきた。

根岸との出会いは、細川の趣味に由来していた。

今でも他家から驚かれるほどの倹約の日々だが、苦闘の末に藩財政を立て直した後、細川は諸国の物産から獣、魚、鳥、虫に至るまで珍しいものを写し、絵にする趣味ができた。

十年余り前、上屋敷の天井裏で、奇妙な獣の干からびた屍《しかばね》が見つかった。死んでから相当年月が経っていたが、子どもくらいの大きさで、手足には三本指の鋭い爪があり、ふさふさした鬣《たてがみ》のような後ろ髪が残っていた。気味悪く思いながら、細川は絵に写し取ったものの、正体が気になって仕方がない。

家中でも「妖怪変化《へんげ》がお屋敷に現れた」と怖がる者が出て、噂も広まったため、細川も困った。

ある日、妖怪に詳しい役人が勘定所にいると竹原が聞き、田沼を通じて面会を申し入れたところ、あいにく謹慎中だと言う。「そろそろよかろうゆえ、謹慎を解かせ申す」と田沼が気を利かせてくれ、細川は赦免状を手に駿河台を訪ねたのだった。

妖怪でも住んでいそうなおんぼろ屋敷の主は、ちょうどダイダラボッチを思わせる巨漢で、大藩の藩主に対しても卑屈にならず、無礼なほど気さくな態度がむしろ細川の気に入った。事情を話すと、根岸が強い関心を示したため、さっそく上屋敷へ同行し、件《くだん》の屍を検分させたのである。

根岸は興味津々の様子で、奇妙な屍を念入りに確かめた。

「いかい、しょうけらの特徴がございまするな」

人体には「三戸《さんし》の虫」が棲んで、人間のなす悪事を見張っており、庚申《こうしん》の夜には眠っている宿主《しゅくしゅ》の体を抜け出し、天帝にその悪事を報告する。それを防ぐため、庚申の日は寝ずに夜明かしをするわけだ。

「三本爪で人間の臓腑《ぞうふ》を引き裂くという、あの恐ろしき妖怪か」

「悪人のみを襲うのなら、善玉とも申せまする。しょうけらがおるゆえ、人間は悪事を思いとどまるのやも知れませぬ。これはあいにく、偽物でございまするが」

「なぜわかるのじゃ？」

「上手な細工なれど、この三本爪はよくできた自在置物《じざいおきもの》にござる」

言われてよく確かめると、爪を生やした鳥のような足は、金属で造られていた。

「かような代物で人心を惑わすとは、怪《け》しからぬ話じゃ。家中の者であろうか」

憤慨する細川に向かい、根岸は神妙に頭《かぶり》を振った。

「いいえ、しょうけらは庚申待ちの夜、天窓から人々が寝てしまわぬように見守る妖怪でござる」

相当古いから、数代前の家臣が細川家中で不幸が起こらぬように安泰を願って作り、守り神のように置いたのだろうと、根岸は推測した。

「わしは諸国の珍しい物を探して参ったが、やはり妖怪変化などおらんのじゃな」

残念そうにこぼす細川に向かい、根岸はまた首を横に振った。

「長年奇談を集め、妖怪を探して参りましたが、某《それがし》は諦めておりませぬ。鬼火《おにび》でしたら、ご覧に入れられましょうが」

さらりと出た根岸の言葉に、細川は狂喜した。

根岸の案内で、細川主従が箱根宿へ赴き、旅宿に泊まること、三日目。

鬼火はなかなか姿を見せなかったが、根岸の語る数々の奇談は時を忘れるほどに面白い。主従で身を乗り出して話を聞いていた雨夜、細川は初めて妖怪を見た。

暗がりに光る鬼火は二つに分かれ、飛び回ってから、また一つになり、さらに幾つにも分かれて浮かんでいた。色々な場へ足を運び、あらゆる妖怪を調べてきた根岸は、鬼火の出る場所近くに墓場があることから、人間の魂と関わりがありそうだと見ていた。

「鬼火の多くは人間に害をなしませぬが、妖怪変化は未だ人智の及ぶところではございませぬ。されば、銀台公はこちらにてご観覧を」

根岸の話は聞いていて飽きなかった。以来、身分を超えて親しき友垣となったのだが、何しろ奇談仲間だから大っぴらにもできず、細川家でも側近だけが根岸との深い交流を知っていた。鬼火を見せてもらった礼に、好物の田楽を馳走したところ、根岸は返礼に浅草の名店金龍山《きんりゅうざん》の揚《あ》げ饅頭団子《まんじゅうだんご》を届けてきた。噂では借金で首が回らぬらしいが、無心をされたこともない。根岸はこれまで、細川に借りを作ろうとしなかった。

「銀台公、お久しゅうございまする」

こざっぱりした様子で広間に現れ、平伏する根岸をひと目見て、細川は珍しく唸った。

「痩せたのう、ダイダラ」

見慣れた肥満体が心持ちほっそりとして、首回りの肉も落ちていた。民と同じ粗食で暮らしていたに違いない。

「いささか。御救普請では、いつも見間違えるほど痩せて家へ帰りますゆえ、子らが幼い頃は某が誰かわからず、妖怪と間違えて泣き出したものでござる」

「浅間大変には、わしも胸を痛めておる。頼みとはその件か？」

「はっ。いかにも」

少し痩せたダイダラボッチが、申し訳なさそうに細川を見ていた。

5

駕籠に揺られながら、田沼は熊本藩上屋敷へ向かう。江戸城の至近にありながら、足を運ぶのはこれで二度目だった。

(銀台が、私に何用か)

幕府にとって雄藩は、日本という大船に乗った呉越同舟の敵といえる。

藩主たちは才覚や人物と関わりなく血筋で跡目を襲っただけだから、愚昧《ぐまい》な輩が掃いて捨てるほどいた。最も愚かな連中は、雄藩の誇りと矜持《きょうじ》を擽《くすぐ》ってやるだけで、田沼の掌上で面白いほど踊る。たとえば仙台藩主の伊達重村《しげむら》が、同格であるはずの島津藩と同位の官位が欲しいと贈賄してくると、逆に猟官活動を煽《あお》り立てながら、さんざん渋った末に二十二万両を超える借金まで作らせ、関東諸川の手伝普請《てつだいぶしん》をさせたものだ。多少頭の回る藩主たちは田沼に卑屈に接し、作り笑いで持ち上げてくるが、苦労を知らず胆力もないから、軽く脅せば震え上がって従う。

かくて田沼は、全国大小の藩主たちを自在に操り、転がしてきた。政に関心のない将軍は傀儡《かいらい》に等しく、保身第一の小役人たちも屈従している。それでもごく少数ながら、意に染まぬ者たちがいた。たとえば熊本藩主の細川越中守重賢であり、勘定吟味役の根岸九郎左衛門鎮衛《やすもり》だ。

和田倉御門《わだくらごもん》を出て大名小路に入ると、評定所の向かいに細川屋敷が見えた。

(上様にお目通りしても平気なこの私が、緊張するとはな)

細川は破綻していた藩財政を見事に立て直した雄藩の名君で、表向きは親しげでも、田沼とはかねて牽制し合う間柄だった。全国諸藩にとって、幕府の命ずる手伝普請は天災にも等しい災難であり、臨時で多額の出費は大藩の財政さえ傾かせた。細川は大奥《おおおく》や田沼の近辺にまで有為の人材を送り込み、あの手この手で手伝普請を回避し続けてきた。

蘭癖のほか、諸国から珍品を集めては絵に描く細川の趣味は有名だった。「面白きものが手に入ったので、老中のご覧に入れたい」との申入れだが、むろん名目に決まっている。下級役人から成り上がった田沼は身分に頓着せず、以前なら誰にでも会ったが、権力の階《きざはし》を上り詰めた今では、面会を望む無数の者たちの中で、会う人間は限られていた。昨日の招きで今日、それも田沼から出向くのは異例中の異例だが、相手が天下随一の賢侯なら、乗り込む値打ちはある。

門前で駕籠が止まると、藩主自ら迎えに出ていた。

「老中、ようお越し下された」

骸骨のように痩せた細川の魁偉《かいい》で色黒な容貌は、高い鼻ばかりが尖っている。

「何ぞ珍しい物がおありだとか」

「いかにも。江戸広しといえど、今日の趣向は他所《よそ》で味わえますまい。この世を動かすお方に、是非ともご覧に入れとう存じましてな。まずはこちらへ。面白き庭石を手に入れ申した」

庭池の辺《ほとり》には、小馬ほどの大きさもある黒岩が鎮座していた。まるで天から降ってきたように、灌木《かんぼく》が岩の下敷きになっている。いかにも無様だが、何の趣向か。

「今まさに天下を揺るがしておる主役は、浅間山。その天辺から噴き出してきた岩でござる」

なるほど、話題の浅間石をいち早く手に入れたわけか。

水野によると、原田とたびたび衝突する根岸の任を解き、江戸へ戻したという。御救普請は手数の掛かる地道な雑務だ。たとえば印旛沼干拓や蝦夷地開発のように、新しく何かを作るわけでもない。元に戻すだけの話だから、水野以下の能吏たちに任せていたが、復旧の絵をおおよそ描き終えたので、後は原田に任せて早く終えさせるべしと言う。原田の今後の出世の材料にもなろうと説明され、田沼にも異存はなかった。

細川の案内で、池のある庭に面した広間へ上がった。

畳に敷かれた赤い毛氈《もうせん》の上に、何やら奇妙な代物が幾つも並んでいる。

「糸に灰、軽石。浅間焼けで降ってきた物を、この屋敷に集め申した」

忙しい老中をわざわざ呼びつけて、がらくたを見せびらかす魂胆は何か。

「こちらは大焼けを描いた絵でござる。山津波で埋もれた村もあるとか。未曾有の天災地変に、民も苦しんでおると聞き申す」

細川が手ずから目の前に広げてゆくのは、いかにも素人の手になるまずい絵図だった。炎と噴煙が派手に噴き出し、黒雲には稲妻が走っている。

浅間焼けについては、水野以下に粛々と御救普請を進めさせている。田沼はむしろ、昨年夏から始めた印旛沼干拓に力を入れていた。浅間の泥流で川底が上がったため、沼の近辺が水害に見舞われ、干拓が急務となったからだ。

(接待に期待などしておらぬが、銀台は何のつもりか)

細川は客のもてなしも粗略で有名だった。以前招かれた時は、酌をする女もおらず、熊本の焼酎と、鼻にツンとくる辛子蓮根《からしれんこん》が肴《さかな》に出されたきりだった。

田沼は相槌も打たずに黙していたが、細川は興が乗ってきたように一人語りを続ける。

「今日は一風変わった餅を賞味くだされたく、用意させ申した」

やがて家人が現れ、盆に載せた小皿を恭しく献上してきた。ありきたりな白茶色の餅だ。

細川は田沼に勧めながら、毒見するように自ら一つを指先でつまむと、齧《かじ》って見せた。

田沼も口に入れたが、すぐに食べかけの餅を皿へ戻した。何という不味《まず》さか。粉っぽく、ざらついた舌触りは砂でも食べているようで、何の味わいもない。

「銀台殿、何のおつもりか」

「これもまた、浅間大変が世にもたらした産物じゃとか。懇意にしておる面白い男から土産にもろうたはよいが、食えたものではございませなんだ。さてと、何ゆえかかる珍妙な趣向で天下の田沼殿をもてなすのか、仕掛人《しかけにん》に説明させ申そう。ダイダラ、出番じゃ」

庭先に現れた天を衝く大男は、片膝を突き、田沼に向かって深々と頭を下げた。

（やはり、ダイダラが絡んでおったか）

行く先々で軋轢を起こし、自分にさえ歯に衣着せず歯向かう異色の能吏だ。それでも田沼が使い続けてきたのは、組織には時に毒も必要だからだ。

細川が声をかけると、根岸が面を上げ、大きくつぶらな眼で田沼を見た。

「田沼様、世にも不味いその食い物は、藁餅《わらもち》と申す代物でござる。飢えに苦しむ民に、公儀が作り方を教えており申す」

以前はよく話したが、細川の手前、田沼は無言で渋面を作ってみせた。

「老中は、蛇とわらじ虫の話をご存じでございまするか？」

また奇談の類か。田沼が応じずにいると、根岸は勝手に続けた。

「蛇が食ってやろうと、わらじ虫に長い舌を伸ばしましてな」

根岸は丸太のような右腕を伸ばし、蛇を演じて見せる。

立てた左の親指がわらじ虫だ。パクリと右手に食べられた。

「ところが、取るに足らぬはずの小虫は、蛇の舌裏にしがみつき、いつまでも離れませぬ。すったもんだのあげく、蛇は死んでしまったとか」

「埒もない」覚えず吐いて捨てると、根岸が凄みのある笑みを見せた。

「この話には大事な続きがござる。蛇亡き後、口から出られなんだわらじ虫も死に申した」

根岸は丸い眼を見開き、田沼を睨みつけた。

「田沼様は昔、重い年貢に苦しむ百姓たちを救わんと、幾つもの手を打って来られたはず。心なき者が陰口を叩こうとも、歴史が正しく評しましょう」

名君と称えられる八代将軍吉宗は、田沼の父を紀伊藩の足軽から幕府の下級旗本に取り立ててくれた恩人だ。だが、吉宗が推し進めた質素倹約のために、皆が貧しくなった。増税で農民の暮らしは立ち行かなくなり、各地で一揆が起こり始めた。田沼が世に出てから、商人に儲けさせ、税を払わせるように変えたから、世の中が豊かになったのだ。相次ぐ天災に足を引っ張られはしても、田沼による国の舵取りに過ちはなかった。ここにいる細川も、根岸も承知していよう。

「されど今、志なき役人と心なき商人が、民と国を食い物にしており申す」

苦々しく思う出来事は幾つもあった。配下の役人たちも、天下ではなく、まず自分の損得勘定と保身から物事を考える。悪徳商人たちがはびこっているのも本当だ。だが田沼でなければ、世はもっと悪くなっていた。

「親しき浪人から聞いた話がございましてな。さざい～さざい～」

許しも得ずに、根岸がようようと語り始める。

昨年の暮れ、寺子屋をしながら生計《たつき》を立て、つましく暮らす浪人夫婦は、通りから聞こえるさざえ売りの声を聞き付けた。年末ぐらいささやかな贅沢をしようと相談し、長屋を出て、道行く棒手振《ぼてふ》りを呼び止めた。

「されど、棒手振りは平謝り。今は雑菓しかないと答えたとか」

中年の男は、幼子の薬代で借金が嵩《かさ》んでさざえの仕入れができなくなり、ありふれた青菜しか売り歩けなくなったという。

「それでも、さざい～とやらかして、出てきた人々に平身低頭詫《わ》びを入れ、同情と菜っ葉を買ってもらっておるのでござる」

根岸が眦《まなじり》を決して、田沼を見た。

「しかるに、保身に汲々とする役人たちは、さんざっぱら賄賂を受け取り、利に目の眩《くら》んだ商人たちは便宜を得て荒稼ぎをする。これが、田沼様の目指されし政にございまするか？」

根岸の言いたいことはわかる。町請を認めず、すべての金を民に落とせれば最善だろうが、多少の利なくば、組織は回らぬ。かくも巨大な御救普請を村請のみとした例は、過去になかろう。世は、志の高い者たちばかりではないのだ。

「水清ければ、魚棲まず。清濁併せ呑むが、政よ」

「三流の能無しが使う逃げ口上は、田沼様に似合いませぬぞ」

叱責するごとく根岸がどら声を張り上げると、さしもの田沼も立腹を覚えた。

「このままでは、御救普請が食い物にされ申す。民は塗炭《とたん》の苦しみを味わい続け、他方、同胞の不幸に付け込む悪しき者どもが焼け太りする姿が、まざまざと目に浮かびまする。厳に村請のみとせねば、たちまち町請に席巻され、御救普請の後、上州には立ち上がる意思も、力も持たぬ民が、飢餓と絶望にまみれて残されるのみ」

ゆっくりと根岸の腕が上がり、ゴツリとした指が、曇り空を差した。

「老中、空をしかとご覧あれ。目にも見えぬ細かな灰は、風で何度も空へ舞い上がり、日の光を遮り続けており申す。浅間大変による試練はまさしくこれから。それも全国で起こり、大凶作、はては天明の大飢饉ともなりかねませぬぞ」

天は、田沼に当代一の才覚と最高の権力を与えながら、地に繰り返し災いをもたらした。

「浅間北麓に、鎌原という六百人ばかりの小さな村がござる。八割を越す村人が死に、肉親も家も田畑も失い、巨大な浅間石が転がるだけの灰色の荒野で、生き残った者たちは生ける屍のごとくでござった。されど、近隣の者たちの手で飢餓から救われ、村人たちは御救普請により、再び己が故郷を作り直さんと立ち上がったのでござる」

原田が根岸の罷免を求めてきた最大の理由は、鎌原なる滅びた小村の扱いだった。

「山津波で埋まった村を甦らせて、何になる？」

原田の進言を待つまでもなく、そんな村は切り捨てて当然だ。

「これは、元気な百姓の吉六が生前に夢見た、新しき故郷の姿でござる」

根岸は懐から大事そうに何かを取り出した。

丁寧に畳まれた一枚のぼろ紙を、広縁で開く。

ほうと、細川が身を乗り出したため、田沼も首を伸ばす。また、素人の絵図か。

「道を通し、家を建て、荒れ野を畑とし、いずれは水路を引いて、田に復しまする。水車の回る水辺では、童たちが愉しげに遊んでおり申す。畔道や野に置かれた幾つかの色は、野に咲く花でござる。この夢を描いた吉六を、某は守れませなんだ」

以前は田沼も、幕府の端役人たちの名をすべて覚え、親しく声かけをしていた。

「村人たちはお前に煽られて、無用の期待を抱いておるだけであろう」

不相当な金をかけて滅びかけの村を甦らせるより、その金で他所の救える者たちを救うべきだ。根岸は情に流されて、大局を見失っている。

「鎌原再建には未来に向けて、大きな、大きな意味がござる」

根岸は怪鳥《けちょう》のごとく、両腕を翼のように広げた。

「かの村は、山津波で全壊した絶望の地。鎌原を見事復活させれば、幕府の力を示すとともに、天領の他村はもちろん、全国諸藩に向けて復興の範となしえましょう。政を担う者が、決して民を見捨てぬ覚悟を示せば、一揆なぞ起こるはずもありませぬ」

根岸の言に一理はある。だが、一理だけだ。

「そして、田沼治政下における鎌原村奇跡の再建は、数百年後の歴史にまで残りましょう」

付け足された言葉が、初めて田沼の心の琴線に触れた。

田沼は若き日より、立身出世に邁進してきた。持って生まれた才覚と努力、献身、さらには幸運にも恵まれて、並ぶ者なき権力を手に入れた時、天下は田沼の物になった。ならば、私腹を肥やす理由もない。天下とその民が豊かになれば、自分が富むのだ。還暦を過ぎて田沼が今望むのは、あの世へ持って行けぬ富ではなく、この世に残してゆける歴史の評価だった。

器量を値踏みでもするように、細川はさっきから二人のやりとりをじっと見ている。

なるほど根岸は、細川を通じて田沼に直談判する機会を作った。あえて名君の眼前で天下の大義を説き、大局に立つ田沼の決断を引き出そうとしたわけだ。だが、人の世は醜い。すでに御救普請は、人間の欲得で動き出したのだ。

「私に言いたいことはそれだけか？」

「いまひとつ。本日、最後の趣向がまだ届いておりませぬ」

根岸は猪首《いくび》を伸ばし、長屋門のほうを見やっていた。

「鎌原村から、一人の百姓がまもなく参りまする。音五郎は若い頃の失態で村を逃げ出したものの、江戸でよき妻を得て帰郷し、心を入れ替えて田畑を広げました。酒造りに成功し、妻も身ごもり、まさにこれからという矢先、浅間大変でほぼすべてを失いました。それでも懸命に生きて、故郷を取り戻さんとしておりまする」

「老中が、一百姓を待たねばならんのか？」

さすがの田沼も気分を害した。

「されば、お口直しに美味の身護団子をご用意いたしました。ぜひとも――」

「土産にもらって帰ろう。私は暇人ではない」

「田沼殿、蕎餅の接待のみでお帰しはできませぬ。茶を一服差し上げとう存ずる」

細川から客として招かれた以上、茶を断って帰るわけにもいかぬ。

近隣の村人たちが新しき夫婦の祝言の贈り物に云々と根岸の語りを聞きながら、田沼が形以外に何の変哲もない味噌団子を食べる間、細川がゆっくりとした手つきで茶を点《た》てている。

「家臣から蘭癖も極まれりと苦言を呈されますがな。本当は、是非やりたいことが別にござった」

蘭癖大名は幾人かいるが、細川は当代の筆頭だろう。

「世が世なら日本の外へ出て、この目で異国の人々、建物や風物を見とうござった」

老中としては苦笑するほかないが、気持ちはわかった。実は田沼も同じだ。日本は小さな島にいつまでも閉じこもっているべきではない。

印旛沼の干拓に話題を逸らすと、細川が賛意を示してきた。

細川が時間を稼いだせいで、田沼が茶を飲み終える前に、一礼して場を離れた根岸が、小脇に何かを抱えて戻ってきた。

「最後にご覧頂きたいものは、某宛ての文にございまする」

根岸は細川の許しを得て、音五郎なる百姓を呼ぶと、二人で広縁に文を並べてゆく。

さまざまな筆跡で書かれた文は、百通余りもあろうか。

――苦難の上州が天より賜りし宝なれば、今しばし検分使として、なにとぞとどまられたし
隣村名主からの手紙らしい。細川が面白そうに手に取り、田沼の前でお節介にも読み上げてゆく。すべて、上州にとどまるよう根岸に歎願する短い文だった。幕府に物を申せば罪となりかねないから、根岸に手紙として送ったわけだ。

「こいつは傑作じゃな。ダイダラによう似ておるわい」

細川が文に描かれた絵を示しながら笑う。浅間山の高さで立つ巨人は、大造りの顔が根岸の特徴をちゃんと捉えている。字を知らぬ百姓は、絵を描いて訴えていた。

「上州ではダイダラボッチのことを『デーラン坊』と呼びまする。老中、これをご覧くだされ」

根岸が示す文には、幼い子どもの字で、大きく、

――デーラン坊さま、かえってきて
とだけ書かれ、周りには色とりどりの野の花が描き添えられていた。

「九歳のすゑは、貧しい水呑み百姓の娘で、長らく寺子屋にも通えませなんだ。浅間大変の後、字を習い始めたのでござる」

根岸の後ろには、百姓が平伏している。まかり間違えば死を賜ると知りながら、根岸を信じ、直訴まがいの行動に出たわけか。

「幾度も文で申し上げた通り、政は今、大きな岐路に立っており申す」

根岸からの文を読んだ覚えはなかった。水野が握り潰したのだろう。田沼宛ての報告や手紙は、毎日全国から無数に届くが、すべてに目を通す時間などないから、腹心が選別を行う。

「公儀が仁慈をもって民に向き合わず、ここで打つ手を過てば、民の貧窮と怒りが、やがて火山のごとく噴火いたしましょう。それこそが、真の浅間大変でござる」

先だっての百姓一揆は、ただの前触れにすぎぬというわけか。御用部屋で水野から聞く御救普請は順調だったが、正しい報告が田沼に上がっていないらしい。原田も一枚嚙んでいよう。浅間大変は、田沼が直《じか》に差配したほうがよいやも知れぬ。

「この者たちが再建した村を、ひと目見とうござるな」

細川と根岸の視線を感じた。天下で田沼の意に染まぬ二人を見返しながら、思案した。

（浅間大変の始末を、私が付けるとすれば……）

大局に立ち、天下のためにいかにすべきか。

さまざま考えを巡らせるうち、田沼には一本の進むべき道が見えてきた。

原田と水野の顔を潰すのも、灸を据えるにはちょうどいい。いずれは原田を大抜擢し、水野の後釜に据える腹積もりだが、二人の腹心には近ごろ慢心が見え隠れしていた。根岸と大いにぶつかって苦労をし、学ぶのも悪い話ではあるまい。

「よかろう、根岸。お前の解任を取り消し、村請のみとする」

根岸の顔がパッと華やいだ。相変わらず童のように裏表がない。

「さすがは田沼様でございまする。畏れながら、いま一つ。生き残りの民を飢餓から救いし近隣村の徳高き三名主に、あたう限りの栄誉と褒賞を」

「むろんじゃ。合わせて水野に命じておこう」

善行を為した者を、ささやかであれ讃えるのは、政の根本だ。

「ありがたき幸せ。これよりただちに浅間へ戻り、明日、十一月四日付けで触れを出しまする」

すでに秋の日は傾いていた。この男に、昼も夜も関わりないわけだ。

情に傾く選択が何をもたらすのか。細川も根岸も、遠からず悟るだろう。

一陣の風が、熊本藩上屋敷に立つけやきの色葉を散らし、乾いた音を立てた。

第六章　形　見

——天明三年（一七八三）十一月十七日、上野国・鎌原

1

鎌原に降り続く朝雨も、もうじき雪に変わるだろうか。

音五郎は四平の家の庇で雨を凌ぎながら、水浸しの荒れ地を眺めていた。

「振り出しに戻っちまったぃ。やる気が失せたんべ……」

仙太が壁にもたれてぼやくのも、無理はなかった。苦労して石を取り除いたのに、長雨で山が崩れて土砂が新たに流れ込み、作りかけの家も倒れた。

田へ戻すには水路も必要なため、当面は畑とする計画だが、原田が断言したように、作業は困難を極めた。まずは耕作の邪魔になる無数の石を、手で一つひとつ取り除く。他村の起返《おこしがえ》しでは、地表に積もった灰砂を、その下にある元の黒土とすべて入れ替える天地返しをするそうだが、鎌原はあまりに深く埋もれたから、不可能だ。そこで、城跡付近の黒土を運んできて灰砂に混ぜるのだが、馬を使っても大変な労力だった。

「こりゃ、ほかの連中に大負けしただんべ」

根岸はさしあたり九家族に畑の区画を割り振った上、それぞれに他村の人足三名を配置し、できるだけ同じ条件で競わせながら普請させた。音五郎がかつてのぎっぱに近い南端の山側を望んだのが裏目に出て、最大の被害が出たわけである。

「まだ勝負はついてねぇべ」

玉菜とくめは裏方の仕事もほとんどできないし、音五郎一家は不利なはずだが、それでも必死に頑張り、昨夕の時点では他家より一歩先んじていた。

「なんかもん。まだ雨が止《や》まねぇし、今日は休もうで」

小降りなら作業してきたが、仙太の気持ちはよくわかった。

「そうだぃな。風邪を引いたら面倒だんべ。百姓代じゃから俺は続けるけど、お前は戻って、藁《わら》餅《もち》作りか、小さい子の面倒を見てろ」

仙太は黙ってうなずき、掘立小屋《ほったてごや》へ戻ってゆく。

その後ろ姿を見ながら、少し背が伸びたなと思った。ちびの仙太が大きくなるたび、かなは喜び、備中鍬《びっちゅうぐわ》の柄に印を付けて、背丈を測っていたものだ。

この半月、一緒に起返しをしながら、仙太とは少しずつ言葉を交わすようになった。他の家族と成果を競いながら、一つの目標に向かって歩むうち、絆らしきものが出来てきた気もする。

「お前が崩れて来なんだら、もう畑の半分くらいはできとったんさ！」

音五郎はひとり、恨み節を山へぶつけながら庇を出た。一二三や吉六なら、作業を続けるだろう。だから、やる。

改めて、区画の最南端から一畝《せ》ずつ石を取り除く。今日は二畝が目標だ。

ふんと踏ん張り、両手で浅間石を持ち上げた。重い。

音五郎はよろめきながら、雨で崩れた畔道まで担いだ。腰高くらいの石垣にすれば、少々の雨では流されまい。大きな石は、後でまとめて馬で運び、吾妻川の堤に使う。

一人でも動かせる大石を全部運び終えると、小石を背負い袋《シヨイコ》へ放り込んでゆく。ふだんはすゑも手伝うが、雨中での作業のせいか、数日前に風邪を引いて寝込んでしまった。ほとんど治ったが、大事を取り、今日も外の仕事を休ませていた。

袋が満杯になると、背負い、畔道へ向かう。

何度も繰り返して、運んだ石がある程度の嵩《かさ》になると、大中小の石を組み合わせて、低い石垣を作る。ご褒美のように楽しい作業だ。皆でやるうち慣れてきて、上手になった。

冷たい小雨の中、泥まみれで二刻ほど休みなく続けると、音五郎も精根尽きてきた。雨で崩れた川堤を直す急ぎの仕事が中流で入ったせいで、今日はいつも来てくれる応援人足もおらず、一人では作業がはかどらなかった。

それでも一畝を何とかやり終えて辺りを見渡すと、普請に出ている村人たちは数えるほどで、駄賃目当てにダラダラと道普請をしていた。こんな調子で、本当に村の再興は成るのか。

まだ昼前で明るいのに、雨が強くなってきた。

(いったん休みを入れるかぃ。一人きりじゃ、あと一畝は無理だんべ)

トボトボ歩いていると、前方から小さな姿が駆けてきた。

「すゑ、まだ外へ出るなって言ったがん」

まだ面映ゆいが、音五郎も少しは父親らしくなってきたろうか。

「お父っちゃん一人で頑張ってるもん。小腹が空いたんじゃないかと思って。蕎餅だけど」

音五郎は水たまりの上澄みに手を浸けて指先を洗い、小さな手が差し出してくる竹皮の包みを受け取った。

「悪《わり》んねえ。ちょうど休みを入れようと思ってたんべ。けど、早く戻《はい》るんさ」

歩きながら、かぶりついた。ろくに嚙まずに呑み込むのが、食べるコツだ。

二人並んで、掘立小屋へ向かう。

「寒《さび》いし冷てぇし、いつまで降りやがるんだぃ」

以前は言葉も交わさなかった他人の娘なのに、他愛もない会話を日々積み重ねてゆくだけで、心が少しずつ近づいている気もした。

「くめ祖母《ばあ》ちゃんが言ってたんさ。雨はもうすぐ上がるって」

たまに正気を取り戻しても、くめは浅間大変で変わり果てた現状を理解できず、過去に生きていた。説明しても、くめは頭がこんがらがって、いつしか自分だけの世界へ帰ってゆくのだ。

だが、灰空を見上げても、雨の止む気配はまるでない。

「この雨じゃ、デーラン坊も来んじゃろな」

「皆、明日から頑張ろうって。お父っちゃんも、今日はこの辺で上がりだんべ」

確かに疲れた。明日また、今日のぶんまでやればいい。

「そうだいの。それにしても、吟味役もうんと評判を落としとるな」

江戸から戻った根岸は、人が変わったように厳しくなり、様子見に来るたび、普請の進み具合にいちいち注文を付けてきた。手こそあげないが、苛立ちを隠さず村人たちを働かせるのだ。心に深い傷を負う村人たちに、あんまりひどい仕打ちだとこぼす者も現れた。

「うらも少し嫌いになったんさ。鬼みてぇに怖いんだもん」

根岸は抜き打ちで鎌原に現れるため、村人たちは戦々恐々としていた。だが、吾妻川も荒れているし、根岸も忙しいから、さすがに今日は来ないだろう。

掘立小屋へ戻り、暖かい大部屋に入ると、生き返った心地がした。小六が作ったすごろくに興じる子どもたちの中に仙太の姿もあり、すゑも加わった。体の弱い小六は力仕事こそ苦手だが、器用だから裏方で役に立ち、幼子たちの面倒もよく見ていた。まだ家族を作っていない大人たちが、泊まり込みの遠方の人足たちを交え、めいめい話し込んでいる。

村人が集まると、話題は自然、過去へ向かった。あの時こうしていれば、ああしていなければと想像しては悔しがるのだ。この堂々巡りは何も生まないと、音五郎は骨身に染みて感じていたし、もともと一匹狼だから、話の輪には加わらない。

音五郎が粗衣に着替えてから、自分たちの囲炉裏端へ戻ると、くめがまだ午睡をしており、玉菜は壁にもたれて虚空を見つめていた。

囲炉裏の火で温まるうち、うとうとしてきた――。


部屋の中のざわつきで、音五郎は目を覚ました。野太い声が響き渡る。

「まだ日も高ぇのに、仕事はもう上がりか？」

根岸は蓑と笠を取って村人に預けると、びしょ濡れの体を手ぬぐいで拭《ふ》いていた。

今日の根岸は赤ら顔だった。酔っ払ったような足取りでふらつきながら歩き、奥のいつもの場所にどっかと腰を下ろした。従うのは、喜藤次だけだ。

ただちに八家族の者たちも駆け付け、皆が根岸の前に整然と並んだ。名主代わりを務める黒岩は、水路を引くための水源探しで山に入っており、不在である。

「甚兵衛に音五郎。鎌原村では、これしきの雨で普請を休むのか?」

根岸の強い視線に耐えかねて、甚兵衛は縮こまっていた。来月八日の再噴火を信じているから、もともとやる気に乏しい。

「長雨のせいで地崩れがあって、これまでの苦労が水の泡だぃ。気を取り直して、明日からまた皆で頑張るんさ」

音五郎が応じるや、根岸が血相を変えて荒々しく吼えた。

「いきがってるんじゃねぇ! 地崩れは仕方ねぇさ。じゃが、今日できることを、なぜ明日に回すのかと、わしは尋ねておる」

巨眼に射すくめられて、音五郎は沈黙した。

「最初に言うたじゃろう。冬が来りゃ、もっと寒うなって日も短うなる。公儀の金も無尽蔵じゃねぇ。一刻も無駄にはできんぞ」

根岸が座を見渡すと、村人たちは下を向いた。

「うらは昨日、雨の中ですっ転んで、でっかい石を足の上に落としちまったもんで」

四平が足首をさすりながら申し訳なさそうに言うと、その隣で幸七が続けた。

「雨の中で無理をしてたら、風邪をひいちまいやして。こじらせちゃいけねぇからって、家族に言われやしたもんで」

「義母をおんぶしていましたら、うっかりぎっくり腰に――」

惣八を遮って、根岸の雷が落ちた。

「ばかやろう! わしは泣き言、言い訳を聞くためにここへ来てるんじゃねぇや」

根岸はギロリと音五郎を睨んだ。

「浅間大変は千年に一度の、天下の一大事よ。お前らはとてつもない挑戦をしとるんじゃ。簡単に行くはずがねぇ。なんかもん、お前が引っ張っていかんで、何とする？」

音五郎はいつも根岸の叱られ役だった。

吉六の遺志を継いで村を再建すると約した以上、責めを負うのは仕方ないが、一二三や吉六でさえ結局、皆をまとめられなかったではないか。

「デーラン坊さま。お父っちゃんはさっきまで、一人で石を拾うとったんさ。けど、うらが今日はもうやめなって言ったから……」

するゑが哀願するように、根岸に対していた。

「音五郎一人の話じゃねぇ。掘立へ来る前に確かめたが、目論見《もくろみ》の半分も出来とらんかった。わしが毎日鎌原へ来て、お前たちの尻を叩かにゃならんのか？」

「なんかもんは頑張っとる。城跡でのぼう土を取ってできた穴ぼこに肥やしを作ろうって、毎日何回も糞を運んどるんだで」

仙太が珍しく口を挟んだのには驚いた。ちゃんと見ているのだ。音五郎は少しうれしかった。

「やかましい。仕事は結果がすべてじゃ。よう頑張ったが、駄目じゃったってなぁ、しょせん負け犬の遠吠えよ」

庇おうとしてくれたするゑと仙太が一喝されて、音五郎も腹が立った。

「俺たちが悪いんじゃねぇ。全部、雨のせいだ。他の村の人足たちが来られんで、頭数も足りんかった。遅れたぶんは、これから取り戻すべ」

「くそったれが、甘えるんじゃねぇや！」

根岸がこめかみに青筋を立てて怒鳴った。

「雨はまた降る。雪も降る。地面も凍るぞ。人が足りねぇ、金が足りねぇ。どこだってそうだい。それでも、何とかやりくりするんだよ。普請には、けがも病もつきものじゃ。その度に、できんかった言い訳を、わしの前にずらりと並べる気か！」

確かに、村人たちが全身全霊で普請に励んだかと言えば、違う。まだ努力の余地はあったろう。だが、鎌原村の不幸な人間たちに多くを求めるのは、酷ではないか。

「だけど、吟味役。俺たちは身内を失って、心をズタズタに切り裂かれとるんじゃ。ちっとんべぇ大目に見てくれてもよかんべぇ」

音五郎が村人を代表して言うと、根岸は烈火のごとく怒った。

「とんちきめ！　お前らはわしに同情してほしいのか。そんなもんなら、いつでも誰でも幾らでも、くれてやれる。わしがここへ通っとるのは、お前たちがもう一度立ち上がって、自分の力で人生を歩けるようにするためじゃ」

根岸の息が異様に荒い。肩で息をしていた。手ぬぐいで額の汗を拭く。酔っ払っているのではないらしい。

「公儀が駄賃を払って人足を集めて、お前たちに金を渡しとるんじゃ。この金はひとりでに湧いて来たんじゃねぇぞ。もとは、日本じゅうの民が汗水垂らして納めた米じゃ。町人だって商いをやって、銭を払っとる。一文も無駄にはできねぇ」

根岸が遠くを見るような目で、ポソリと続けた。

「わしの二人目の子が病を持って生まれてのう。夫婦で頑張って看病したが、結局助けられなんだ。仕事に励んで気を紛らわせようと思うたが、生憎、謹慎中でな。ゆえにわしは、妻や子らと一緒に、天狗やらカッパやら、いろんな妖怪の根付《ねつけ》を作ることにした。辛気くさい作業じゃが、凝りだすと奥が深い。でも、おかげで売れるくらいの腕前になった。わしはいつも手元不如意ゆえ、生計《たつき》の足しになったがのう」

根岸が大きな背を丸め、太い指で極小の根付を彫る姿が思い浮かんだ。

「大焼けから四カ月を過ぎて、悲しみに浸る時期は終わった。悲しみが癒えることなんか、一生ねぇさ。死ぬまで背負って行くんだ。だけど、こんな時に何もやっとらんと、親孝行をしてやれなんだ、もっと酒を呑ませてやりゃよかったと、悔やんでは傷を舐め合ってばかりじゃねぇのか？　今はろくすっぽ考えずに、ひたすら前だけを見て、がむしゃらに突き進め」

それで根岸は、あれしろこれしろと村人たちの尻を叩き、叱りに来るわけか。

「わしも昔、音五郎のようななんかかもんでな。品川宿の酒屋で、呑み代を踏み倒そうとする連中と、派手に大立ち回りをしたことがある」

酩酊しながらも十数人をすぐにのしたが、紅一点の女を捨て置いたところ、後ろから短刀で太腿を刺され、大けがをしたという。

「最初は誰かに肩を貸してもらって歩いたが、いつまでも人に頼れるわけじゃねぇ。復興も同じよ。わしはお前たちと共に歩めても、代わりに歩いてやることはできん。人生は自分の足で歩かなきゃならねぇ。鎌原再建を全身全霊で支えると、わしは約束した。お前たちを立ち上がらせて、もう一度歩かせてみせる」

根岸はめまいでも覚えたのか、目を閉じ、汗ばむ額へ太い指先をやった。

「鎌原村はお前たちの故郷じゃ。主役はあくまでお前たちよ。役人は手伝いしかできん。誰かから貰うのではのうて、自分たちの手で、歯を食いしばって取り戻せ」

喜藤次に耳打ちされて、根岸がそっとうなずいた。

「原田がうるせぇから戻るが、また参るぞ。お前たちがどれだけ歩けるようになったか、この目で確かめにな」

根岸は立ち上がろうとしたが、ズシンと片膝を突いた。喜藤次に支えられて、立ち上がる。やはり様子がおかしい。

音五郎と甚兵衛が先に立ち、根岸一行を送りに出た。

村人たちの間を通って戸口へ出ると、子どものようにはしゃぐ根岸の声が聞こえた。

「おお、虹が出とるぞ！　皆、早う来んか」

雨あがりの空に、大きな七色の橋が架かっていた。歓声が上がる。

「さてと戻るか、喜藤次。くれぐれも村を頼むぞ、音五郎」

根岸が大きな手を自分の肩へ置いた。異様に熱い手だ。

喜藤次が去りがけに、厳しい表情で音五郎に告げた。

「長雨の中で無理をして、あちこちを検分されておるうち、吟味役は病を召された。ひどい熱だが、この後まだ二つ、村を回られる。夜は渋川まで戻って来客じゃ」

音五郎はハッとした。根岸が病を押してまで、鎌原へ来たのは何のためだ？

根岸一行を送り出した後、掘立小屋の前はシンと静まり返っていた。

「吟味役は真剣にお怒りだったぃ。けど、あんなに叱られたんは昔、親父に絞られて以来かのう」

四平がボソリとこぼしている。

濡れ鼠でやって来た根岸の姿を思い起こした。高熱のせいで赤ら顔で、始終汗を拭き、肩で息をしていた。確かに、音五郎も村人たちも、近ごろ気のゆるみがあった。

（俺たちは、まだやれる。もっと、もっとやれる）

音五郎は村人たちを振り返った。

「雨もきれいに上がった。虹を見ながら、日暮れまであと一仕事やらんかや？」

「足はまだ引きずるけど、手は動くからな」

すぐに四平が応じると、隣で幸七が両手で伸びをした。

「熱も下がったし、もう働けるべぇ」

村人たちは声をかけ合いながら、それぞれの持ち場へ向かってゆく。

根岸は足しげく鎌原へ通って音五郎を絞り上げた。でも、皆の代表だからこそ叱られるのだ。

「行こうぜ、なんかもん」

仙太がすゑと並んで、音五郎を見上げている。

「おう。あと一畝やるんさ」

音五郎はすゑを肩車すると、仙太の背を叩き、自分たちの畑へ向かって歩き出した。

2

日没を知らせる良珊寺《りょうさんじ》の洪鐘《こうしょう》の音が聞こえ、根岸は臥所《ふしど》で目を覚ました。

渋川宿に響き渡る大鐘の音を聴くと、神妙な気持ちになる。

「お加減は如何にございまするか、吟味役？」

隣室に控える喜藤次がすばやく現れた。原田と同様、もとは薬師を目指していた若者だけに、病人が気になるらしく、風邪をこじらせた根岸を親身に世話してくれる。

「半日もよく寝りゃ、あとはひとりでに治るじゃろう」

根岸は今朝方、伊勢崎藩の関との面会中に、突然昏倒した。あわてた関は薬師を呼ぼうとしたが、別室で仕事をしていた原田が急ぎ手当したらしい。根岸が目を覚ますと、褥《しとね》に寝かされており、傍らに原田と喜藤次がいた。

——ただの鼻風邪と酷い過労でござる。無茶をして周りに迷惑をかける困ったお人じゃ。

呻きながら起きようとすると、「いい加減になされ！」と原田が凄まじい剣幕で一喝した。

——今のお前はムクリコクリみたいに怖かったぞ。

原田は根岸を相手にせず、淡々と続けた。

——無理をして結局、時を無駄にするなぞ、愚の骨頂でござる。

——全くじゃわい。深酒と同《おんな》じで、やっちまってから後悔ばかりよ。

——鎌原村と伊勢崎藩の件では方針が合いませぬが、吟味役のおかげで、拙者も仕事が助かる面もござる。多少は体を厭《いと》われるがよろしかろう。おっつけ生薬《しょうやく》も届くはず。あとは喜藤次が世話をいたしますゆえ、早う治されよ。しばし拙者が代行いたせど、仕事が滞ってかないませぬゆえ。されば、御免。

原田が小言を並べて去った後、喜藤次が生薬を煎じてくれた。苦い薬を我慢して飲み干し、かゆを食べると、根岸はすぐに眠たくなり、今しがた目覚めたのである。

「さてと、仕事じゃ」起き上がろうとする根岸を、喜藤次がすばやく押しとどめた。

「主より、今日は命に代えても、吟味役に仕事をさせてはならぬと仰せつかっており申す。引き続きお休みを。さもなくば、拙者が腹を切らねばなりませぬゆえ」

「じゃが、仕事は増える一方じゃ。わしがおらねば——」

「原田様がおわしまする。病んだお体で、よき仕事はできませぬ」

確かにまだ頭がズシリと重い。根岸はやむなく再び横になった。

「三名主の褒賞の件は、無事に済んだか？」

「原田様に限って、抜かりはありませぬ」

黒岩、干川、加部の三名が、江戸でそれぞれ銀子《ぎんす》十枚を下賜され、一代帯刀《いちだいたいとう》及び永代苗字《えいたいみようじ》の使用を許されたという。善行に報いるにはささやかだが、せめて名誉を与えねば、政《まつりごと》ではない。

「伊勢崎藩の件は？」

「原田様が後を引き取られ、段取りを決められました」

たとえ反対でも、原田は手順を守る。もし従いたくなければ、この前のように幕閣を動かして命令を変更させるだろう。油断はならぬが、ひとまず任せてよさそうだ。

「お前の主は、頼りになるのう」

「いかにも。されど、鎌原は廃村と再建のいずれが正しいのか、わからぬようになり申した」

「いずれも間違いではあるまい」

再建後、村が栄えて民が幸せになるなら、ひとまず成功だが、未来は誰にもわからない。移住した場合の帰趨も想像でしかないから、答えは結局、永遠に出ないだろう。

「あれほどの被害を受けながら、なにゆえ鎌原の民は立ち上がれたのでしょうか？」

移住を考えていた村人たちも、結局残ると決め、全員が再建のために力を尽くしていた。

「故郷には、心を甦らせる力があると、わしは思う。それに、誰かにやってもらうより、自分の力で何かを成し遂げるほうが、人はより多くの幸せを感じるものよ。やれと命じたところで、駄目じゃ。一緒にやらねば、人は動かん」

「根岸様のように、民と親しく交わる役人がおわすとは存じませなんだ。実は先だって、仙太とする《ヽヽ》から感謝の言葉をもらった時、うれしゅう思いました。恥ずかしながら、役人になって初めて、本当に仕事をした心地になり申した」

原田に限らず、代官や高位の役人たちは、村方三役を通じて民とやり取りする。他方、村人たちの間に入り込んで話をするのが、根岸の流儀だ。

「拙者には、吉六の描いた、新しき鎌原が目に見えまする」

若い喜藤次が顔を輝かせている。まじめな役人が報われる世にすれば、行く末は明るい。

「まだまだ道のりは長い。どれだけ立派な家を建て、新しい畑を作っても、家族がバラバラに住んでおるだけで、村の再建は成らぬ。真に村が甦るには、まだ足りぬものがある」

「何が足りぬのでございまするか？」

「絆よ」

「目には見えぬものにございまするな」

「絆は、放っておいたら、茸みたいに勝手に生えてくるもんじゃねぇ。一緒に何かをやって作ってゆくもんじゃ。苦労すればするほどよい。その仕掛けを作るのも、役人の仕事よ」

根岸の言葉を咀嚼するように、喜藤次は小さくうなずいている。

「これまで拙者は出世ばかり考え、張り詰めた日々を送って参りました。才覚も乏しいくせに、必死に背伸びをして、原田様の背を追いかける苦しき日々でございました」

喜藤次は原田に心酔して同じ道を歩もうと決め、一から十まで真似しようとしてきたらしい。

「ですが、根岸様は民に頼られ、共に泣き、笑い、楽しそうにしておわしまする。さりとて、根岸様の真似などとても無理。拙者はどうすればよいのか……」

「お前はまじめですなおな男じゃ。誰ぞの気に入ったところを真似ながら、己が道を行けばよい」

「はっ。鎌原再建を通じ、役人としての心得を、根岸様からしかと学びとう存じまする」

喜藤次は居住まいを正すと、褥の根岸に向かって丁重に頭を下げた。

3

「助けとくれ、仙太！」かなの体は、腰まで土中に埋まっていた。

仙太が両手で懸命に腕を引っ張っても、母の体はズブズブと沈んでゆく。

「手伝ってくれよ、なんかもん！」

音五郎の姿はどこにもない。大事な時にいないのだ。

「子どもにゃあ、無理だぃ」志めがかなの背で、恨めしげに仙太を睨んでいた。

仙太の足元の岩がぐらつき、沈み始める。

「あたしはいいから、早くお逃げ、仙太！」

腕が振り払われるや、二人はあっという間に土の中へ消えた。

仙太も沈んでゆく。抜け出そうとあがいても、生ぬるい土が下腹まで上がってきた。

助けを呼ぼうにも、怖くてもう声が出ない――。


（チッ、また、やっちまった……）

目が覚めると、真夜中だった。音五郎の寝床は空だ。まだ戻っていない。

掘立小屋から月明かりの外へ出て、仙太は寒風にぶるりと体を震わせた。

秋雨が終わると、朝晩はめっきり冷え込んだ。すでに浅間山頂は雪を被り始めていた。鎌原にもじきに冬が来るだろう。

水場で褌《ふんどし》を外した。二枚重ね、手ぬぐいも当てておいたから、他は濡れていない。水甕《みずがめ》から桶に冷たい水を汲んで、揉み洗いを始めた。指が痛くなるほど冷たい。

(この齢《とし》で寝小便なんて、みっともねぇ話だぃ)

夕方からは水をほとんど口にしないから、喉が渇いて苦しいが、朝までの我慢だ。くめが正気に戻った時に尋ねてみたら、日中に尿意を催しても、できるだけ我慢しているといいと教えてくれた。末っ子が幼い頃に悩まされていたらしい。

褌を固く絞ってから、身に着けた。濡れた布がぴたりと肌にくっつく。

(つ、冷てぇ……)

洗って干しておいたら、また漏らしたと皆に知れるから、みっともない。

大部屋に戻り、くめとするゑが眠る寝床の間へ向かう。

入口に近い音五郎の筵はまだ空いている。この夕方、すっかり暗くなってから、また根岸がふらりと現れた。八つの家を訪ね、掘立小屋の村人たちと話した後、音五郎ら主だった者たちを開発場《ほっば》に集めて談合を始めたが、まだ続いているらしい。

根岸に叱られてから、音五郎を先頭に、村人たちはいっそう再建に打ち込んだ。仙太も連日よく働いて疲れ果て、朝まで熟睡していたのに、今日はまたあの夢を見て、寝小便をしてしまった。

玉菜は相変わらず部屋の隅で独り寝だが、音五郎の家族はくめのいる場所で眠っていた。

仙太はそっと褥で横になり、天井を見上げた。

山が、憎い。浅間に母を奪われたのだ。だが、もとはと言えば、やはり音五郎のせいだ。

隣ですゑが寝返りを打った。起こしてしまったか。

「お父っちゃん、まだデーラン坊さまたちと話してるのね」

「ああ、吟味役の話は、無駄に長《なげ》ぇから」

根岸は話好きな上に妖怪まで出てくるから手に負えない。甚兵衛などはたまに居眠りしていた。

「兄《あん》にゃ、厠《かわや》へ従《つ》いてきてくれん？」

するは怖がりだから、よく頼まれる。

「よかんべぇ。寒《さび》いから半纏《はんてん》を着ぃ」

連れだって外へ出ると、空高い満月が明るく地を照らしていた。さっきは必死で、月のありがたみにも気づかなかった。ちょうど、根岸と音五郎が話しながら、ゆらりと現れた。

挨拶をすると、根岸の大きな手が仙太の肩に置かれた。温かい。

「俺も行ぎてぇから」と、音五郎がするを連れて、厠へ向かった。

「浅間と名月か。今宵は絶景じゃのう」

幼い頃、仙太はかいなの背で、月を指差して喜んでいたらしい。

「仙太、わしの子がお前くらいの頃は、妖怪ごっこをして遊んでやったもんよ。今じゃ、あんまり相手にしてくれんがな。親にとって、子はかけがえのない宝じゃ。生きてる間はもちろん、死んでからだって、親が子に願うことはたった一つ、子の幸せよ。まともな親なら皆、同じじゃ。かなは天からお前を見守り、幸せを願っておる」

「吟味役、幸せって何じゃろう？」

「人の役に立つことよ。誰かのために生きれば、必要とされる。一人でムキになったって、幸せになれやしねぇさ。怠け者の所にも、幸せはやって来ん。お前たちはよう頑張っとるゆえ、きっと幸せになれる」

本当だろうか。するに従いて厠へ行く、家族の畑を作る、音五郎と一緒に糞尿を汲んで城跡まで運ぶ。それで、幸せになれるのか。

「うらは、毎日見る浅間が憎い。どうすりゃええんじゃろ？」

口には出さないが、本当は音五郎もまだ憎い。

「わしの妖怪好きは、もともと二つ上の兄貴譲りでな。外を出歩くのも、飯を食うのも一緒じゃったが、それでも話が尽きん。二人で夜通し、奇談に花を咲かせたもんよ」

根岸は、安生家という変わった苗字の武家の三男に生まれた。二十二歳で根岸家の臨終養子となるまでは実家におり、同じく部屋住みの兄と特に仲が良かったという。根岸の話は前置きが長く、回りくどいが、仙太は黙って耳を傾ける。

「じゃが、兄貴が難しい病になっちまってな。体が少しずつ動かんようになるんじゃ。心ノ臓も変な脈を打ちおる。最初は隠しとったが、ある時倒れてしもうた。わしは必死で看病した。あれほど強かった兄貴が、日に日に衰えてゆく姿を見とると、辛《つろ》うてたまらなんだ」

最初は治ると皆思っていたが、次第に悪くなり、やがて歩けなくなった。

「用を足すにも、人の手を借りねばならん。一番仲良しのわしがよう世話をした」

根岸を見上げると、まるで月と対話しているようだった。

「今日みたいに月の綺麗な夜、兄貴はお城を見たいと言い出した。痩せちまってすっかり軽くなった体を、わしが背負ってな。お堀ごしにお城を眺めながら、たくさん妖怪の話をした。怪談はやっぱり夜がいい。じゃが次の日の朝、兄貴はこの短刀で自決しておった」

根岸は腰に差した脇差の柄《つか》を、ギュッと握り締めている。

「力の込められぬ筆跡で書かれた遺書には、武士として生きられぬゆえと記してあった。自分で命を絶てるうちに、人生にケリを付けたんじゃ。どうすりゃ兄貴を救えたんか、結局、何をやっても救えなんだのか、わしにはわからん。今でも兄貴を想うと、胸がズキズキ痛ぇんだ。一生同じじゃろう。だけど病を恨んで、運命を呪ったって、仕方ねぇさ」

仙太の肩に乗っていた手が、ポンと跳ねた。

「お前は山が憎かろうな。昔、洪水で家族を失った漁師も、川を憎んどった。先だって二十年ぶりくれぇに会いに行ったら、ずっと川の恵みで生かされとるうち、悲しみは残ったが、憎しみは消えたと言っておった」

今の仙太の心中には、悲しみ、憎しみと怒りがごちゃ混ぜになって、荒れ狂っていた。でも本来は、それぞれ違う気持ちなのだろう。

「不治の病も、火を噴く山も、暴れる川も、荒れる海も、ちっぽけな人間なんぞにゃ抗《あらが》えねぇ災厄だ。それでも人間は、運命の中で生きてゆくしかねぇ。人生には別れがあるし、寂しくて辛いもんさ。それでも共に歩める者がいて、誰かの役に立ててるなら、人は幸せになれる」

いつも根岸は前を向いて歩けと言う。

後ろを振り返るのを、しばらくやめてみようか。

「音五郎はもともと木を伐るし、猟もやると聞いた。落ち着いたら、山の仕事を親父に教えてもろうたら、どうじゃな?」

考えたこともなかった。山から恵みをもらえば、悲しみは残っても、憎しみを消せるだろうか。

厠のほうから、笑い声が聞こえてきた。

音五郎がすゑを肩車して、月を一緒に見上げながら戻ってくる。

あの二人はひと足先に、本当の親子になっている気がした。

4

久しぶりに鎌原へ入った原田は、目に見える普請の進捗に、内心で驚きを覚えた。

道普請は信州街道の一部が済んだだけで、家も八軒のままだが、街道の左右には短冊状に区切られた畑が広がり、村人や頼み人足たちがキビキビと仕事をしていた。

「御代官様、ようこそお越し下せぇやした」

黒岩が村の入口まで迎えに出ていた。根岸のもとで名主代わりを務めるうち、鎌原村から手を引けなくなり、最後まで見届けるという。

「至急の用事ができた。吟味役を返してもらうぞ」

田沼が解任と町請の判断を覆したのは意外だったが、田沼の指図なら、淡々とこなすだけだ。

だが、情を重んじ、政に理想を求める根岸の姿は、美しくとも持続しない。根岸が時間をかけて民に寄り添えるのも、検分使不在の裏方を、原田が八面六臂《はちめんろっぴ》の働きで支え続けているからだ。多くの役人たちには、根岸の無私もなければ原田の有能もないし、人も金も時間も無尽蔵ではない。行き詰まって、出世に差し支えるのは御免蒙る。原田が今日、わざわざ最奥の被災地まで足を延ばしたのは、御救普請《おすくいぶしん》の切り上げ時と、鎌原再建の落とし所を見極めるためだった。

「長雨の遅れも取り戻して、人数の割にはすこぶる順調でござんす。家族のほうは、色々と揉め事も起こっとるようですが」

根岸が気に懸ける家族の絆など、できればそれでよし、できずとも幕府の知った話ではない。

原田の父は、医道に生きた立派な人間だったが、他人の命ばかり助けて、妻の命を蝕む死病にも気づかず、自らも医者の不養生で若死にした。家族にとっては失格の夫であり、父でしかなかった。よき家族に恵まれたなら、運が良かっただけだ。家族のせいで人生を狂わされ、不幸になる人間など世に幾らでもいる。根岸は己が信じる幸せな家族の理想を、他に押し付けているだけではないか。人間は家族など当てにせず、自分の力で生きてゆくべきだ。さもなくば、自分が幸せになれぬ理由を、家族にさえ求めかねない。

「あれほど面倒くさい上役は、初めてだ」

黒岩に愚痴をこぼしてみた。

普通の役人が上役だったなら、ほどほどで御救普請を切り上げていた。救えなかった者たちもいたろうし、小役人や町人たちに中抜きをされたろう。だが、もとより全員を救うなど不可能だし、人の世とは醜いものだ。

「全く、不思議なお方でござんす」

根岸はいちいち村人の悩み事を聞き、慰め、親しく交わる。だが、世に不幸な人間は、無数にいる。簡単に幸せにしてやれるならすべきだが、どこかで割り切らねば政はできぬ。だから原田は、情を移さぬよう、民草の名を覚えはしても、名では呼ばない。

「行き詰まって、音を上げると思っておったが、そちたちも存外しぶといのう」

村人たちは根岸に乗せられて再建の道を選んだが、かくも深く灰砂に埋もれた村は他にない。これから幾世代にもわたり重荷を背負わせる再建に、原田は今でも反対だった。根岸は故郷が持つ力なるものを声高に叫ぶが、人間には新しい故郷を作る力だってある。移り住んだ先の新天地で成功し、別の幸せを掴める者もいるはずだ。

「吟味役に尻を叩かれて、なんかもんが粘り強う、皆を引っ張っとりやすもんで」

いや、吉六から引き継いだ夢は絵空事だ。のみならず、このまま最後まで進めるのは無理だし、有害無益だと原田は確信していた。

「例のお告げの件は、いかが相成っておる？」

「半分近くは不安に思っとるようで、甚兵衛なんぞは観音堂で毎日祈っとりやす」

役人たちの中にも、十二月の再噴火の予言を信じて怖がり、仮病や法事にかこつけて逃げようとする者が現れていた。保身を第一の信条としながら、いかに楽をし、あわよくば甘い汁を吸うかに汲々とする者たちを脅しすかししながら、仕事をさせるのが原田の役目だ。

信州街道に、初冬の風が吹きすさんでいる。

「真冬になれば、やりにくうなるな」

これから、普請の進度は確実に落ちる。吾妻郡は降雪こそ多くないものの、日が短くなり、寒さで人の動きも鈍くなる。雪が降るまでにどこまで進められるかが勝負だ。根岸もそれを案じ、村人たちの尻を叩いてきたのだろうが、間に合うまい。

街道を進むうち、開発場が見えてきた。にぎやかで活気がある。

初老の小役人が熱心に百姓たちの話を聞いていたが、原田に気づくとあわてて平伏した。やる気がなく、使い物にならなかった端役も、ここで仕事をするうちに変わった。公平に見て、根岸の熱意が持つ力は小さくない。だがそれは、間違った方向に使われている。

「吟味役は掘立小屋で、家族たちの話を聞いておわします」

喜藤次が現れ、案内に立った。近ごろは百姓たちと親しく交わり、はたまた原田に口答えまでするようになった。この若者まで、根岸に感化されたらしい。

小屋の戸口の陰からのぞくと、奥に座す根岸と向かい合う村人たちの後ろ姿が見えた。原田は中へ入らず、そのまま耳を澄ませる。

「たまたま生き残った人間を寄せ集めたって、やっぱり家族にゃなれねぇでやんす」

甚兵衛は婿の惣八に対し、嫁より親を立てろと求めていたが、着物がちゃんと乾いておらず臭かった一件で嫁姑が激しい口論になり、今は老夫婦で家出をし、掘立小屋に住んでいるという。

何と馬鹿げた小さい話だ。無理に作った八家族では、諍いが絶えぬらしい。

「うらは甚兵衛さんもいけねぇと思うべ」

うつむく惣八の代わりに四平が口を出すと、幸七も加勢に回り、言い合いになった。

「四平の家だってこの前、大喧嘩をしとったがん。幸七の嫁も泣いとったがん」

甚兵衛が憎らしげにやり返すと、名指しされた二人が応酬し、場が騒然となった。

「大酒呑みのわしが禁酒しとるのに、お前らは酒を楽しんどるんか？」

根岸が腕をニュッと伸ばし、背後の壁際に転がる徳利《とっくり》を拾い上げた。

そのまま握り込むと、ガチャリと壊れた陶器が床へ落ちて、四散した。

根岸の手指から、血が流れている。

「鎌原村はこの徳利じゃ。二度と、元通りにはならねぇ。もう一度土をこねて、何もかも一から作り出すしかねぇんだ。家族も同じじよ」

静まり返った場で、根岸が掌に垂れてきた血をペロリと舐めた。

「血の繫がる長年の家族だって、行き違いは幾らでもある。寄せ集めの家族なら、なおさらよ。大いに喧嘩して、仲良うなるんじゃ。悲しいことなど、探せば山盛り見つかる。じゃが、今はそっとしておけ。それが自分と新しい家族のためじゃ。幸せそうに振る舞っとれば、そのうち自分は幸せやも知れんと思う日が、きっと来る」

根岸がまた掌を舐めると、団子鼻の頭に赤い血が付いた。

するゑが根岸の手を取り、焼酎を浸した布で傷口を押さえている。

「ひとまず、今日からうらたちも家へ戻るんさ」

甚兵衛の言葉に、惣八がホッとした様子を見せた。

「おや、お前はみやじゃねぇだか？」

白髪の老婆が立ち上がり、根岸の手当をする小娘に話しかけている。

根岸の顔が苦渋にまみれていた。政で人の心を救うなど、やはり無理な芸当だ。

すでに終わった普請を無駄にはせぬが、原田は根岸と最後まで付き合うつもりはなかった。御救普請をいかに打ち切らせ、手早く収めるかが大事だ。すでに手は打ってあった。

5

また魘《うな》されて、仙太は目を覚ました。あわてて褌へ手をやる。

ホッとした。濡れていない。

（危なかったい。だけど、厠へ行っとくべぇ）

薄暗がりに寝床を見ると、今日も音五郎がいなかった。

十二月八日が近づくにつれ、甚兵衛が避難すべきだと騒ぎ出したため、大人たちは連日夜遅くまで開発場の仮屋で談合していた。議論は堂々巡りらしいが、まだ続いているのだろうか。

外へ出ると、明かりは弱いが、意外に暖かい夜だった。

厠へ向かう途中、音五郎が水場の浅間石に腰かけ、月を見上げていた。かなも月見が好きで、よく眺めていた。

音五郎は毎日、糞尿と馬糞を汲んでは城跡の穴へ運び、藁くずと落ち葉を混ぜて発酵させていた。誰もやりたがらない作業だが、黙々と続けていた。そんな姿を見て、少し見直した。一緒に仕事をするうち、音五郎を許してやってもいい気がしていた。

「なんかもん、眠れねぇだか？」

われに返った様子で、音五郎が仙太を見た。

「お前《めえ》、最近かなに似てきたな。目の辺りなんかそっくりだぃ」

ハッとした。音五郎はそんな風に仙太を見ていたのか。

「うらは、厠だぃ」

どこか気恥ずかしくなって厠へ向かうと、「俺も行ぐんべ」と音五郎も従いてきた。

用を足した後、並んで掘立小屋へ戻る。

「仙太、まだ悪い夢を見るんかぃ？」

黙ってうなずくと、肩にそっと手が置かれた。照れくさそうな顔をしている。

「ちっとんべぇ試しても、よかんべぇ？」

音五郎が不器用に仙太を抱きしめてきた。戸惑った。

「吟味役に相談したら、こうしろって言われたんさ」

かなとは全然違うゴツゴツした男の体だ。でも、嫌な気持ちはしなかった。

「寝入りばなに、俺も死んだって言い聞かせながら眠ったら、時々かなが夢に出てくれるんさ。ちゃんと逃げられたかって、俺に尋ねるんだぃ。自分は先に逝っちまったくせによぅ……」

体の震えが伝わってきた。仙太を慰めるつもりだったろうに、自分が泣いている。

音五郎はかなを心から愛し、仙太をわが子として育てようと四苦八苦していた。最愛の妻を失ってからも、その遺児を助けようとしていた。

可哀そうだと仙太は思った。少し、うれしくもあった。

「かなが生きてたんだって、そうか、浅間焼けなんて嘘っぱちだったんだって、そう思ったとたん、目が覚めるんさ……。悲しいなぁ、仙太。辛《つれ》ぇなぁ」

仙太も涙が出てきた。音五郎が強く抱きしめてくる。

「悪《わり》んねえ、仙太。俺がかなをここへ連れて来なきゃあ、あの日かなが言った通りに、どっかへ逃げてりゃあよ……」

同じ大切な人の死を、音五郎も悼み続けている。世の中で、この深い悲しみを仙太と分かち合える人間は、他にいなかった。

「忘れちゃいげねぇと思って、毎日《まいんち》かなとお袋の顔と声を何度も思い出してるけど、あやふやになっちまった気がしてよ。辛くてたまらねぇんさ」

音五郎が声を上げて泣き出すと、仙太もしがみついて泣いた。

「かなを幸せにできんかったぶんも、俺は必ずお前《めえ》を幸せにしてやるんさ。そんためにも、鎌原村を甦らせてみせるべぇ」

二人で抱き合いながら、大泣きした。ずいぶん泣いた。

あの日以来、初めて心の底から泣けた気がする。

胸の中で凝り固まっていた悲しみの塊が、少しずつほどけ、軽くなってゆく気がした。

どん底へ突き落とされて、幸せとは何なのか、今の仙太にはまだよくわからない。でも、同じ悲しみを分かち合える人間がそばにいれば、辛くても生きていけるような気がした。

ようやく落ち着いてくると、二人で水甕のそばへ行った。音五郎が桶に水を汲んでくれた。涙と洟でズルズルになった顔を洗ってから、情けない顔を見合わせる。

「お前、たまに指先で髪を巻くだぃね。そいつが、かなにそっくりの仕草なんさ」

言われてみれば、そんな癖がある。思いがけない言葉がうれしかった。

「甚爺が言ってたんさ。何年か前に雪で転んじまった時に、かなが助けてくれたって。やっぱりあいつは俺の自慢の女房だって、今でも思ってるんさ」

かなが褒められると、うれしい。この喜びを分かち合えるのも、音五郎だけか。

「なんかもん。最後の夜にひどい地震があった時、あんたがうらたちに飛びかかって、おっかぶさってくれたろう？　あの時、うれしかったんさ」

不器用だったけれど、今から思えば、音五郎は懸命に家族を守ろうとしていた。

「ササラの形見は、うらが盗んで隠したんさ。けど、どっかへ行っちまって……悪《わり》んねぇ」

ずっと胸の中で引っ掛かっていたことを、迷ったけれど言ってみた。

「そうかい。だけど、かなはちゃんと形見を残してくれたんさ。仙太、お前だぃね」

うれしかった。音五郎と、家族として一緒に生きていきたいと、仙太は初めて思った。

「寝ようぜ、親父。明日も早かっぺ？」

思い切って言ってみると、音五郎がまた啜り上げた。

6

南の空、浅間山の上に一番星が輝き始めても、暮天には日の明かりがまだ残っていた。

掘立小屋の水場で甕をのぞき込むと、まだ半分ほどは空だ。

(あと一往復だけ、やるべぇ)

音五郎が天秤棒《てんびんぼう》を肩に担ぎ、空の水桶が音を立てた時、そばに小さな影が寄り添った。

「お父っちゃん、後《うしろ》ノ沢へ行ぐんね？　うらもついていぐ」

働き者のすゑは、何かと役に立つが、力仕事は無理だ。それでも一緒に来るのが、かわいらしいと思った。二人で元気に歩き出す。

「くめ婆さんと玉菜は、相変わらずかぃ？」

音五郎は百姓代の仕事であっぷあっぷしているから、二人をすゑと仙太に任せていた。

「祖母ちゃんは、また旦那さんを捜してたんさ。玉菜さんにゃ毎日話しかけてるけど、近ごろ体の具合も悪いみたいで、また吐き気がするって……」

うつむき加減のすゑの頭を撫でてやる。

「まだ半年なんさ。デーラン坊は無茶を言うけど、簡単に家族なんて作れねぇ。気長に行ごうで」

八家族もギクシャクしていたが、年末までに家族を作れんかと根岸がうるさいから、残りの村人たちで、幾つかのまとまりができてはいた。

「お父っちゃんは昔、玉菜さんと何かあったん？」

「自分の娘にゃあ、話しといたほうがよかんべぇ」

観音堂の石段を右手に見ながら、西の丘を登ってゆく。

「俺は百さんを大好きだったんさ。樵《きこり》と猟のやり方を丁寧に教えてくれた。玉菜の親父だぃ」

百助は高持《たかもち》百姓ではなかったが、若衆から慕われて百姓代に選ばれた。跳ねっ返りの音五郎を村に溶け込ませようと、お節介なくらい骨を折ってくれた。「なんかもん」のあだ名を付けたのも百助だ。だから、誉め言葉でもないのに、音五郎は大切にしてきた。

「俺が十七になったある日、騙《かた》りが村へ来たんさ」

鎌原村で宿を取った口の巧い行商人は、「絶対に儲かる」と酒造りを勧めてきた。すっかりその気になった音五郎は、気乗りしない様子の百助を説き伏せ、長野原まで出向いて濁酒《どぶろく》の作り方を教わった。行商人が段取りを整えてくれ、言われるまま渋川の高利貸しから借金をした。さまざまな道具を買い揃え、酒蔵が建つはずが、件《くだん》の行商人は金だけ持って行方をくらました。騙されたと気づいた時には後の祭りで、二人に残ったのは見果てぬ夢と大きな借金だけだった。音五郎は文無しだったから、百助が懸命に働いて少しずつ返すしかなかった。

「一生ずっと、水呑み百姓をやりながら借金を返すなんて、耐えられねぇ。だから俺は、村を逃げ出しちまったんさ」

その後、百助は過労が祟《たた》って亡くなり、残りの借金は、玉菜と結ばれて百助の婿となった一二三が田畑を売って返した。風の便りに百助の死を聞き、音五郎は罪滅ぼしができればと、江戸から戻ってきた。

「百さんはひとり娘にも優しかった。玉菜は、父親を死なせた俺を赦せねぇべ」

それでも、百助と一二三の世話になった音五郎こそが、玉菜を助けるべきだろう。

「玉菜さんは一度も泣いてねぇんさ。きっと心が壊れちゃったんだんべ」

くめと違い、玉菜の頭は働いているが、感情を失ったらしい。

二人は無言で城跡へ向かう。山津波に遭わなかったこの辺りは、しっとりした黒土だ。

昔ここには堅固な城があったそうで、堀の跡なども残っていた。少し行くと、切り立った絶壁から吾妻川を見下ろせる。

「二人にゃ、何してやりゃええかのう」

家族として百姓代として、また罪滅ぼしのためにも、音五郎は何かをしたかった。

「デーラン坊さまに相談したら、祖母ちゃんは馬が好きだったそうだから、一緒に馬の世話をしてみぃって。兄にゃが誘ってるんさ。玉菜さんとは、一度会ってじっくり話を聞くって」

くめは馬好きの仙太に任せるとしても、玉菜がはたして根岸の話を聞くだろうか。

後ノ沢に着くと、音五郎が水桶を持って谷間へ下りた。水をたっぷり汲んで戻ると、するゑが小さな手でしっかりと棹《さお》へ結び付ける。もう一杯汲んで、上がってきた。

棒が重みで肩に食い込んでくる。前後の均衡をうまく保ちながら、歩いてゆく。

「しばらく来てねぇから、そろそろデーラン坊のお出ましやも知れん」

帰り道は、蝶や野花の話をしてくれた。焦げ茶と白のまだらな蝶は、薄紫のホツツジの蜜が好物だそうだ。村の北の外れに住んでいた世捨て人の老農から、うんと教わったのだという。

「そういえば、かなさんは浅間山のイワカガミが一番好きだったんさ。この辺りには咲かないけど薄桃色の花束をうんと持ってるみてぇだからって」

人付き合いのいいかいなは、誰とでも交わっていた。するゑにも、よく声をかけていたらしい。亡き愛妻が村人たちの記憶に残っていると知り、音五郎はうれしくも切なかった。

掘立小屋へ戻ると、根岸が来ていた。普請の進捗を検分し、満足そうな顔つきだ。

「玉菜と話してぇんじゃ」

大部屋へ入ると、三つの囲炉裏に火が点《つ》いていたが、音五郎たちの使う場所は明かりもなく、薄暗い中で玉菜がひとり、壁にもたれて虚空を見つめていた。仙太はくめと厩《うまや》にいるらしい。

「音五郎、火を熾《おこ》してくれんか」

根岸が囲炉裏端にどっかと座っても、玉菜は壁に左半身をもたせかけたままだ。

「わしも昔の浅間焼けを調べたが、天仁元年の焼荒れの仔細《しさい》は伝わっとらなんだ。鎌原へ来て、その理由《わけ》に気づいた。山津波が村を一瞬で呑み込んで、誰も助からなんだからじゃ」

根岸が語りかけても、聞くか聞かずか、玉菜は反応を示さない。

「こたび、鎌原で曲がりなりにも村人たちが生き残れたのは、万一の場合に備えるべしと訴えて、観音堂へ避難せよと、粘り強く指図した百姓代がおったからよ。この村は、お前の夫である一二三が守ったんじゃ」

音五郎とするゑが熾した囲炉裏の火で、ポッと辺りが明るくなった。

死人のように青白い玉菜の端整な顔が浮かび上がる。

「この村が、嫌ぃなんです」

ボソリと発せられた女の返事に、根岸が応じる。

「すっかり変わってしもうたしのう」

「夫と、娘がいないから」渋面の根岸に、玉菜が小さな声で語り始めた。

「あれだけ大切に思っていた夫と娘なのに、顔を思い出そうとしてもあやふやなんです。幽霊でも、夢の中でもいいのに、わたくしは家族の誰にも会えません。目覚めて最初に思うのは、やっぱり自分は一人ぼっちだって、こと……」

堰を切った小さな流れのように、玉菜はとつとつと続けた。

音五郎に限らず、愛する肉親を失った皆が抱いている悲しみだ。玉菜はこれまでひと言も口に出さず、自分の心の中だけで繰り返してきたのだろう。

「一人ぼっちじゃねぇさ。お前と同じように苦しむ人間が、この村にはたくさんおる」

「手伝えって言われて外へ出た時、野良仕事をする人の後ろ姿を見たら、あの人を探してしまうんです。もう会えないってわかってるのに……。あの日、最後に夫と娘がどうしていたか、知りたいんです」

二人の会話はぜんぜん嚙み合っていない。音五郎は気が気でなかった。

「悲しみは一生消えぬが、皆も少しずつ落ち着き始めた。一周忌《いっしゅうき》に施餓鬼供養《せがきくよう》をして、あの日のことを車座で話す場を設けられんかと、思うておる。無理強いはできんがな」

辛い過去を確かめ合えば、もう一度傷つくだろう。それでも、凝り固まった悲しみがわずかにほどけるかも知れない。

「のう、玉菜。人生で何か辛ぇ時には、家族が支えになったろう？　いてくれるだけで、また頑張ろうって気になるもんだ」

返事はないが、根岸はゆっくりと続けた。

「お前の人生はこれからが長いんじゃ。鎌原の者たちは、深い悲しみを背負って生きねばならん。独りで耐え忍ぶのは辛《つろ》うてなるまい。苦しゅうてならん時、助けになるのは家族じゃ」

玉菜はずっと根岸に視線を合わせていない。

「いつまで、こんな嘘だらけの家族ごっこを続けよと？」

「嘘から実《まこと》が出ることもある。奇談だって、全部が作り話じゃねぇんだ」

「わたくしはこれから一生、喪に服すつもりです」

無表情な玉菜の声が、冷たく響いた。

「それはいいさ。だけど、その間ずっと不幸せでいろって理屈もねぇだろう？」

「別に幸せにならなくてもいいでしょう？　わたくしは不幸せでかまわない。頑張れ気張れって仰るけど、どうして幸せにならなきゃいけないんですか？」

　玉菜が落ち着いた口調で反問すると、根岸がたじろいだように見えた。

「そいつはのう、玉菜。人間は、幸せになるために生きとるからじゃ。別に気負う必要はねぇさ。ゆっくりと立ち上がって、歩き出せばいい。でも、今のお前は一人じゃ歩けねぇ。助けが要る。お前を助けたい人間もおるんじゃ」

　玉菜はゆっくりと首を横に振った。

「誰の助けも要りません。お願いですから、もう放っておいてくらっしゃい」

　これ以上の会話を拒否するように赤い唇が固く結ばれると、根岸がゆらりと立ち上がった。

「お前が自分を諦めても、わしはお前を諦めん。それがわしの仕事じゃからの。また参る」

　玉菜を囲炉裏端に残して戸口を出ると、根岸が音五郎の耳元にささやいた。

「ちと心配じゃ。玉菜から目を離すな」

「これ以上、誰も死なせねぇさ」

　音五郎もそうだったように、玉菜はいつ死んでもいいと捨て鉢になっている。

「きれいで、優しい人だったのに……」

　涙ぐむすゑのおかっぱ頭に、根岸が手を置いた。

「子どもが気負うな。大人が何とかするわい。今日は玉菜に会いに来ただけじゃ。わしは開発場の役人たちに活を入れてから、原町へ戻る」

　未完成の信州街道をとぼとぼ歩いてゆく根岸の後ろ姿は、どこか寂しげだった。

第七章　祈り

――天明三年（一七八三）十二月八日、上野国・鎌原

1

寒風が、荒れ地の灰砂を弄《もてあそ》んでいた。

開発場《けいほつば》から半里も行かぬうち、新しい道は手つかずの荒れ地に入った。

昼下がりの冬日が照らしても、風の冷たさは変わらない。

音五郎は、加部安が配ってくれた木綿の羽織で重ね着をし、根岸を迎えに村の北へ向かっていた。久しぶりの来訪だ。

吾妻川の小さな船着場には、ちょうどデーラン坊が降り立つところだった。

「わしは肥えとるゆえ、夏より冬のほうが得意なんじゃ」

根岸がいつにもまして朗らかに振る舞うのは、託宣によれば今日が再噴火の日だからだろう。

この日が近づくにつれ、村では怯える者たちが出た。音五郎も内心は不安もあるが、百姓代だから口には出さなかった。

「音五郎、皆の様子はどうじゃな？」

「昨夜は甚爺が大騒ぎして、今も何人かと観音堂に籠《こも》っとるんさ。頼み人足たちも、今日は来てくれなんだ」

村年寄としてさすがに逃げ出しはしなかったものの、村人たちの不安をかき立て、「うらの仕事は祈禱じゃ」と言い張るのには、黒岩以下が閉口していた。

根岸も開発場の役人たちに命じ、山の様子に注意を払わせていたが、浅間山は長らく静かで、噴火の予兆もなかった。根岸は全員が逃げられるよう吾妻川に舟を用意させた上、「死ぬ時は、わしも付き合ってやる」と、約束通り鎌原へ乗り込んできたわけだ。

「託宣の日を過ぎれば、動揺も多少は収まろう。むしろ心配なのは普請じゃな」

働ける時間がどんどん減った上に、寒さが追い打ちをかけ、普請の進度を遅らせていた。

村人たちの弱気な声と共に進捗を手短に伝えると、根岸は苦い顔つきになった。

「吉六も大きな夢を残してくれたもんじゃわい」

原田からは舌鋒《ぜっぽう》鋭く批判され続けているらしかった。

「八家族はどうなっとる？」

「昨日もまた、掘立小屋《ほったてごや》に家出して来たんさ」

甚兵衛以外にも、ささいなことで口論したり、喧嘩になる家族があった。音五郎が知る限りを伝えてゆくうち、根岸はますますしょぼくれた顔つきになった。

「寄せ集めで家族を作ったのは、こたびが初めてでな。同じ苦しみを味おうとる者同士なら、支え合えると思ったんじゃがのう……」

根岸も村へ来るたび相談に乗るから事情は知っていたが、家族づくりは簡単でなかった。亡き者たちの弔いについても、方向はまだまとまらない。よその人間にゃ絶対にわからねぇと文句を垂れる村人たちもいた。鎌原村に、問題は山積みだ。根岸が悩む姿を見せるのは、音五郎を特に信頼してくれているからだろう。

掘立小屋に皆を集める前に、開発場の仮屋へ案内すると、根岸が朗らかな声を出した。

「おや、甚兵衛がおらんのう。本当にぬらりひょんになってしもうたか？」

中に詰めている役人のほか、黒岩、干川、幸七ら主だった村人たちがほのかに笑い返した。

この間の芳しくない進捗を皆で確かめてゆくうち、場はどんよりとした空気に包まれてきた。

「吟味役、土にも少々気懸りがござんして」

農事に明るい干川が、畑の復旧を確かめに来てくれていた。

砂のようにサラサラした灰砂は水はけが良すぎて、雨が降ってもすぐに染み込んでしまう。これで、はたして作物が育つのか不安だという。馬も使って城跡から黒土を運んでいるが、大した量ではない。おまけに、多すぎて取り除けない小石がまだ土中に残っていた。

かねて干川の助言を受けて、城跡で糞尿に藁《わら》くずと落ち葉を混ぜた肥やしを作り、せっせと運んで灰砂に鋤《す》き込んでいたが、幸七たちと試したところ、それでも水分を保てず、水撒きをしてもすぐに表土が乾いてしまうのだ。

「うまく動き出すかと思うたら、何かが足を引っ張りおる。それが御救普請《おすくいぶしん》よ」

話を聞き終えた根岸が、腕を組んで考え込んだ。

ウンウン唸り続ける根岸が、ふと黒岩の顔を見た時、なぜかうれしそうにハタと膝を打った。

「よい事を思いついたぞ。塗り壁《ヌリカベ》の策じゃ！　小熊沢の粘土を使ってみい」

表土から二、三尺ほど掘り下げ、そこへ粘土を敷き詰めてゆくという。

「なるほど。いずれ田に復する時にも役に立ちやす。試してみやしょう」

千川は喜んだが、音五郎が半分おどけて悲鳴を上げた。

「またひと作業、増えるんかぃ」

「明日からは甚兵衛の尻も叩いて、皆で気張ってくれい。この後、八家族からもじっくり話を聞く。音五郎の家族はまだ時が掛かろうが、ほかの連中はどうじゃな?」

「年内には追加で三組、祝言を挙げられるかと」

黒岩が応じると、根岸が顔をほころばせた。

「それは重畳。原田もひっくり返るじゃろな」

根岸が笑いを誘おうとした時、仙太が仮屋に駆け込んできた。

「大変だぃ!　玉菜さんが川へ身投げしたんさ」

音五郎は飛び上がった。根岸も血相を変えている。

仮屋を飛び出すと、惣八に会った。玉菜は掘立小屋へ運ばれたと言う。

ただちに駆けつけると、玉菜は囲炉裏端に寝かされていた。

入水したという話は、仙太の早とちりだった。実際には、音五郎に見張りを任されていたするゑが、掘立小屋を出た玉菜を不審に思い、こっそり跡をつけた。途中、城跡へ黒土を取りに行っていた四平に頼んで一緒に来てもらい、絶壁に立とうとする玉菜を二人で必死に止めた。半狂乱の玉菜の鳩尾《みぞおち》を四平が突き上げ、気絶させて掘立小屋まで運んできたという。先にするゑが知らせに来たが、昼飯を受け取りに来た甚兵衛が勘違いして大騒ぎしたのを、仙太が聞いたわけだ。

「音五郎の家族とわしだけにしてくれんか」

根岸が黒岩たちに告げると、大部屋がガランとした。

まもなく目を覚ました玉菜は、周りにいる音五郎たちを見て、事情を察した様子だった。

「どうして、死なせてくださらないんですか？」

根岸は苦い顔つきで、ややあってから応じた。

「死んじまった人間には、もう供養くらいしかできねぇからな」

「死んだほうがずっと楽なのに、なぜ生きろと？　どうして死んではいけないんですか？」

詰問する玉菜に向かい、根岸は静かに答えた。

「お前が生きておるからじゃ、玉菜。死ぬことに理由は要るが、生きることに理由は要らねぇ」

誰かのにぎやかな笑い声が、外から聞こえてくる。

「玉菜、命を粗末にするな。産み育ててくれた親に、あの世で何て申し開きをするんだい？　これほどの焼荒れじゃったのに、お前はまだ生きとる。お天道さまが生きろって仰ってんだよ。死んだ人間のぶんまで、しっかり生きろってな」

「いいよはまだ十歳でした。うんとやりたいことがあったろうに……」

悲しみを確かめているはずなのに、玉菜は泣いていない。

「いいよさんは、山に咲いてるシラタマノキが好きだったんさ。ぷっくらぶら下がる白い実がもじっけぇ（かわいい）から」

根岸の隣で口を挟むするゑを、玉菜がぼんやりとした目つきで一瞥《いちべつ》した。

「わしの次男は生まれつき体が弱くて、歩くのもひと苦労でな。家でわしと妖怪ごっこをしたり、海坊主の絵なんぞ描いておったが、六つで死んじまった。どれだけ生きてほしいと願っても、人間はあっさりと死ぬ。悲しいのう」

玉菜は視線を天井へ向けたままだ。根岸の言葉は、やはり届かないらしい。

「先だってお前と話してから、わしも考えてみたんじゃ。お前の夫と娘が、最後に何をしたか」

いいよは諏訪神社の境内に避難したはずだ。一二三は必死で民を誘導する最中だったろうか。

「奇談の中には、死の淵から生還した者たちの話もあるが、連中は口を揃えて言う。死ぬと思ってからの時間を、意外に長く感じるんだってな。わしは思うんじゃが、もう自分が助からんとわかった時、二人は祈ったんじゃねぇかな」

玉菜の頭がゆっくりと動き、初めて根岸と目を合わせた。

「二人の祈りが天に通じたから、お前は生き残ったのではないか？」

せめて、愛するもうひとりの家族は、生き延びてほしいと願ったのか。

玉菜の表情がわずかに変わった。

「わたくしの祈りは届かなかったのに、二人の願いは聞き届けられたというのですか？」

魂の静かな悲鳴に堪えられないのか、玉菜は続けて根岸に問いかける。

「死も許されず、狂えもしないなら、わたくしはどうすればいいのですか？」

「生きるんじゃ、玉菜。理由はどうでもいい。別になくてもいい。生きよ」

火が消えたように、玉菜がまた冷たい無表情に戻った。

「本当ならあったはずの未来を思い描いても、悲しいだけよ。今という時を必死で前に進み続けるだけじゃ、疲れちまう。だから、過去を振り返るのもたまにはいいさ。心を取り戻すのに、かつての面影を大切にするのも大事だろう。じゃがな、玉菜。妖怪でもねぇ限り、目は前についとるじゃろう？　生きがいがなけりゃ、新しく作るしかねぇ。生きがいは、誰かに必要とされた時に生まれる。家族を作れば――」

やにわに半身を起こした玉菜が、両手で耳を塞ぎ、金切り声を上げた。

「旦那さまはどこさ？　いよはどこさ!?」

女の悲鳴が、掘立小屋に響く。

落ち着かせようとする根岸の手を、玉菜の白い腕が荒々しく振り払った。

2

冬の落日は早い。

寒さに身をすぼめる普請場からの帰り道、仙太が街道を折れると、掘立小屋の脇に、背伸びしながら洗濯物を取り入れる小さな姿が見えた。小石取りも済んだため、するゑは近ごろ小六と一緒に家事や炊事の手伝いに回っている。

「お疲れさま、兄《あん》にゃ。お腹《なか》が空いたきゃあ？」

するゑも妹らしくなってきた。傍《はた》からは本当の兄妹に見えるだろうか。兄と呼ばれると、仙太は心が弾んだ。

「ああ、今日もうんと仕事したべ」

人騒がせな託宣が外れて十日近く、甚兵衛もさすがに反省した様子で、村人たちは力を合わせて普請に励んでいた。根岸が考え出した粘土敷きの作業が増えたものの、やるべきことがはっきりしたら、皆で淡々と力仕事をこなしてゆくだけだ。音五郎はいつも通り開発場で、役人も交えて談合していた。根岸に頼まれたと喜藤次もやって来て、張り切っている。

「みや、こんな寒《さび》い日にそんな格好でいたら、風邪をひくがん」

神出鬼没のくめが現れ、半纏《はんてん》をするゑに着せてやっている。みやは、くめの死んだ孫だ。

「悪《わり》んねえ、祖母《ばあ》ちゃん。うらは暑がりだからさ」

最初こそ訂正していたが、今ではすゑも、ひとまずみやを演じていた。仙太と二人で馬の世話をし、馬に話しかけたりするうち、くめは正気に戻ることが多くなってきた気もする。

「おや、あんたは見慣れん顔だんべぇ」

くめが訝しげに仙太を見ていた。いつまでも名前を覚えてくれないが、老女に志めを重ね合わせながら、優しくしようと決めていた。

「うらは仙太だぃ。今は一緒に住んでるがん」

くめは浅間焼け前の記憶しかなく、自分が掘立小屋に住んでいる理由も、家族の死もまだ理解できなかった。外の見慣れない景色を見ると混乱するが、この小屋の周りは体が覚えたらしい。

「そうだったかぃ？」

首をかしげながらくめが廁《かわや》へ向かうと、仙太もすゑを手伝い始めた。

「玉菜さんも、相変わらずなんさ」

落ち着いた大人の女性だった玉菜が、金切り声を上げて取り乱す姿は驚きだった。痛々しくて見ていられなかった。

いよがいれば玉菜は元気になるはずだと、二人は考えた。いよの口癖やしぐさなどを思い出し、すゑが玉菜の前で演技をすることにした。たとえばいよには左耳の上の髪をさわる癖があり、あるいは「心配《あんじゃあ》ねぇさ」とよく言っていたから、真似をしてみた。でも、玉菜は何の反応も示さなかった。根岸も玉菜を心配し、所用にかこつけて鎌原へやって来る。

「ねぇ兄にゃ。デーラン坊さまは、死んだ人間は決して生き返らないって仰るけど、本当きゃあ？　人が生き返った昔話はうんとあるんさ」

仙太も江戸で、白瓜《しらうり》の漬物を作るために極楽から戻ってきた婆さんの話を聞いたし、隣の越後には、餅を喉に詰まらせて死んだ娘が生き返り、嫁に行った話もある。

「兄にゃ。黒岩さんから、浅間の善鬼《ぜんき》の話を聞いたんさ」

浅間には、鬼と死者の霊が棲まう。善鬼に一生懸命に頼めば、きっと皆を甦らせてくれると、するゑは熱心に語った。

「もしそいつが本当なら、母《かか》どんたちを甦らせてぇけど。できるもんなら、とっくに皆やってるだんべ」

いや、そういえば黒岩はここのところ山へよく入っていた。もしかして善鬼と会うためか。

「善鬼にゃあ子どもしか会えねぇんさ」

するゑが甚兵衛に相談したところ、真剣に話を聞いてくれた。大人になると皆、心が汚れてしまい、もう会ってくれなくなるそうだ。

「兄にゃ、浅間の善鬼に頼みに行ぐべぇ。三ツ尾根の社殿の近くに棲んでたはずだって、甚兵衛さんが言ってたんさ」

洗い物を抱えたするゑが声を落とし、間近で仙太を見上げている。真剣なまなざしだ。

「親父が一緒なら、山を知っとるし、心強ぇけど」

かなを取り戻すためなら、音五郎は地獄へでも降りるだろう。仙太はもうひと月近く「親子」として接してきて、信頼できると今では思っていた。

「えんにゃ。お父っちゃんは忙しいし、だいいち大人を連れて行ったら、善鬼に会えんさ」

そうだった。十二月八日が無事に過ぎたとはいえ、まだ再噴火の恐れもあるから、名主代わりの黒岩の許しがない限り、山入りはできない。まして二人は子どもだ。許しが出るはずもなかった。もし行くなら、浅間山腹に雪が降る前だ。秘かに抜け出すなら、夜しかない。今日はちょうど満月だから明かりも要らないし、皆が寝静まった頃に出れば、明日の夕暮れまでには戻って来られる。でも――

「えんにゃ、やっぱり駄目だ、するゑ。善鬼なんて、もう何百年も誰《だい》も見ちゃいねぇんさ」

デーラン坊の伝説と同じで、ただの言い伝えだろう。本当にいるなら、山開きの祭礼日にでも、子どもたちが見つけているはずだった。それに何より、冬の山は危ない。

「お前《めぇ》たち、早中《はあ》へ入るんさ。風邪ひくで」

話に夢中になっていたせいで、いつの間にか後ろに立っていたくめに二人は気づかなかった。

3

（仙太とするゑを、無事に戻してくんない）

念を押すように十一面観音に向かって祈り終えると、音五郎は境内の右手へ向かった。

観音堂から見下ろす鎌原村は初雪に覆われ、あの日のように白い世界になっていた。

音五郎はじっと目を凝らす。積雪のおかげで、何かが動けば気づきやすい。

昨夜遅く、開発場の談合から掘立小屋に戻った音五郎は、家族四人がそれぞれの場で寝ているのを確かめてから、眠りに就いた。だが、夜明け前に目が覚めた時、仙太とするゑの寝床は空っぽだった。黒岩は「皆で捜すんさ」と提案してくれたが、「すぐに見つけて戻るべ」と言い残して、音五郎は単身、捜しに出た。

「あいつら、どこへ行きやがったんだぃ……」

音五郎はあれこれ想像してみた。

寝小便をした仙太が褌《ふんどし》を洗おうとしたが、水甕《みずがめ》に残り水が少なかった。後ノ沢で洗おうと考えていたら、するが起き出してきて同行した。満月の夜で明かりを持たずに向かったが、にわかに雪雲が来たせいで、暗がりで帰り道に迷った。そんなところだと見て、二人の名を呼びながら、念入りに後ノ沢近くを捜したが、徒労に終わった。

あるいは、真夜中にするが厠へ行きたくなり、仙太を起こして従《つ》いてきてもらった。あんまり月がきれいなので、城跡の絶壁から吾妻川に映る名月を眺めようという話になったのか。そう考えて城跡付近も捜したが、手掛かりはなかった。

雪が強くなってきた。音五郎は、灰色の天を見上げる。

(浅間は吹雪いてるんじゃねぇか……)

視線を下へ戻すと、信州街道から掘立小屋へ足早に向かう役人たちの姿が見えた。先頭は根岸だ。仙太とするの失踪を聞いたのか。

(えんにゃ、二人は戻ってるかも知れん。きっとそうだぃ)

石段を降りて、掘立小屋へ向かう。腹ごしらえもしたかった。

音五郎が大部屋へ入ると、根岸が神妙な顔で喜藤次を横に従え、集まった皆と向き合っていた。

「まだ見つからんのか、音五郎?」

「へえ」と返事をしながら前へ出て、最前列に座した。

後ノ沢と城跡の辺りを捜したと話すと、根岸が腕を組んで考え込んだ。

「また捜しに行ぐから、皆、悪《わり》んねえ。俺は今日いちにち休ませてくれやぁ」

立ち上がろうとする音五郎を、根岸が制した。

「待たんか。二人がどこへ行ったか、当てはあるんか？」

「山には入るなって言ってあるし、行ぐ理由もねぇ。近くのどこかにいるだんべぇ。帰ったら、叱り飛ばしてやる。皆は普請に戻らっしゃい。雪でも、できる仕事はあるんさ」

「音五郎。また失《な》くしちまったら、後悔してもしきれんぞ」

「けど、俺の家族のために――」

「百姓代なら、すべての村人を助けよ。普請の遅れは、頑張りゃ取り戻せる」

するゑを肩車しながら、仙太と三人で歩いた日の雨上がりの虹を思い出した。音五郎は毎晩、二人が眠っているのを確かめてから、自分も寝た。仲のいい実の兄妹のようだった。二人を失いたくないと、強く思った。

音五郎は皆に向かって、ガバリと両手を突いた。

「頼む。皆、手分けして捜してくれやぁ」

「捜すのは当たり前だで。同じ村に住んどるんじゃから」

「子どもたちは村の宝じゃ」

「雪も本降りになってきて、ろくな普請もできんしな」

四平、幸七と惣八が口々に言う。

「やみくもに捜しても始まらねぇ。誰ぞ、心当たりのある者はおらんか？」

根岸が座を見回すと、ボソリと甚兵衛の声が聞こえた。

「実は数日前、日が暮れてから、観音堂の石段を降りてくる二人に会いやしたもんで、叱りつけて、夜道怪《やどうかい》の話をしたんでやんす」

武蔵国に棲む僧形の妖怪は、夜道で遊ぶ子どもを連れ去るという。甚兵衛は夜道怪の仕業ではないかと恐れていた。

「夜道怪については以前調べたが、高野聖《こうやひじり》に化けて悪事を働く夜盗にすぎんと、わしは見ておる。昨日、二人と話した者はおらんか？」

最近は日がすぐに落ちるし、昨日もすごろくをする暇がなかったと童たちは言い合った。大人たちも真冬が来るまでにと普請に精を出していたし、夕餉《ゆうげ》までふだん通りだったはずだ。就寝するまでの間に、何かあったのか。

「二人が、玉菜さんと言い合いをしとりました」

小六が大部屋の片隅へ目をやっていた。玉菜は物憂げな顔で壁にもたれている。

「玉菜、何ぞあったんか？」

根岸が問いを投げると、ややあって、部屋の隅からヒヤリとする女の声が返ってきた。

「あの娘に言ってやったんです。ろくでなしの水呑み百姓の小娘が、わたくしのかわいい娘の真似なんかするなって」

冷たい告白に、座が静まり返った。

「何てひでぇことを言うんだぃ！　かわいそうに、するゑは川に身投げしたんさ。止めようとした仙太も、一緒に落っこちたに違いねぇべ」

澄まし顔の玉菜を見て、音五郎の腸《はらわた》が煮えくり返った。

「するゑが暇を見つけちゃあ、にしのために、いよの形見がねぇか、十日ノ窪の土をあの小さな手でほじくり返しとるんを知らんじゃろ？」

肩車に喜ぶするゑを思い出すと、涙がボロボロこぼれ出てきた。

「にしは後ろばっかり見て、何にもしやしねぇ。辛《つれ》ぇのは皆一緒だんべ。一二三が救ってくれた命だろ？　力を合わせて生きて、吉六が夢に描いた村を作り直そうって決めたんだぃ。足を引っ張るんじゃねぇべ！」

玉菜が幽霊のように青白い顔で、荒れ狂う音五郎を見つめていた。

「にしと夫婦《めおと》になるなんざ、金輪際ごめんだぃ！」

立ち上がろうとする音五郎の背に、手が置かれた。

「早まるな、音五郎。するゑは芯の強い子じゃ。ここから城跡までは少し歩く。仙太が気づいたなら、止められたろう。身投げしたなら、原町からここへ来るまでにわしへ報せがあってもおかしくはねぇ。念のために吾妻川も捜させるが、わしは違うと思うぞ。他に誰ぞ心当たりはねぇか」

根岸が辺りを見回すと、くめが根岸をじっと見ていた。

「旦那さま、心配《あんじゃあ》ねぇ。みやは生きとる。仙太とかいう童と帰ってくるだんべ」

「くめ婆さん、何か知ってるだか？」

音五郎が言葉を投げると、くめがボソリと応じた。

「あれはいつだったかねぇ。山へ行ぐって、水場で話をしてたけど……」

「そういえば昨夜、二人が寝床で、善鬼の話をしているのが聞こえました」

玉菜が口を挟むと、甚兵衛がハタと膝を打った。

「浅間大明神の社殿だんべ！　善鬼がどこに棲んでるかって、半月ほど前にするゑから聞かれたんでやんす。えらく熱心じゃったぃ」

音五郎は背筋が寒くなった。社殿は山津波に呑み込まれて、もうないはずだ。大噴火のせいで地形もすっかり変わっている。音五郎でも、道に迷いかねなかった。

根岸がすっくと立ち上がった。

「何としても日暮れまでに、皆で手分けして捜し出せい」

冬の寒さだけではない。雪ですべって、崖から転落する恐れがあった。雪で隠された穴へ落ちるかも知れない。獲物が激減して、飢えに苦しむ狼や熊もいた。

音五郎は根岸と皆に向かって両手を突き、床に額をこすりつけた。

「頼む、二人を見つけてくれやんせ」

「時は一刻を争う。おお、雪が止《や》んどるぞ。晴れ間も見えて参った」

真っ先に戸口へ駆け出た根岸が、歓声を上げている。

「喜藤次、原町へ戻って原田に伝えい。動ける人間をかき集めて、大至急鎌原へ来いとな」

「畏まってござる！」

若い役人が信州街道に向かい、全力で駆け出した。

4

山狩りを始めてから、三刻が過ぎた。日は傾き、次第に日暮れが近づいている。

根岸は開発場の仮屋で捜索の指揮を執り、各地を虱潰しに捜索させていた。

鎌原村から浅間山頂へ至る道は、山津波のために埋まっていた。雪の積もった道なき道を行かねばならない。

「吟味役、四平の組が山から戻って参りやした」

黒岩に声をかけられて仮屋の外へ出ると、四平が力なく頭《かぶり》を振りながら現れた。

「ご苦労じゃったのう。温かい茶でも飲んで、体を温めてくれい」

根岸は一人ひとりの冷たい肩へ手をやって、労う。

「残りは、御代官様と音五郎の組にござんすな」

原田以下は、原町から吾妻川の上流を調べていた。喜藤次がかけずり回っているらしい。

根岸は色づき始めた西の空へ目をやる。

川はまだしも、山の捜索は日没で打ち切らねばならぬ。

信州街道沿いには、大笹村の祭りで使う陣太鼓を備え付けてある。二人が見つかった時、あるいは、今日の捜索打ち切りを合図する時に、太鼓の連打で知らせる取り決めだった。雪がやんだとはいえ、冬夜の寒さに二人の子どもは耐えられまい。根岸が「太鼓を打て」と命じた時、仙太とするゑは、限りなく死へと近づく。

街道に役人たちの姿が見えた。先頭を堂々と歩くのは原田だ。喜藤次がうつむいて従う。

「空振りでござった」

川筋に手掛かりはなかった。だが、むしろ本命は山だ。

「大儀であった。仮屋で休んでくれい」

「合図の太鼓を。もう日暮れでござる」

「まだ、山の日は落ちておらぬ」

土石がむき出しで樹木のなくなった浅間山は、まだしばらくなら、捜索できよう。

「百姓の小倅《こせがれ》と小娘のために、働き盛りの大人が幾人も死ねば、大失態でござるぞ」

人を助けるために人が死ぬ悲劇は、避けねばならぬ。ぎりぎりまで人事を尽くすしかなかった。

「原田よ。いつの世でも、自信を持って言い切れることがひとつある」

根岸はいったん言葉を切って、原田の目を見た。

「子どもは宝じゃ。大人は命に代えても、子どもたちを守らねばならぬ」

「美辞麗句で、多くの命を失うおつもりか」

「さような真似はせん。運命に抗《あらが》って敗れた経験は、数え切れぬほどあるゆえな」

天災が襲った後だけに、御救普請では不慮の事故が幾つも起こる。木曽川のように、自然が再び人間に牙を剝くこともあった。根岸は何度、己の非力に涙したことか。

「鎌原村は揉め事ばかり。廃村しておれば、失わずに済んだ命でござろうな」

原田の言う通りやも知れぬ。だが、村人たちが最後には自分たちで選び、共に歩んできた道だ。それだけで尊いと、根岸は思う。

「あれに見ゆるは、音五郎の組でござんすな」

黒岩が指差す南の山腹に、最後の一組が見えた。健脚の男たちを集めてある。

ひょろ高い惣八の姿はあるが、目を凝らしても、子どもはいない。断念して帰ってきたのだろう。音五郎の姿もなかった。

「よう無事に戻った、惣八。なんかもんは?」

惣八が泣きそうな顔で声を絞り出した。

「戻らんかったら、もう放ってくらっしゃいと……」

根岸は拳を握り締めた。ここから先は、親として命懸けで捜すつもりだ。

静かな浅間山を仰ぎ見ると、日の光はもう、差していなかった。

ぐっと唇を嚙んだ。あとはひとまず、任せるしかない。

「日暮れじゃ。捜索は明日の夜明け前から再開する。太鼓を叩け!」

傍らで黒岩が息を吞んだ。原田の指図で、鎌原村に太鼓の鈍重な音が響き渡る。

「黒岩、掘立小屋に皆を集めてくれい」

仲間を懸命に捜してくれた村人たちを、労ってやりたかった。

大部屋に入り、いつもの場に座る根岸の前に、皆が次々と集まってきた。

「皆、今日はよう捜してくれた。礼を申すぞ」

根岸はゆっくりと頭を下げ、十を数えるくらいで身を起こした。

「音五郎はまだ捜しとるが、役所及び村としての山狩りは、夜明け前に再開する。八家族は自分たちの家へ戻れ。明日のためによう食べて、しっかり眠ってくれい」

場は重く、暗く沈んでいた。

「今わしらにできるのは、祈ることだけじゃ」

届かなかった祈りは無数にあろう。だがそれでも、祈りは決して無力ではない。

「女衆が夕餉の支度を進めとりやす。粗食なれど、開発場へお出ましを」

「いや、ここで皆と食おう。運んでくれんか」

黒岩が促すと、女たちが台所へ退き、八家族は自分たちの家へ戻ってゆく。

部屋の隅にいる玉菜と目が合った。何か言いたそうにも見えた。

根岸は立ち上がって歩き、玉菜の前にどっかりと座った。くめはそっぽを向いている。

「お赦しくらっしゃい。全部、わたくしのせいです」

大焼け以来、玉菜は自分で作った幾重もの固い殻の中に閉じこもっていた。その殻を叩き続ける幼い娘を、心ならずも死の淵へ追いやってしまったのだ。

「わしが強引に作ろうとした家族じゃ。わしにも責めがある」

「なんかもんに罵られた時、気づいたんです。わたくしは、夫が命に代えて守ったものを憎んで、壊そうとしていたんだって……」

一つひとつ確かめるように、玉菜が言葉を置いてゆく。

「さっき、いよが会いに来てくれたんです」

わずかだが、玉菜の顔に表情が戻っているような気がした。

「まことか。そいつはよかったのう、玉菜」

小さくうなずいてから、玉菜が続けた。

「目を瞑《つむ》ると、いよの姿がくっきりと見えたんです。そこにいるのを感じました。本当なんです」

「信じるわい。わしは日本一の奇談好きじゃからな」

苦しみ抜く民が、夢や幻に救われることは幾らでもあった。

「だけど、こっちへ来てって叫んでも、いよは遠くで微笑んでいるだけでした」

玉菜はもっと一緒に生きたかったろう。根岸には娘が三人もいるから、よくわかる。

「もう、戻ってきてはくれないのでしょうね……」

いつしか玉菜は、根岸と目を合わせていた。

「母親のもとへ戻りたくても、無理なんじゃ。いよは困るだけじゃろう」

「もし、もう一度いよが会いに来てくれたら、どうしたらいいのでしょうか」

子を失った母が、切実な表情で問いかけてくる。

「生まれてきてくれたことに、礼を言ってみたらどうじゃろな?」

玉菜が根岸をじっと見ていた。

「知っとるか、玉菜。悲しくてたまらねぇ時は、泣けば少し楽になるんじゃ」

慰めるように声をかけても、玉菜は寂しそうに微笑むだけだ。

「あわてる必要はねぇさ。ちょっとずつでいい。運命と向き合って、起こった出来事を受け入れてゆくんじゃ」

玉菜の心が再び、動き出している。

これから、ゆっくりでも立ち上がっていけるはずだ。なのに、家族となる三人を失うのか。

根岸が玉菜に向かってうなずいた時、そばで居眠りをするくめに気づいた。

5

山の東に、もう光は残っていなかった。

仙太は冷たい浅間石を背に感じながら、内心で強い焦りを覚えていた。

「まだ足は痛むんか？」

すゑが歯を食いしばりながら、うんとうなずく。

そっと手を当ててみると、足首が熱く、腫れ上がっていた。もう歩けないだろう。

「これくらいで済んで、うらたちは運がよかったんさ」

仙太が足首をさすってやると、すゑが涙目でうれしそうな顔をした。

手を伸ばして岩に積もった雪を取り、「食うかぃ？」と差し出す。

すゑが小さく頭《かぶり》を振った。体が冷えても食べるのは、飢えと渇きのせいだ。

転落する前、歩きながら最後の藁餅《わらもち》を口に入れたきりだった。

あの山焼けの後、満腹になるまで食べられたのは祝言の日くらいで、仙太に限らず、村人たちは皆、腹を空かしていた。山へ入る際も、夕餉に出された握り飯を半分とっておき、あとは不味《まず》い藁餅を台所から四個持ってきただけだった。

「やっぱり冷てぇや」仙太が笑いかけても、するゑは目にたっぷり涙を溜めている。

「兄にゃ、悪《わり》んねぇ。善鬼の話なんて、きっと嘘だんべ」

「そりゃぁまだわかんねぇよ。一度きりで諦めんでもよかんべぇ。春になったら、また来るんさ」

すがりついてくるするゑを抱き寄せた。温かい。

（皆が山を捜してくれても、ここはわからんだんべぇ……）

月が高く昇った夜更けに、二人は村を出た。

するゑの幼い足で三ツ尾根にたどり着く前に、明け方が近づいてきた。今まで見た景色とはぜんぜん違って、辺りに木は一本もなく、まるで地獄みたいだった。山道は完全に土石で埋まり、牛よりも大きな浅間石が、あちこちに転がっていた。途中、厚雲が出て、暗がりで足元も覚束《おぼつか》なくなったから、岩陰で握り飯を食べ、二人で身を寄せ合って体を温めた。

明るくなるとさらに登り、鬼に呼びかけながら、社殿があったはずの辺りを探し始めた。東斜面は流れ出た熔《と》け岩《いわ》が固まっていて、山焼けで逃げた鬼が棲んでいそうだとするゑと話し、ずんずん東へ進んだ。ところが、雪がちらつき始めたかと思うと、たちまち吹雪になった。

村へ帰ろうにも、方角がわからない。風雪を凌げる場所を必死に探した。向かう方角もわからぬまま進むうち、大きな浅間石が二つぶつかって出来た小さな洞穴を見つけ、命からがら潜り込んだ。藁餅をかじりながら待つうち、ようやく雪がやみ、青空まで出てきた。助かったと、その時は思った。

善鬼探しよりも今は生きて帰ろうと決め、帰路を探した。晴れて浅間山が見えるから、方角はわかる。でも、道なき道の途中で、するゑが雪道ですべって、崖下へ転がり落ちた。

怖いのを我慢しながら、仙太は崖を下りた。足首を抱えて「痛い、痛い」と泣くするゑを慰め、ようやく泣き止むと、おぶって歩き出した。崖を登るのはもう無理だから、東の雷天山を目指した。山津波で地形の変わった悪路を進んだ。

日暮れまでに麓へ下りようと急いだ。雪道ですべって転んでは、するゑを背負い直した。

でも、さっきまた派手に滑落して、二人は今、大きな浅間石の陰で風を避けている。

遠くでかすかに太鼓の音が聞こえた気もしたが、風の音だろうか。

仙太は崖を見上げた。今回も戻るのは無理だ。

(それにしても、まずい所に落っこちたもんだぃ)

上も下も崖だが、とにかく雷天山の森を目指して下れば、後は何とかなるはずだ。

落ちたら死ぬか、歩けなくなる。食べ物もなかった。

こんな場所まで、助けは来ない。

「兄にゃ。うらを置いて、助けを呼んできらっしゃい」

するゑを見捨てれば、仙太は助かるかも知れなかった。でも、夜のうちにここまで戻るのは不可能だ。朝になってから捜しても、するゑは確実に凍え死んでいる。

こんな時にどうすべきか、かないは身をもって教えてくれた。新しくできた妹を見捨てられるものか。最後まで生きようとして、それでもだめなら、一緒に死んでやる。

「お前をおぶってると、温けぇんさ」

するゑが腕の中で泣きじゃくっても、自分は堪《こら》えた。兄が泣いたら、妹はもっと不安になる。

「お前は泣き虫だぃね。泣くと、腹が減っちまうべ」

けなげなするゑがあわてて泣き止むと、頭を撫でてやった。妹を守ってやるんだと思うと、自分でも不思議なほど、グンと力が湧いてきた。

中腰になって、くるりと背を向ける。

「そろそろ行ぐで。日がすっかり暮れちまう前に、雷天山へ下りるべぇ」

背に妹のぬくもりを感じると、立ち上がった。すぐによろめく。疲労と空腹のせいだ。

それでも仙太は、力強く足を踏み出した。

（生きるんだぃ。母《かか》どんが助けてくれた命、無駄にはしねぇべ）

東へ下りながら、少しでも鎌原村に近づこうと、北を目指した。

雪が解けるほどの暖かさはなく、東斜面には日差しもないから、積もった雪が凍りかけている。

仙太は慎重に足を運んだ。時をかけても、少しずつしか進めない。

日の名残りは完全に消えたが、幸い月が出てきた。

寒い。冷たい。腹が減った。体が重い。腕が痺れてきた。

それでも、歩く。

黙々と一刻近く歩み続けると、目の前に、家よりも大きな浅間石が待ち構えていた。

するゑを背負って岩をよじ登るのは、無理だ。左手の崖を上がって乗り越えるか。いや、右手の崖を下りて回り込むほうが、まだしも危なくないと思った。

「するゑ、何があっても、うらにしがみついてるんさ」

首に回されているするゑの細い腕に力が入った。膝もしっかりと仙太の腰に絡めてくる。

「よし、行ぐべぇ！」

両手両足で慎重に崖を降りてゆく。蟹みたいに横に這った。

順調だ。あと少し回り込んでから、今度は登る。

空腹と疲労はひどくなるばかりで、体は限界に近づいている。

この難所を越えた後、しばらく休もう。

右足の先を、石の出っ張りへ、そっと伸ばした。

体重を預けても大丈夫か確かめようと、軽く足を置いてみる。少し、ゆるいか。

突然、左のわらじが雪ですべった。油断していた。あわてて右足に重心をかける。

ぐらついた。浮き石だ。

アッと叫んで虚空を摑むや、仙太はそのまま、奈落の底へ落ちるように――。

6

「仙太！　するゑ！　おったら、返事せぇ！」

声が嗄れてきた。喉を痛めたらしい。

とっぷり日が暮れた後も、月明かりを頼りに、音五郎は歩き続けていた。

草木もなく、岩ばかりの荒れ山だから、何かが動けばすぐにわかる。

徹夜で捜す。今しかできないことを、やるのだ。

十名の組で村を出て、社殿のあった三ツ尾根付近をしつこく捜したが、だめだった。俺は気の済むまで捜すからと、惣八たちを説得して下山させた後、音五郎はずんずん登っていった。好天で、南斜面の雪は半ば以上、溶けていた。

音五郎は今、無数の奇岩が広がる不思議な場所にいた。

釜山《かまやま》から噴出した熔け岩が黒く固まって、ゴツゴツした異様な場を作り出していた。あちこちに小さな塔のような隆起がある。新しく出来た光景だ。

(本当に鬼の棲み家みてぇだぃ)

月明かりの中、音五郎はひどく焦りながら、奇岩から奇岩へ跳んだ。

この奇岩群なら風雪を凌《しの》げたろうが、するの幼い足でこんな遠くまで歩けたろうか。

(えんにゃ、二人はこんな所まで来てねぇはずだんべ)

音五郎は深く息を吸い込み、大きく胸を張った。

「仙太！　するぅ！　おったら、返事せえやぁ！」

最後にもう一度だけ大声で叫ぶと、百を数えるくらい、耳を澄ましてみた。

聞こえるのは、奇岩の隙間を吹き抜ける寒風の音だけだ。

音五郎は岩の上で踵を返し、山を下り始めた。

三ツ尾根から、もう一度やり直そう。

不思議な岩場を出て、一面の灰砂に黒い浅間石が転がる荒涼とした山腹を目指す。

途中でひどい空腹を感じ、小さめの浅間石に座って、最後の藁餅をほおばった。

(この餅を美味いと感じるたぁ思わんかった)

別れ際に惣八たちから余分に貰ったが、あと四つは、腹を減らして助けを待つ二人のために残しておく。だから、音五郎の藁餅はもうない。

子どもたちの気持ちになって、考えてみた。

善鬼が棲みそうな場所といえば、洞穴か。でも、熔け岩と山津波のせいで、もともとあった樹木や洞穴はすべて無くなった。鬼は新しい住処《すみか》へ逃げたと考えるだろうか。この付近の熔け岩は東斜面へ流れ出ているから、東側を念入りに捜せば、手掛かりが見つかるかも知れない。

灰砂に足を取られながら、二人の名を呼んだ。空腹と疲労で体が悲鳴を上げている。

ふらつきながら下り、やっと社殿のあった辺りまで戻ると、へたり込んだ。

（ちっ、体が言うことを聞かねぇべ）

もしも二人を失ったら、音五郎はどうするのだろう。

仙太はかないながが命がけで守った形見であり、音五郎の息子だ。まだ二カ月ばかりの付き合いでも、するゑが今どうしているかを想像すると、可哀そうで泣けてくるのは、実の娘のように思っているからだ。

（浅間大明神、俺からもうこれ以上、奪わんでくらっしゃい）

一度は呪った神に、また神頼みをする自分を嗤《わら》った。

夜の寒さに二人は耐えられまい。音五郎は再び立ち上がった。

南東の下方を見やると、月影に照らされて、遠くに巨岩が二つあった。山津波で流れてぶつかった黒岩の隙間が、風雪を凌げる洞窟になっている。

こんなに遠くまで行くだろうかと首を傾げながら、二つ岩までたどり着いた。

中をのぞき込むと、藁が転がっていた。藁餅を包んでいたものだ。音五郎は狂喜した。

二人は東を目指したものの、途中で思わぬ雪となったために、この洞窟へ逃れたのだ。雪が止んだ後、二人はここからどこへ向かったろう。食べ物もないから、村へ帰ろうと考えたはずだ。

音五郎は月明かりの中で、岩の周囲を丹念に確かめた。

目を凝らすと、わらじらしき足跡がうっすら残っている。

足跡は先へ続いていた。中くらいと小さな足跡は、二人のものに違いなかった。

逸《はや》る心を抑えながら、慎重に足跡を追ってゆく。

途中で、消えた。なぜだ？　東は急斜面だ。雪道で足をすべらせたのか。

音五郎は両の手足を使い、崖を降りてゆく。

雪の乱れた場所があった。そこからは中くらいの足跡が深くなり、はっきりとしていた。仙太がけがをしたすゑを背負って、歩き出したのだろう。

（この調子なら、見つけられるで。けど、急がにゃ）

がぜん元気が出てきて、駆け出した。

夢中で足跡を追い続けるうち、黒い大きな浅間石にぶつかった。次の足跡はどこだ？

（ここで、仙太はどうしたっぺ？）

切り立った上の崖を登るのは骨だ。下の崖から回り込んだのか。

音五郎は大岩によじ登って、見渡した。

下方へ目を凝らすと、また崖下の雪が乱れていた。あそこへ落ちたのだ。

崖を慎重に下まで降りると、また足跡が続いていた。

もうすぐ会える、きっと助けられる。

やがて足跡はなだらかな坂を下り、雷天山の麓、山津波を免れた森のほうへ向かっていた。

この辺りは知っているが、常緑樹に遮られて積雪がなく、地面の足跡も途絶えた。

「仙太！　すゑ！　俺だ、お前らの親父だんべ！」

声の限りに叫んでも、返事はなかった。

子どもの足で、けがをして、空腹で疲れていれば、遠くまで行けまい。

（きっとまだ、この近くにいるだんべ）

月に照らされた浅間山を見れば、村の方角はわかる。二人は北へ向かったはずだ。

音五郎はふらつきながら、何度も名を呼んだ。

（頼むで、浅間大明神！　二人に生きて会わせてくれたら、もう一度にしを信じてやる）

虫のいい奴だと自分でも思いながら、憎み恨んでいたはずの大明神に赦しを請い、祈りを捧げながら、音五郎は二人を捜し続けた。疲れた足がもつれる。

木の根っこに足を取られて、ばったりと転んだ。

顔から地面へ突っ込む。

降灰のせいで、白い土だ。柔らかくて、サラサラだった。

「仙太ァ～、するゑェ～」

両手を突いて立ち上がろうとした。が、もう力が入らなかった。

息子と娘が近くにいるはずなのに、体が動かない。

猛烈な眠気が襲ってきた。このまま眠ってしまいたかった。

音五郎は寝返りを打って、大の字になった。体じゅうに掻いた汗がすぐに冷たくなった。寒い。

夜の森に、柔らかい月影が差している。このまま眠れば、死ぬだろう。

ほんの少し休んでから、立ち上がることにした。

すぐにうとうとし始めて、いかんと思った。でも、体が言うことを聞かない。

まとわりつくような睡魔に負けそうになった時、甲高い声がした。

「兄にゃ。あれ、お父っちゃんじゃねぇんきゃあ？」

バタバタと駆けつける足音がし、仙太が助け起こしてくれた。するゑもいる。

「親父！　だいじょうぶかぃ？」

「……お前ら、やっと会えたど」

たちまち元気が出てきて、座り直した。

仙太は顔や手足を擦りむいていた。それでも、生きている。

「よう妹を守ったで、仙太。さすがは、俺とかかの息子だぃね」

すがりついてくる二人を抱きしめた。

「なんかもんが来たからにゃあ、安心せぇ。お前ら、大変腹《なつから》が減っただんべぇ？　食い物を持ってきたんさ。蕎餅だけどよ」

「腹が減って、死にそうだったぃ」

「お父っちゃん、あっちに小さな洞穴があるんさ」

三人並んで、浅い洞穴へ向かった。足を引きずるするゑを抱き上げてやった。するゑは足を挫き、仙太は体じゅうに打ち身やら擦り傷やらができているらしい。

やっと風雪を凌げるほどの岩の窪みに、三人で身を寄せ合った。温かい。

「食え食え。今食うと、やたら美味《うめ》ぇど」

音五郎は懐から蕎餅を出して、二つずつ手渡した。

よほど腹が空いていたのか、仙太はアッという間に一個平らげた後、ゆっくりと残りの一個をかじった。するゑは小さな口で少しずつ味わっている。

子どもが物を食う姿は、愛らしいものだ。

二人の小さな肩へ手を回した時、音五郎は自分が幸せかも知れないと思った。

「お父っちゃん、これからどうするん？」

「この辺りは迷いの森だけど、俺の庭みたいなもんさ。少し休んでから、するゑをおんぶして帰《けえ》るさ。俺はどこもけがしてねぇからな」

耐え難い空腹だが、ふらつきながらでも、何とか帰れそうだ。

「うらたち、助かったんね」

「眠っちゃいげねぇって頬を引っぱたいてた時、遠くで親父が呼んでる声がしたんさ」

あの日以来、いつ死んでもいいと、投げやりになっていた。

でも今、音五郎は生きたいと、強く願っている。

「デーラン坊さまがお作りくらっしゃった新しい家族、大好きだぃね」

「まだあと二人、おっかねぇ女が残ってるべぇ」

音五郎がおどけると、二人が笑った。

「あのデーラン坊が甦るって伝説は、吟味役のことなのかも知れねぇな」

せっせと浅間山などを作った後、人間に裏切られ、永遠の眠りに就いた巨人は、人間たちが危機に瀕して救いを求めた時、再び助けに現れる。そんな人間にとって虫のいい願いでも、根岸なら、引き受ける気がした。

「絶対そうだんべ。顔も体つきも、ありゃあ人間じゃあねぇもん」

仙太が応じると、するゑもコクリとうなずいた。

「デーラン坊さまにね。もしも家族になるなら誰がいいかって、前に尋ねられたんさ」

以前の音五郎は、とにかく根岸に反発していたから、むろん尋ねられていない。

「へぇ。何て答えたんだぃ？」

「なんかもんと仙太さんだけはやめてって、お願いしたんさ」

「言うことを、てんで聞いてくれなかったじゃねぇか」

三人が笑い終わった時、遠くでウー、ウーという低い唸り声が聞こえた。

音五郎の全身に怖気が走った。

狼だ。山津波で獲物が減って、飢えている。

昔、百助から最初に教わったのは、狼の恐ろしさだった。

狼は抜群に耳が良く、鼻も利く。逃げるべきだが、狼の居場所はまだわからない。下手に動き回らないほうがいい。音五郎は二人を抱き寄せて、ささやく。

「狼は人間よりずっと足が速ぇ。狙われたら、逃げても助からん。戦うしかねぇ。鉄砲がありゃ負けやしねぇけど」

すゑが合掌して、ぶつぶつささやき声で祈り始めた。

「心の中で祈れ、すゑ。仙太はその辺で、握りやすい石を集めてこい。そっとだで。俺は奴がどの辺りにいるか、見当をつけてみる」

仙太が去ると、音五郎は片手ですゑを強く抱き締めながら、耳を澄ました。

遠くで聞こえる雄叫びは、別の狼か。

音もなく仙太が戻った。音五郎の前に握り拳くらいの小石を三つ置くと、再び消えた。

また唸り声がする。山の方だ。さっきよりも、近い。

音五郎が小石をひとつ懐へ放り込み、残りの二つを両手に摑んだ時、仙太がまた戻った。

「俺が奴と戦いだしたら、仙太はすゑをおぶって逃げろ。できるだけ遠くへ行げ。デーラン坊は簡単にゃ諦めねぇ。明日まで生きてりゃ、きっと見つけ出してくれる」

泣きそうな顔の仙太の肩へ手を置いた時、音五郎がさっき転んだ辺りで、二つの目が光った。

人間の匂いを嗅ぎつけたようだ。じきにここへ来るだろう。

「兄貴と先に逃げるんさ。行げ！」

すがりつくすゑの背を押して立ち上がると、狼に向かい、身構えながらにじり寄った。

低い唸り声が少しずつ近づいてくる。

音五郎は両手に石を握りしめ、間合いを取った。

右手を振り上げ、しならせる。

渾身の力を込めた投石が外れた。後ろの木に当たり、鈍い音を立てる。

右手で懐中の石を取り出した瞬間——

狼が跳んだ。たちまち脇腹に激痛を感じた。

嚙みつかれたまま、押し倒された。

手中の石で、腹上の狼の顔を殴る。牙が腹へさらに食い込む。

痛みに悲鳴を上げた。もう、無理か……。

「すゑ、石！」

仙太だ。投石の一つが狼の目に命中した。腹の牙が緩む。半身を起こす。

すかさず右手の石で、獣の鼻面を力いっぱい殴った。

狼は短く鳴き、音五郎から離れた。

続けて、右手の石を至近で顔に命中させると、狼は身を翻して走り去った。

音五郎は力尽きて、仰向けに倒れ込んだ。

「親父！　死ぬなぃ！」

仙太が助け起こしてくれた。痩せて貧弱だったくせに、体つきがたくましくなってきた。

牙は心ノ臓から逸れていたが、深く嚙まれて出血がひどい。このままでは死ぬだろう。

「俺はもう歩けねぇ。血の臭いで別の狼が寄ってくる前に、お前ら二人で先に戻れ」

雷天山の麓は、道が入り組んだ迷い森だ。夕暮れまでに出られれば御の字だが、するゑを背負い、飲まず食わずで帰り着くのは至難だろう。

「道に迷ったら、村へ帰るのは諦めて、とにかく川へ出ろ。下流で拾ってもらえ」

子どもにとっての難所は幾つもあるが、運を天に任せるしかない。ここで、狼たちの餌食になるよりは、ずっとましだ。

「うらはお父っちゃんと残る。兄にゃが戻って、助けを呼んできらっしゃい」

仙太だけなら、何とか村へたどり着けるかも知れない。

「無理だぃ。うらはもうヘトヘトだべ。食い物もねぇし、迷い森を抜けられるわけがねぇ」

音五郎は天を見上げた。月は浅間山の向こうへ沈んだらしく、少し暗くなった。夜明けまでは、まだ長い。ここで、死ぬのか……。

根岸にもずいぶん迷惑をかけて、申し訳ないと思った。

「お父っちゃん、兄にゃ。あれ何？　また目が光ってるんさ」

来たか。でもまだ、少しの時間稼ぎなら、できる。

「仙太、するゑをおぶって、とにかくここを離れぇ」

音五郎は左手で地面をまさぐると、拳大の石を握りしめた——。

7

冬の遅い朝を迎えた開発場前は、戦の本陣のように物々しかった。たった今、四平、幸七、惣八、喜藤次らの組が捜索に出向いたばかりだ。

根岸は戦国武将よろしく床几に腰かけ、朝日を浴びる浅間山を眺めていた。

「吟味役、少しお休みになられては？」

傍らの黒岩が、疲れ顔で声をかけてくれた。

「神頼みをしておるくせに、己が眠っておっては不謹慎じゃろうと思うてな」

「甚兵衛たちも、観音堂で神仏に祈っとりやしたが、玉菜の姿もござんした」

根岸は役人たちと開発場の仮屋で夜を明かしたが、玉菜が気懸りで、大部屋で様子を見るよう黒岩に頼んでおいた。

「ただ、加減が優れぬのか、昨夜は吐いとったようで」

感情が戻りつつあるせいで、体にも不調をきたすのだろうか。

「旦那さま、朝餉はもう済んだんかい？」

前触れもなくくめが現れた。根岸は夫のふりをしてやる。

「今しがた腹いっぱい食ったぞ。そうじゃ、くめ。蕪《かぶ》の漬物を作ってくれんか？」

くめが思い出と現実を混同しながら、境涯の変化にどう折り合いをつけているのかは、定かでなかった。

「蕪かぃ。あーね、任せらっしゃい」

ニッコリ笑う白髪の老女を見て、根岸はぐっと唇を噛んだ。

過酷な運命に翻弄され、過去にしか生きられなくなった民には、幾人も会ってきた。元に戻せたことは一度もないが、天涯孤独の老女が自分を取り戻したとして、変わり果てた境涯を受け入れられようか。酷《むご》い現実がくめの目を虚空と過去に向けているのなら、残り少ない人生で、むしろ周りが今のくめを受け入れて大切にすることが、人間のできる精一杯なのかも知れなかった。

「吟味役、いつまで山狩りを続けるご所存か」

背後から刺々しい声が聞こえてきた。三人が助かる見込みはなく、自業自得ゆえやむなしと、原田は捜索の再開に反対したが、根岸は押し通した。

「天領において、民は上様の宝じゃ。助けねばならん」

「すでに最善は尽くしたはず。戦国の将にとって、一番難しい決断は兵の引き際でござった。負け戦にあっては、多少の犠牲を払っても、あたう限り多くの兵を生かして帰すべし」

「今は戦国じゃねぇし、相手は人間でもねぇ。わしは御救普請をやっておる」

いつもギリギリで守り切れず、悩んだ末に多くを諦めてきた。だが、まだ一縷《いちる》の望みはある。

「冬の雪山で、二人の子どもがどうやって生き延びると?」

「時に祈りは、奇跡を起こす。お前は信じんじゃろうが、本当の話じゃ」

「またお得意の奇談ですかな」

千の奇談に一の真実はあるのだが、原田の嫌味に根岸は無言で応じた。

御救普請は常に絶望から始まる。だから根岸は、せめて希望の種を民の心に播《ま》き、芽吹かせてから去りたいと考えてきた。だが、皆と懸命に尽くしても、常に高く厚い壁が幾つも待ち受けている。偶然の悪戯で、運命は変転してゆく。人事を尽くし、すべての道を封じられても、それでも人はまだ、祈ることだけはできる。

信州街道を歩いてくる女人の姿があった。相変わらず青白い顔だ。

「おう、玉菜。お前も祈ってくれたんか?」

玉菜は「へぇ」とうなずき、根岸の前にひざまずいた。

「数々の非礼をお赦しくらっしゃい。この騒ぎも、わたくしのせいです」

根岸は床几から降りると、地べたに座って微笑みかけた。玉菜から会いに来るのは初めてだ。

「明け方、うつらうつらしていたら、いよが会いに来てくれたんです」

玉菜がかすかな笑みを口元に浮かべていた。

「そうか、また会えたんか。そいつはよかったのう」

「戻って来てって、もう一度呼びかけました。でも、いよは寂しそうに首を横に振って、去って行こうとしました。だから叫んだんです。生まれてきてくれて、ありがとうって」

玉菜はすっきりとした顔をしている。たとえ夢の中でも、玉菜は小さな区切りをつけられたのではないか。

「夫にはまだ会えません。でも、今もすぐそばに夫がいるような気がして……」

「おるぞ。わしが先に逝っちまったら、遺した家族を守ってやりたい。誰だってそうさ」

玉菜がそっと両手を突いた。

「音五郎さんたちはきっと戻ってきます。わたくしは善光寺で髪を下ろし、夫と娘、家族、そして今回の山焼けで亡くなった人たちを弔いたいと存じます」

神仏にすがるのは一つの救いの道だ。当人が決めたのなら、止める理由はない。玉菜は決然としていた。自分自身で悩み、考え抜いた末に見つけた道だろう。

「さようか。善光寺には懇意の和尚がおるゆえ、後で文を書いてやろう」

「ありがとう存じます」

若い女の黒髪の艶《つや》を見て、根岸はやるせない気持ちになった。

二人のやり取りを傍らで見ていた黒岩が、街道の南を指さした。

「おや、あれは何ですかな」

十数人の行列だ。二頭の馬の背に誰かが乗っており、その周りを若者たちが取り囲んでいる。

先頭から四平が駆けてきた。

「吟味役！　三人とも生きとるでやんす！」

馬の一頭には音五郎が、もう一頭には仙太とするゑが乗っている。

「よっしゃあー！」

根岸は覚えず叫んだ。武士ならどっしりと構えているべきだろうが、うれしくて飛び上がった。

「太鼓を打ち鳴らせ！　山狩りはおしまいじゃ！」

原田の指図で太鼓が鳴り始めると、根岸は街道へ走り出た。

「音五郎、仙太、するゑ。お前ら、さんざん心配をかけおって！」

「無礼者め、下馬せんか」

背後から原田が声を投げるが、たしなめるような口調だ。

すぐに仙太が飛び降り、するゑを下ろしてやった。幸七と惣八が音五郎を抱えるようにして馬から下ろした。けがをしているのか。

音五郎がふらつきながら歩き、根岸の前に平伏した。その肩へ手を置き、労う。

「よう戻った。なんかもんめ、相変わらず無茶をしおるわい」

「お父っちゃんが狼から、うらたちを助けてくれたんさ」

誇らしげに報告するするゑを、片腕で抱きしめてやった。

「その馬は何じゃな？」

「大焼けの前日に、どっかへ行ってしもうた重郎右衛門とはつだんべ。雷天山で生きとって、もうダメかと思うた時に、うらたちを助けてくれたんさ」

傷と泥だらけの仙太の顔はまた、たくましくなった。

「みや、無事にしとったかぃ」

くめがすゑに抱き着いてくると、根岸は仙太もまとめて、三人とも抱きしめてやった。

「いろいろ、悪《わり》んねぇ」

少し離れて、玉菜が三人に頭を下げている。

「俺もちっとんべぇ言い過ぎたぃ。家族なら、いろいろ揉め事があるもんだんべ。吟味役が作ってくれた俺の大切な家族じゃ。とにかく誰も死なんで、よかったんさ……」

言うなり、音五郎が前にくずおれた。

「お父っちゃん！　心配《あんじゃあ》ねぇって、言ってたがん！」

「親父の奴、やっぱり無理してやがったべ！」

根岸の腕から飛び出して、仙太とすゑが音五郎を助け起こした。が、意識を失っている。

「狼に嚙まれとるぞ！　ずいぶん血が流れたようじゃ。原田、手当してやってくれい！」

根岸が振り返ると、輪の外に、離れて腕組みする原田が突っ立っていた。

「助かる命なら、助けますがな」

原田は無表情で音五郎に近づき、小袖を開いて傷口を一瞥するや、厳しい顔になった。

「百姓代を仮屋へ運べ！　焼酎を持って参れ。きれいな水も用意せよ。湯も沸かせ」

原田を先頭に、男たちが慌ただしく動き出した。仙太も水桶を持って走り出す。

「お父っちゃんは大丈夫かしら……」

すゑが足を庇いながら、心配そうな顔で立ち上がる。

「原田は無駄なことをせん男じゃ。助けられると見たゆえ、急いどるのよ。ああ見えて、お前たちの代官はなかなかの男じゃ。任せようぞ」

根岸がすゑの頭を撫でていると、玉菜がすゑにそっと寄り添った。

「すゑちゃん、悪《わり》んねえ」

二人だけにしてやったほうがよかろう。

根岸が立ち上がり、皆を労い始めた時、「玉菜さん！」と背後で悲鳴が聞こえた。

振り返ると、玉菜が地面へ倒れ込んでいた。

「どうした、玉菜!?」

根岸が駆け寄る。青白い顔には脂汗がにじみ出ていた。苦しそうに喘いでいる。

「こいつは尋常じゃねぇな」

根岸は玉菜の熱っぽい体を抱き上げ、急ぎ仮屋へ運んだ。

寝かされた音五郎の傷口を原田が洗う隣に、玉菜を横たえる。

「原田、すまんが、もうひとり頼む。玉菜の具合が悪いんじゃ」

根岸が必死で言っても、原田の澄まし顔は変わらない。

「湯が沸いたら、針の先を消毒しておけ」

玉菜が小さなうめき声を上げ、うっすら目を開いた。

「おお、玉菜、気づいたか。具合はどうじゃな？」

「女、いつ頃から具合が優れぬのだ？」

原田が背を向けたまま、ぶっきらぼうに声を投げてきた。

「……ここ、ひと月余り熱があって、眠うございました」

「最近、月の物はいつあった？」

原田が針穴に糸を通しながら尋ねると、玉菜がハッとしたような顔をした。

「……そういえば、山焼けからございません」

根岸が窺うと、原田は真剣な面持ちで音五郎の腹の傷口を睨みながら、いつもの早口で言った。

「ただの立ちくらみでござろう。その女はおそらく身籠《みごも》っており申す。来春には生まれるはず。しっかり食べて、流産せねばの話でござるがな」

玉菜の顔がみるみる歪んでゆく。たちまち涙がボロボロあふれ出てきた。

堰を切ったように、玉菜は声を上げて泣いた。

体の不調は悪阻《つわり》のせいだったのだ。まさか妊娠しているとは考えなかったらしい。

拒絶するしかなかった深い悲しみを、玉菜の心がようやく受け入れ始めたのだろう。

根岸は自分が救われた気になった。するが持ってきた掻巻《かいま》きを掛けてやっても、玉菜の慟哭《どうこく》はやまなかった。

8

玉菜は、間近に聞こえる鈍い呻き声で目を覚ました。まだ、昼間だ。

「悪《わり》んねえ。起こしちまったかぃ、玉菜」

隣の褥《しとね》で音五郎が半身を起こし、腹を手で押さえていた。ここ数日、二人並んで寝かされている。日に日に寒くなってきたが、するが持って来てくれた掻巻きのおかげで、ぐっすり眠れた。

「御代官様の腕前は大《てえ》したもんだぃ。にしも顔色がよくなってきたんじゃねぇか？　一二三のためにも、元気な赤ん坊を産まねぇとな」

優しい声に、玉菜はぎこちなくうなずき返す。

播巻きの下で、そっと手を下腹へやった。ここに、命が宿っているのだ。

これまで玉菜は一二三の妻であり、いよの母だった。それ以外の何かではなかった。だから、最初は死のみを考えていた。命の過半を失ったようで、何に対しても感情が働かなかった。大切な身内を失った人間には、不幸せのままでいる務めがあるとさえ、考えてきた。今から思えば悪阻のせいもあったが、心身の不調で何も手につかなかった。

悪阻がひどくなったのに、心は軽くなった。失った家族を想うと、切なさでいっぱいだけれど、厚い雲の合間から光が差してきた気がする。

「何ぞ、入り用の物はねぇか？」

そっと、頭《かぶり》を振る。音五郎は自分もけが人のくせに、何かと気遣ってくれた。

「加部安の旦那が持ってきてくれた鉄砲で、仙太たちに手ほどきしてやったら、大変《なつから》喜ぶんさ。誰かの役に立つってなぁいいもんだで」

百姓代が寝てばかりはいられまいと、音五郎は張り切っていた。

「ちっとんべぇ、普請場へ顔を出してくるんさ」

腹の傷に響かないように、音五郎はそろりと起き上がった。

「一二三にゃあ大変《なつから》世話になったのに、てんで恩返しできんかったんさ」

音五郎は背を向けたままだ。自分なりの罪滅ぼしをしたかったのだろう。

ひきずるような足音が消えた時、この人を誤解していたかも知れないと思った。

玉菜はまた、強い眠気に襲われた——。

「おお、卵じゃねぇか。さすがは千川の旦那だぃね。頼りになるんさ」

「けど、親父。実はあんまり数がねぇんさ」

玉菜はどれくらい眠ったのだろう。辺りはまだ明るい。

薄い板壁ごしに、外から音五郎と仙太の声が聞こえてくる。

「数を勘定して、育ち盛りの子どもと女だけに配ってくれやぁ」

よく寝たせいか、吐き気もすっかり治まって、玉菜は気分がよかった。

「うらのぶんは、玉菜さんにあげるんさ」

「おめぇも大人になってきたのう。落ち着いたら鎌原でも鶏を飼って、皆で食うんさ」

十日ノ窪ではたくさん飼っていた。一二三に言われ、近所に卵をおすそ分けしたこともあった。

そんな日が、本当にまた来るような気がした。

「馬の世話をしとる最中に、くめ祖母ちゃんが勝手にどっかへ行っちまうんさ。昔に戻ってる時はまだいいんだけど」

「村の皆に気をつけてくれやって俺から頼んどくべぇ。それじゃ、お前は卵を頼むんさ」

二人の声が遠ざかってゆく。もう少し、何気ない会話を聞いていたかった。

子を産むために、玉菜は生きる。

腹の子は、一二三が残してくれた形見であり、希望だ。

一二三といいよと血の繋がる子に、家族に会いたい。

だから、たくましく生きて、産みたい。

玉菜はもう一度幸せになれるかも知れないと思った。

残っていた眠気が、また忍び寄ってくる――。

台所から漂ってくるいい匂いで、玉菜は目を覚ました。ひさしぶりに空腹を感じた。

「みや、おかゆはじっくり炊くんさ。そうすりゃ、お米の旨味と甘みが出てくるんさ」

「焦げつかねぇように、弱火にするんだぃね。お祖母ちゃん」

きっとくめは、するゑに何度も同じことを言い聞かせているのだろう。

うんと眠れたせいか、今までで一番体調がいい気がした。

「祖母ちゃん、こんな所にいたんきゃあ。馬の世話ぁ手伝ってくんない。行ぐんべぇ」

口を尖らせる仙太の顔が目に浮かぶ。

「あとはやっとくから。玉菜さんは任せてくんない」

するゑの元気な声がすると、玉菜は半身を起こしてみた。やっぱり具合がいい。

「もう具合はよかっぺぇ、玉菜さん？　ちょうどおかゆができたんさ」

盆にお椀と湯呑みを載せて、少女がやって来る。

ひどい悪阻で寝込んでいる間、するゑはかいがいしく世話をしてくれた。

「どうぞ、召し上がらっしゃい」

差し出されたおかゆの上には、卵がふっくらとのっかっている。

「おいしそう」

さっそく口に入れた。ほどよい塩味の効いた卵がゆが、舌の上でほろほろとほどけてゆく。

ふた口、み口と、続けて口へ入れた。

「お代わりあるんさ。お腹の子のためにも、うんと食べてくらっしゃい」

山焼けの後、ろくに食べていなかったせいか、涙が出るほどおいしかった。

「上手にできてるんさ。お代わりくんない」

するゑがとびきりうれしそうな顔をした。お椀を受け取ると、跳ねるように台所へ戻ってゆく。

まだどうしても、いよの姿と重ねてしまうけれど、以前ほど心に乱れはなかった。

勧められて、玉菜はまたお代わりをした。

玉菜がじっくり味わっている間、するゑは台所で後片付けをし、囲炉裏の炭を取り替えに来た。

小さな体が囲炉裏をのぞき込んでいる。帯の縫い目がひどくほつれていた。

「するゑちゃん、針と糸を持ってきらっしゃい」

縫い目を直してゆく玉菜の手つきを、するゑが食い入るように見ていた。

「これは平縫い。見た目がきれいで丈夫だけど、布を折り返すのが面倒なんさ。慣れてきたら今度、山縫いも教えてあげるんさ」

「玉菜さん。うら、針と糸、使ったことがねぇんさ」

母親を知らない子だ。無理もなかった。

「するゑちゃんと一緒に、音五郎さんの小袖を直そうかねぇ」

狼と戦ってそこかしこが破けた小袖が、洗って部屋の隅に置かれており、気になっていた。

目を輝かせるするゑに手ほどきしてやると、平縫いができるようになった。

「何度もやっているうちに、もっと上手になるんさ」

針と糸と格闘する少女の姿に、いよを重ねかけて、やめた。

いよはいよで、するゑはするゑだ。二人とも、誰の代わりにもなれはしない。

もう決して過去には戻れないのだ。皆、大きな喪失に苦しみ、悲しみながら、それでも前を向いている。決して忘れるわけではないけれど、今は未来へ進むべき時だ。

「アッ、痛《いて》て……」

針で指先を突いたらしく、血が出てきた。

するゑが泣きそうな顔で、指を口にくわえている。

抱きしめてやると、小さな体がすがりついてきた。

「元気な赤ちゃんを産んでくらっしゃい。うらが姉ちゃんになりてぇから」

母のない子と、子を失った母。

玉菜はするゑに、裁縫も炊事も教えてやれる。教えれば、喜んでくれる。

人は、人の役に立つことで、自分が救われるのだ。

もしかしたら今、幸せかも知れない、と思った。

するゑのためにも、玉菜は生きて子を産みたいと願った。

第八章　花　畑

――天明三年（一七八三）十二月二十三日、上野国・鎌原

1

鎌原は、暖かい冬日に包まれていた。

今日の掘立小屋《ほったてごや》の台所は、いつになく大忙しだった。昼下がりには根岸たちも来て、三組の祝言を挙げ、お祝いする特別な日だから、女衆総がかりでも人手が足りない。

具だくさんのお味噌汁を作る。慣れない手つきで、すゑが大笹村の大根を短冊切りにしていると、玉菜がうしろへ来て、すゑの手の上から、白くほっそりした手を重ねた。

「けがしないように、こういう風に指の先を曲げるんさ」

玉菜の明るい声を聞くだけで、すゑはうれしくなる。

トントントンと小気味よく、包丁がまな板の上で音を立てて踊り始めた。

あれもこれも覚え、できるようになって、毎日が楽しい。

「上手にできたんさ。食べてみっしゃい」

玉菜が新鮮な大根をひとかけら、するゑの口の中へ入れてくれた。

「甘《あんま》ぃ！　鎌原でも、早《はあ》こんな大根《でーこん》を作るにゃあ」

するゑが喜ぶと、玉菜は微笑み返してくれたが、すぐにそっと指先で目頭をぬぐった。

「……悪《わり》んねえ。いよもうれしそうに食べてたんさ」

悲しみは決して癒えない。それでも、違う理由で笑い、たくさんの笑顔を新しく積み重ねてゆくうち、きっと深い悲しみも和らいでゆくと、根岸は言っていた。

「くめさんのお漬物、もうできてるんさ。するゑちゃん、もらって洗ってきて」

「へぇ、ただいま」

台所から駆け出て、大部屋をのぞく。くめの姿はなかった。

「玉菜さん。祖母《ばあ》ちゃん、またどこかへ行っちゃったんさ」

「馬の世話じゃねぇかしら」

外へ出ると、冬晴れの日差しの下、鎌原村が広がっていた。まさに生まれ変わる途中だ。

「おう、するゑ。何か、力仕事はあるかぃ？」

仙太はふだん普請場で汗を流しているが、掘立小屋の様子を時々確かめに来てくれた。

「台所の水甕《みずがめ》が半分になってっから、水を運んどいて。面白いお汁粉《しるこ》を作るんさ」

宴のために、趣向をひとつ用意してあった。数日前の相談には玉菜も加わり、その時はくめも正気に戻っていたから、音五郎一家が初めて一緒に取り組んだ試みだろう。

「デーラン坊様がどんな顔をするか楽しみだぃ。で、玉菜さんは？」

「やっぱりすごいんさ。何でもできるんさ」

玉菜はすっかり変わった。床を離れてからは台所に立ち、キビキビと仕事し始めた。もともとは村でも評判の良妻賢母だったから、すぐに村人たちから頼られるようになった。

「あの人なら、うらたちの母《かか》どんにしてもいいべ。弟か妹ができんのも楽しみだぃ」

仙太は水甕の蓋《ふた》を開け、桶にたっぷり水を汲むと、戸口へ向かう。

するゑは踊るような足取りで、小屋の裏口へ回った。くめが手を木樽へ突っ込み、糠床《ぬかどこ》の中で漬物の出来を確かめている。

「お祖母ちゃん、お漬物をくらっしゃい」

「ああ、持って行ぎ。みやにも、美味しい漬け方を教えてやるべ。爺ちゃんの大好物じゃから」

くめはまだ、するゑがみやで、根岸が夫だと思い込んでいた。他方で、昔よく知っていた人間以外はうさん臭そうな目で見ている。

するゑは、くめから蕪《かぶ》の漬物を二つ受け取り、水場へ戻った。

桶に水を汲んで蕪を丁寧に洗っていると、「美味そうだぃね」と音五郎が現れた。

「昼飯を食わせてくんない。腹が減ったんだぃ」

原田の手術のおかげで傷口が閉じ、けがも治ってきた。力仕事は無理だが、百姓代として村人たちを引っ張っている。

「今、母どんが支度してくれてるから、ちっとんべぇ待つんさ」

最近は玉菜のことを「母どん」と呼んでいた。本人に向かって言う勇気は、まだない。

「するゑはいい子だぃね。俺の自慢の娘さ」

音五郎が隣にしゃがみ込んで、頭を撫でてくれた。

昔のこわい家族がいなくなって、最初はホッとしたが、今はさびしさと、かなしい気持ちが混ざり合って、よくわからない。

「お父っちゃん。母どんとは話をしたん？」

祝言を挙げる三組の中に、音五郎と玉菜は含まれていない。おとなたちで話をしたそうだが、詳しくは教えてもらえなかった。

音五郎が黙っていると、くめが手を洗いに戻ってきた。

「お前さん。後で、漬物石を上げといてくれやぁ」

最近は毎日顔を合わせるから顔はわかるものの、名前はまだ覚えられないらしく、くめは音五郎を「お前さん」と、仙太を「坊主」と呼ぶ。

「お祖母ちゃん。お父っちゃんはまだお腹《なか》のけがが――」

「心配《あんじゃあ》ねぇ。すご腕の御代官様のおかげで、もうほとんど治ったんさ」

音五郎はボンと拳で自分の腹を叩いたものの、ウッと顔をしかめた。

「親父、じゃまだぃ。もう一杯水を汲むんさ」

仙太が水桶を手に戻り、水甕の中をのぞき込んだ。

「宴をやるにゃ水が足りねぇべ。四平さんと後《うしろ》ノ沢へ汲みに行ぐか」

「えんにゃ、あいつらは家づくりの仕上げで忙しいべ。お前ひとりで運べねぇべか？　俺が天秤《てんびん》棒《ぼう》のコツを教えてやるんさ」

「坊主、その前に漬物石を上げといておくれやぁ」

くめが裏手を指差した時、台所から玉菜が出てきた。

「するちゃん、お漬物はまだかしら。あら、皆、集まってるんさ」

玉菜が四人に微笑みかける。

「音五郎さんはお腹に膏薬を塗る時間でしょう？　仙太さんは宴の前に大部屋のお掃除を小六さ

んたちとお願い。くめさんは加部安さんの昆布と鰹節で、あの出汁《だし》を作ってくらっしゃい」

くめは玉菜をしげしげと見ていたが、やがてうれしそうな顔をした。

「玉菜さんじゃないかぃ。あんた、どうしとったんさ？　一二三さんは息災かい？」

「もちろん。元気にしとりますよ」

驚く三人を残して、二人は台所へ戻ってゆく。

「お父っちゃん。母どんと夫婦になってくんない」

「くめ婆さんの息子が一二三の友垣だったからな」

新しく生まれる三組の夫婦は、暮れまでに出来あがる家に新しい家族と移り住み、新年を迎える。ガランとした掘立小屋には、音五郎一家を入れて十数人が残るだけだ。

「皆それぞれ大切な人を失ってから、まだ半年だで。俺だって、かなを失《な》くして辛《つれ》ぇんだぃ。デーラン坊が言うように、ゆっくり行ぐべ。なぁ、仙太」

「けど親父。あんな美人、早くしねぇと、他に取られちまうだんべ」

いたずらっぽく笑う仙太の頭を、音五郎がゲンコツでグリグリやった。

「生意気《じゅーく》こくんじゃねぇや。早《はあ》、水桶、漬物石、水汲み、それから掃除をするんさ」

「ちっ、百姓代だからって、人に指図ばっかりしやがる」

二人とも口こそ悪いが、笑顔でやり合っている。

この五人で一緒に暮らしたいと、するゑは改めて思った。

2

五本のご神木があるだけで、神社の境内跡には優しげな風がそよぐ気がした。

安産を祈りながら、玉菜はまた泣いた。やっと気持ちが過酷な現実に追いついてきて、涙がとめどなく流れるようになった。

（どうか健やかな子を、授かりますように）

神様と夫と娘にお願いをしてから、目を開いた。合掌を解き、下腹へそっと手をやる。

生きがいが、生きる理由が見つかった。家族三人で過ごした最後の日、そろって延命寺にお詣りし、玉菜は子宝を祈願した。きっと、虚空蔵《こくうぞう》菩薩《ぼさつ》が願いを叶えてくださったのだ。

懐妊を知り、自分は生きているのだと感じた。

出家せず、子を産み、育ててゆくと決めた。

くめとすゑが卵がゆを作ってくれた夜、初めて一二三の夢を見た。どれだけ叫んでも、やっぱり夫も戻ってきてはくれなかった。お別れに来たのだと感じた。でも、ありがとうを言えた。

「やっぱり、にしはここじゃったか」

境内跡へ現れた黒岩に、にこやかに挨拶した。生前の夫は黒岩、千川、加部安の近隣名主について賞賛を惜しまず、大焼け以前から交流があった。

「一二三殿さえ生きとれば、わしなんぞがしゃしゃり出んでもよかったんさ」

「夫に代わって、黒岩さまには、お詫《わ》びと御礼を申します」

玉菜が頭を下げると、黒岩は優しく笑った。

「今は皆に頼りにされて、忙しそうじゃのう」

「大変《なつから》ご迷惑をかけてきましたから、罪滅ぼしにうんと仕事をしませんと」

黒岩に促され、根岸お気に入りの大きな浅間石に並んで腰かけた。

「大笹村で、旦那に先立たれた寡婦《やもめ》の世話もしとるけど、いつの世も、女手ひとつで子を育てるのは厄介じゃ。生まれてくる子にとっても、家族は大事だんべ」

本当なら、一二三といよもいて四人家族だった。十日ノ窪に住むたくさんの身内にたっぷり可愛がられて、幸せに育つはずの子だった。

「この半年で、なんかもんは人間が大きゅうなった。仙太もするもよい子だぃね。くめ婆さんも少し落ち着いてきたし、玉菜を覚えとる。血は繋がっとらんけど、にしたちなら幸せにやれると、わしは思うんじゃ」

音五郎は百姓代としてよく働いていた。仙太は頑張り屋だし、するはすなおな子だ。一緒に暮らしていけそうな気もする。

でも、今はただ無事に子を産み、育てること、それだけだった。

「子を育て上げた後、にしは独りになる。一二三殿は立派な御仁じゃった。若い女房が別の人生を歩むとしても、祝福してくれるじゃろう」

「父の数揃えで残っとる人たちも助けてくれます。この村には、優しい人がうんといますから」

父と夫の人徳のおかげで、きっとやっていける。

「玉菜、ずいぶん気張っとるそうじゃが、心は決めたか？」

野太い声は根岸だ。原田たちを連れている。平伏しようとすると、無用じゃと止められた。

「家をどうするかも、決めにゃならんでな。小六もどうしたものか」

三組の祝言で二十人が三家族を作る。残った村人は、音五郎たちを勘定に入れて、十一人だ。そのうち二人は別の家族が引き取ると決まり、三人の中高年の女たちは一軒の家で姦しく暮らし、いずれは他村から孤児《みなしご》を引き取って育てたいという。小六は何を考えているのか、どの家族も嫌だと、意外に頑なだった。掘立小屋を取り壊し、その材木で残りの家を作る。開発場《けいはつば》の仮屋はいずれ立派にして、皆が集まれる場にすると決まった。結局、音五郎たち五人と小六だけが、宙に浮いていた。

「わたくしはこの子の母になります。先のことはまだわかりません」

玉菜は自分の手を下腹へやりながら、まっすぐに応じた。

「家については、音五郎さんとも話して、赤ん坊とくめさんと三人で暮らします」

くめは親しげに「玉菜さん」と話しかけてくる。みやと勘違いされたままのするゑは、けなげにみやを演じていた。過去にしか生きられないくめにとって、生前のみやを知る玉菜と、みやを演じるするゑとのやりとりは安心できるらしかった。くめには、玉菜が必要だ。何がくめにとって最善なのかわからないけれど、また故郷を離れ、違う場所へ連れて行かないほうがいいと考え、一応くめも入れて五人で話し合って決めた。

ぎっぱに近い場所に音五郎が家を建て、仙太とするゑと三人で住む。できれば、小六を説得して加えたい。そばに離れを作り、そこで玉菜とくめが暮らす。樵《きこり》もやっていた音五郎は、大工人足と相談しながら家を作れる。同じ畑で仕事をし、時には一緒に食事をすればいい。

音五郎は白い歯を見せながら、言ってくれた。

――俺の家は目と鼻の先で、賑やかにやるべ。いつでも来らっしゃい。デーラン坊が家族にしてくれた残りもんだ。仲良くやるんさ。

「お前たちはまだ若いんじゃ。好きにせい。元気な子を産むんじゃぞ、玉菜」

根岸がにっこりと笑った。浅間山を作ったお人好しで食いしん坊のデーラン坊が笑ったら、きっとこんな顔をするのだろう。

「当てが外れましたな、吟味役」

じっと見ていた原田が、冷ややかに口を挟んできた。

「歩き方も転び方も、一人ひとり違う。自分のやり方で立ち上がればよい。さあ、祝言じゃ。今日はめでたいのう」

根岸が先頭に立ち、掘立小屋へ向かう。

灰色の荒れ野に家が十軒以上も建ち、畑の区画ができた。このままいけば、吉六が描いた夢に、半分ほど近づけるだろうか。

境内跡にできたご神木の影は、もう長くなり始めている。

3

観音堂での祝言を終え、掘立小屋の大部屋で宴が開かれた。玉菜やすゑたち裏方の奮闘のおかげもあって、これまでのところ賑やかに滞りなく進んでいる。

名主代わりの黒岩にこれ以上の負担はかけられないし、村年寄の甚兵衛はお飾りだから、百姓代として、音五郎が大いに活躍していた。

（玉菜のおかげで、宴はうまく行ぎそうだんべ）

根岸が少し前に幕府から褒美で賜《たまわ》った金二両を、好きに使えと渡してくれたため、宴は豪勢になった。音五郎と仙太が雷天山で仕留めた山鯨《やまくじら》を焼き、玉菜とすゑの作った骨董飯《ごもくめし》、くめが出汁を取った具だくさんの味噌汁を楽しみ、近隣三村から贈られた身護団子を賞味した後、特製の〈妖怪お汁粉〉が振る舞われた。

「おお、平べったいこんにゃくが入っとったぞ。これは〈塗り壁《ヌリカベ》〉じゃな！」

さっそく根岸が、椀の汁から薄いこんにゃくを箸でつまみ上げていた。すゑが明るく応じる。

「当たりです！　皆さまのお椀にも何か入っとりますから、考えてくらっしゃい」

妖怪に見立てた具材を汁粉の中に入れておき、何の妖怪かを当てる趣向だ。

「見当もつきませんな。ザラザラして、酒粕《さけかす》が入っとるようじゃが……」

隣で首をかしげる黒岩を見るや、根岸は腕を伸ばして椀を受け取り、匂いをクンクン嗅いでから、なるほどという顔をした。

「こいつは〈酒呑童子《しゆてんどうじ》〉じゃな。原田は何が入っておった？」

根岸が身を乗り出して隣の椀の中をのぞき込むと、原田は露骨に迷惑そうな顔をした。

「湯掻《ゆが》いたうずらの卵が一つ、半分に割られて入っとりました」

気のない返事だが、根岸はしばし考え、「そいつは〈一ツ目小僧〉じゃ！」と叫ぶ。

「実にくだらぬ。この趣向は、吟味役におもねっておるだけで――」

原田のぼやきは、「こいつは〈一反木綿《いったんもめん》〉だぃ」「もしかして〈ろくろっ首〉きゃあ？」という場の盛り上がりに掻き消された。一番はしゃいでいるのは根岸で、その姿を見ていると、音五郎まで幸せな心地がしてきた。

「某《それがし》のお汁粉には、干し柿が入っておったが、何の妖怪であろうか？」

喜藤次が真剣な顔つきで考え込んでいる。

「何と〈タンタンコロリン〉を知っとるんか！　仙台藩におる柿の妖怪じゃぞ」

皆が、根岸の博学に驚嘆していた。仙太が奥州出身の人足から教えてもらったのだが、根岸の知らない妖怪はなさそうだ。

化け猫だ、文福茶釜《ぶんぷくちゃがま》だと当て合いながら、皆がお汁粉を食べ終え、妖怪の具材も出尽くすと、するが宣言した。

「これで、妖怪お汁粉の種明かしは、おしまいでござんす」

「もう終わってしもうたんか。でも皆、楽しかったのう」

しんみりと根岸がこぼすと、しばしの沈黙が場に流れた。

「皆の衆。何ぞ悩んどるこたぁねぇか？」

根岸の問いに、幸七がおずおずと口を開いた。

「おかげさまで、うらたちはどうにか幸せでござんす。けど、本当に幸せになってもよかんべぇか……」

秋の祝言から二カ月、幸七の一家はほとんど喧嘩もせず、仲良くやっているように見えた。音五郎にも、幸七の気持ちがわかった。かなと志めなら祝福してくれると確信していても、幸せを感じる自分に、強烈な後ろめたさを覚えるのだ。

「苦しみ悲しみを共にしながら生きるうち、人は新たな絆を作り、自らも少しずつ変わってゆく。わしは御救普請《おすくいぶしん》で、色々な人生に立ち会ってきた」

不幸のどん底に落ちた人間は最初、もう二度と幸せにはなれないと思う。それでも苦悩の末、何とか立ち上がろうとし、暮らしがうまく回り出して、人に優しくされたり、少しいいことでもあると、自分が幸せかも知れないと感じ始める。だが同時に、後ろめたさで自分を責めるようになるのだと、根岸は語った。

「皆、幸せになっていいのじゃぞ。とことん幸せになれ。さもなきゃ、埋め合わせがつかねぇくらいに大きな不幸を、お前たちは味わったんじゃろが。人生は短い。悲しむ時は思い切り泣け。楽しむ時はとことん笑え」

実際、根岸は妖怪お汁粉で、子どものように大はしゃぎしていた。

「吟味役、最後の日に、死んだ女房がヒョウタンを持たせてくれたぃね。そいつをずっと形見に持ってたんに、失くなっちまったんでござんす。家族皆で捜しても見つからんで……」

四平が首をひねりながら訴えると、根岸がうんうんとうなずいた。

「長年この仕事をやってりゃ、たまに聞く話さ。ヒョウタンは役目を終えたから消えたのよ。お前にはもう、新しい家族がおるんじゃからな」

音五郎の場合も同じだろうか。かなの形見は、捜しても全然見つからなかった。あの赤紐のサラも、仙太が隠した城跡の崖の穴から落ちたのではなく、消えたのかも知れない。家族に無用の未練を残さぬように。

「うらたちの新しい家にゃ、時々あちこちから足音が聞こえるんでやんす。子どもたちが駆け回ってるみてぇな……。のう、惣八？」

しゃがれ声の甚兵衛は青い顔だが、惣八はむしろにこやかだった。

「へぇ。それはにぎやかでござんす。一人、跳ねるような癖でわかるけど、あれはうらの一番下の弟でござんす」

「怖がらずともよいぞ、甚兵衛。よう聞く奇談じゃ。お前の亡き孫たちが遊んどるだけよ。寂しい話じゃが、だんだんその足音も聞けんようになる。しっかり施餓鬼供養をして、皆を成仏させてやらねばのう」

幸せそうに見えても、今もなお皆が苦しみ悲しみを抱えている。こうして、それを確かめるだけで、重荷を分かち合え、心が少し軽くなってゆく気がした。

「吟味役、そろそろ本題に入りませぬか」

痺れを切らした様子の原田に促され、根岸が居住まいを正した。

「鎌原再建はいよいよ佳境に入る。原田、道普請の段取りを皆に説明してくれい」

「承知。さて、鎌原はこれより、道普請に力を注ぐべし。明年の大寒《だいかん》までにすべて終えよ」

原田は喜藤次に図面を示させながら、淡々と告知してゆく。

鎌原村では、九十二町《ちょう》余からわずか四町五反《たん》に激減していた耕地が、御救普請により約三十町まで回復したものの、吉六が目指した四十七町には及ばず、水路も田もまだだ。道の復旧も未了のため、村内の信州街道、三原通りをすべて整備し、四千二百八十七間半（約七・七キロメートル）に及ぶ道造りを完成させる。原田は開通を急ぐため、頼み人足を倍に増やすと宣言した。

寒さに負けず気張れと、根岸も皆を励ます。

「新しき三組の夫婦と同居する者たちも決まった。三軒の建物も間もなく完成して、全部で十一軒が建つ。さらにこの掘立小屋の材木で、残りの家族の家と厩《うまや》に物置などを建てる。これで第一期はおしまいじゃが、その後につき、黒岩より提案がある」

黒岩が畏まって、前へ進み出た。

「道普請の後は、十七町を畑に戻す。その上で山から水路を引き、一部を田んぼにする。さらに残りの荒れ地は、他村で行き場を失った者たち、水呑み百姓で志ある夫婦の移住を百四十五軒、二百九十人募りながら、一人二反として、十五年をかけて起返《おこしがえ》しを行う」

気が遠くなりそうなほど壮大な企てだ。

実現すれば、かつての鎌原村のようににぎやかになるだろう。音五郎も百姓代として事前の取り決めに加わっていたが、本当にできるのか、半信半疑だった。

「村の再建は緒に就いたばかりよ。以前に比べりゃ、耕地が狭いし地味も悪い。山焼け以来、天候も優れぬゆえ、来年は不作覚悟となろう。されば、鎌原を支える何かを作れねぇか、つらつら思案しておったのよ。音五郎から話を聞いて、鬼押《おにお》し出《だ》しへ参った時、実はよきものを見つけたのじゃ」

浅間の中腹に広がる不思議な奇岩群を、根岸は勝手に「鬼押し出し」と名付けた。まるで山から一斉に鬼が押し出してきたように見えるから、らしい。その北西端の浅間嶽下《だけした》から、熱い湯が湧き出ていたという。

「村へ温泉を引いてみんか？　草津まで出向かずともよき湯に入れるなら、鎌原村も賑わおう。暮らしも潤うて、生計《たつき》の足しになるはずじゃ。湯小屋《ゆごや》を建てて湯銭《ゆぜに》を取れば、湯宿の年貢も上がるゆえ、公儀の許しを得られようぞ」

源泉まで一里半ほど離れており、途中には尾根も沢も窪地もある。それでも、尾根には掘割を作り、沢には脚立のように木を組んで樋《とい》を渡し、窪地には両側に石を積んで土塁とすれば、水路にできると、根岸は語った。

面白い。宿屋を作れば、村に金が落ちる。他村からも人が移り住むのではないか。

「普請には二年を要する。男には鐚《びた》八十文ないし米三合六勺を、女には鐚七十二文を渡す。もしも湯が冷めちまったら、水路にして田んぼを作ればよい」

二年もの間、幕府が金を落とし続ければ、飢えはすまい。それまでに民が新たな暮らしを立て直すわけだ。

「温泉じゃ、温泉じゃ！」

村人たちが快哉を叫び、歓喜が渦巻くなか、音五郎も決意を新たにした。胸が躍る。

「されば、原田。さっそく温泉引きの目論見《もくろみ》をしてくれい」

根岸が上機嫌で傍らを見たが、原田はゆっくりと首を横に振った。

「お断り申し上げる。吟味役のおとぎ話は、いつも美しゅうござる。世に住まうは善人ばかり。駆け引きも争いもなく、富は無尽蔵。されど、さような楽土はこの地上にござらぬ」

原田は片笑みを浮かべながら、高い鼻を根岸に向かってツンと突き出した。

「吟味役は目の前しか見ておられぬ。苦しめる村は鎌原だけではござらん。これを救わば、かれが泣き申す。されば鎌原再建は、道普請まで。吟味役による御救普請にかかる検分も、明年閏《うるう》一月二十五日にて終了でござる。以後、一切の支援は打ち切りと決まり申した」

場が一斉にどよめいた。百姓代の音五郎も寝耳に水だ。

「何じゃと⁉　原田、何の話じゃ？」

驚いた根岸が口角泡を飛ばしながら、原田に詰め寄る。

「昨日、正式な通知が江戸より届き申した。せっかくの祝言と宴に水を差してはと思い、ご報告を控えておった次第。田沼意次様直筆のご命令でござる」

根岸は原田が懐から出した紙をひったくり、食い入るように読んでいる。

「御救普請を青天井でやれば、幕府の財政が立ち行きませぬ。綺麗事を排し、持ち金の中でできることのみをやり抜くのが、真の政《まつりごと》でござる」

根岸はグシャリと、老中からの文を握り潰した。

「御救普請をだしに、薄汚い役人どもが受け取っておる賄賂を、民に何と説明する？」

「また綺麗事を。旨味なくば、役人とて動きませぬ」

「鎌原では、新しい家族ごとに畑の起返しをして、絆を養ってきた。じゃが、家族の絆をただ寄せ集めただけで、村にはなるまい。人はしんどい仕事を一緒にやり遂げて、仲間になってゆくものよ。皆で力を合わせて道を作り、温泉を引き、畑を広げ、水路を通し、田んぼにしてゆく中で、村の絆を作れるのじゃ」

「夢物語は願い下げでござる。その絆とやらは、道普請で急ぎお作りあれ」

冷淡な口調が大部屋に響くと、根岸が野獣のような唸り声を上げた。

「原田、仕組んだな！」

根岸は憤怒の形相で、原田の襟首をぐわりと摑んだ。涼しい顔が笑う。

「心外な。拙者は最初から鎌原は捨てるべしと申し上げていたはず。一時の情に流され、死んだ荒れ地にむりやり田畑を拓いたとて、民が貧窮で苦しむのみでござる。吟味役は、死んだ吉六とやらへの贖罪の念に囚われておわす。仮に半分の田畑を復しえたとて、今の人手では満足な耕作もできますまい。政は情を排し、理に従って行わねばなりませぬ」

「お前は故郷の値打ちをわかっとらん！」

「耕地や石高と違うて、算盤が弾けませんからな」

二人の言い争いは珍しくないが、今までで最も激しいやりとりに、百姓たちは黙って見ているしかなかった。

「民を蔑ろにする藩主や代官の領地で一揆がどれだけ起こっておるか。自慢の頭で勘定してみよ」

根岸は原田を突き放すと、ずんと立ち上がった。

「江戸へ行っても、こたびは無駄足でござるぞ。この打ち切りは水野様でなく、拙者の進言で田沼様がじきじきにお決めになったこと」

「わしは田沼様をよう知っておる」

怒れるデーラン坊は、ダンダンと足音を立てながら村人たちの間を抜け、戸口へ向かった。

その背に、原田の勝ち誇ったような声が飛ぶ。

「老婆心ながら、幕閣にこれ以上盾突けば、謹慎では済みませぬぞ」

原田を振り返って、根岸は肩ごしに応じた。

「いつわしがおらんようになっても、江戸の家族は覚悟ができておる」

「吟味役、お待ちくださりませ！」

原田の傍らにいた喜藤次が、あわてて根岸の後を追った。

4

大波乱の年も明け、印旛沼《いんばぬま》の水面が正月の青い空を写し取っていた。

音五郎と喜藤次を伴って江戸へ戻った根岸は、内藤新宿の旅籠《はたご》でわびしい年の暮れを過ごしたが、昨日、下総国《しもうさのくに》へ入り、渡船場の老渡し守に頼み込んで、小屋で共にひと晩を明かした。

「好天は救いなれど、水はさぞ冷とうございましょうな」

外へ出ると、沼を渡ってくる寒風に、喜藤次がぶるりと体を震わせた。岸辺にしゃがみ込み、人差し指をそろりと水面へ突き入れている。

「お前まで付き合わんでもよいぞ」

「なんの。根岸様おひとりに辛い思いはさせられませせぬ」

喜藤次が力になりたいと同行を願い出たのが本心なのか、原田に目付役を命ぜられたのかは知らぬが、根岸にできることはただひとつ、田沼への直談判《じかだんぱん》だった。

江戸城に登城《とじょう》して正面から面会を求めても、根岸を嫌う水野に弾かれて田沼にはたどり着けまい。城外で捕まえるしかないが、容易でなかった。

幕閣に仕える端役人の中には、少数ながら政の腐敗と堕落を嘆き、根岸に共鳴して、裏でこっそり味方してくれる者たちもいた。根岸は御用部屋に務める下役人の長屋を訪ね、田沼が正月早々に印旛沼の視察へ出向く予定を聞き出した。道中で直訴しても、警固の役人に取り押さえられて終わりだ。では、どうするか。

先刻、田沼ら数十人の役人たちが渡船場付近の詰所《つめしょ》を出て、干拓地の検分を開始した。その終わり間際、詰所へ戻るところを狙う。音五郎が物見役を務めていた。

根岸が喜藤次と小屋へ帰ってしばらくすると、外で大きな声がした。

「吟味役、検分が終わったんべ！」

根岸は立ち上がると帯を解き、褌一丁になった。喜藤次もあわてて小袖を脱ぐ。若者の痩せた細い裸身には、鳥肌が立っている。

「さてと、始めるか」

小屋を出て岸辺に立った根岸は、冷たい沼の中へ素足を踏み入れる。氷のような冷たさに手足を多少慣らしてから、ひと思いにザブリと飛び込んだ。後ろで、喜藤次の続く音がした。

冬の沼は身を切るような冷たさだ。老渡し守によると、この辺りは遠浅で、田沼が戻る詰所近くまで、岸伝いに泳げるはずだった。

顔を上げてカエル泳ぎをしていると、三十間《けん》（約五十四メートル）ほど先の岸辺に人だかりが見えた。田沼と水野、松本らしき姿がある。

根岸は大きく息を吸い、深く潜った。岸辺に向かい、水中をぐんぐん進む。

やがて足が着くくらいに浅くなると、水面へ一気に浮上する。

ザバリと、沼の中で仁王立ちした。

「田沼様、折り入ってお話しいたしたき儀がございまする！」

「な、何じゃ？　海坊主か！」

松本を始め役人たちが騒いでいる。水野が瞠目《どうもく》する傍らで、田沼が愉快そうに大笑した。

「そろそろ来ると思うておったぞ。まさか、かような所で会おうとはのう」

平伏する代わりに、田沼に向かい、根岸は水中で腰を落とす。

「上州の山の寒さに負けぬため、配下の者と寒中水泳で体を鍛えており申した」

隣でザバリと音がし、細い体が浮上した。喜藤次もすぐに腰を落としたが、全身をブルブル震わせている。

「お前たち、寒くはないのか？」

「畏れながら、寒いに決まっておりまする」

すぐ後ろで、パシャンと軽やかな水音がした。

「喜藤次！　大事ないか？」

根岸はあわてた。水中に消えてゆく若者を掴まえ、抱き上げる。

「阿呆《あほう》めが。詰所で待っておれ。残りの仕事を済ませた後、話を聞こう」

半刻後、根岸は詰所の一室に端座していた。音五郎に持って来させた小袖を着ている。高熱を出した喜藤次は、暖かい別室で介抱を受け、音五郎が付き添っていた。

やがて襖が開き、田沼が単身現れると、根岸は平伏した。

「ダイダラ。お前だけは、昔からちっとも変わらんのう。あの時も、ずぶ濡れじゃった」

二人きりの時、田沼は昔のように親しげに声をかける。ダイダラのあだ名を付けたのも田沼だ。

「田沼様は、変わられましたな」

面《おもて》を上げながら、根岸は田沼をまっすぐに見た。かつての白面の美男も、苦味走った初老の男になっている。だが、もっと変わったのは、その中身だ。

「お前とは役回りが違うのだ。私はこの国の全体を考えながら、無数の人間を動かさねばならん。人間は我欲にまみれ、世は汚れきっておる。政が醜くなるのもやむをえまいが」

若き日の田沼は、はたして人間とは弱く醜い生き物なのかと悩んでいた。それは人間に希望を持っていたからだ。だが、長年にわたり政の現実に身を置く中で、人は欲望にまみれた悪であり、金で動かすほかないと結論づけた。それが、田沼時代だ。

「そうは思いませぬ。某は御救普請を幾つもやる中で悟り申した。本来、人間は強く美しき生き物じゃと。こたびの浅間大変でも、目の前で苦しむ民を必死に助ける者たちがおりました。人が内に秘める善を、絆により引き出すのが、政でござる。人間に絶望してはなりませぬ」

世が汚れているなら、清流が池を澄ませるように、正し続けてゆくのが筋だ。弱き者、正直者が馬鹿を見る世の中を、仕方がないと諦めるべきではない。

「だが、見越村の顚末《てんまつ》を忘れてはおるまい」

根岸は木曽三川の御救普請で大失敗し、切腹するはずだった。田沼がいなければ、根岸は二十歳《はたち》を迎える前に死んでいた。あの時以来、まだ御側御用取次《おそばごようとりつぎ》にすぎなかった田沼から、親しく薫陶を受け、御救普請に生涯を捧げると決めた。今の根岸を作ったのは、田沼だ。

「某は、田沼様を民の希望と信じ、命ぜられたお役目を全身全霊でこなして参りました」

民から搾り取るのでなく、商業で経済を発展させ、国を富ませたいと語る田沼の志を、根岸は信じた。だが出世するにつれ、田沼は根岸から遠ざかっていった。田沼の施策が、根岸の信念と食い違うたび、長い建白書を認《したた》めて上申した。田沼はやがて、根岸と会わなくなった。それでもなお、根岸は心の底で田沼を信じていた。だから、無茶をして直談判に臨んだのだ。

「田沼様。昔のように、民が苦しむ姿をその目でご覧になられませ。上州の民は、未だ塗炭《とたん》の苦しみを味わっておりまする。ぜひとも御救普請の継続を」

田沼の切れ長の目を見つめながら、根岸は身を乗り出す。

「裏では賄賂が飛び交い、悪徳商人や小役人が私腹を肥やしており申す。田沼様は、涙に暮れるまじめな民を見捨てると仰せでござるか？」

幕府の財政は莫大だ。たとえばこの印旛沼干拓を一時中断し、浮いた金を上州に回せまいか。あるいは、物価高騰を奇貨として荒稼ぎする町人から、税を取ればいい。

「その者たちが金を落として、経済は回っておるのだ。ダイダラ、お前はかつて私の目であった。民が苦しむ姿を、お前は生々しく私に語ってくれた。だがそれは、巨大な山稜の麓にある林であり、小川にすぎぬのだ。私は山の頂からこの世を睥睨《へいげい》してきた。お前とは見てきたものが違う。愚か者、驕れる者、邪《よこしま》な者、妬み深き者、弱く醜い人間どもは無数にいる。金、土地、女、名誉、地位、どれもこれも人間の欲望は限りない。世を動かすためには、無駄が要るのだ」

田沼は女のように白くほっそりした自分の掌を見つめた。

「この国で最大の力を手中にしても、しょせん人間にできることは限られていた。わが政の功罪は歴史が決めるであろうが、後世に向かって言い訳をしたい気持ちもある。私が民のために何かを試み、軌道に乗り始めると、決まって天災が邪魔をした。そのたびに不満が生じ、膨大な金が必要になった」

田沼時代は天に見放されたように、次々と天災が起こった。大疫病の流行、大寒波、疱瘡《ほうそう》の蔓延、伊豆大島の噴火、洪水、関東の地震、そして浅間大変と続く。

「ダイダラ。断ち切れぬ情のゆえに、お前が信ずる正義と公平のために、浅間大変の御救普請に要した金は、当初の目論見をはるかに超えておる」

鎌原村の再建、伊勢崎藩その他真摯に復興に取り組む藩への支援、あるいは、村請を通じた女子どもや年寄りへの支払いなどが塵と積もって、持ち出しは五万両に及ぶという。

「御救普請だけが政ではない。三季切米役料《さんききりまいやくりよう》に扶持米、合力米《ごうりき》を払い、諸役所にも代官所にも、大奥にも金が要るのだ。公儀とて、無い袖は振れぬ。真冬の印旛沼で派手な真似をしてご苦労だったが、私の存念は変わらぬ。御救普請は打ち切りだ」

根岸は内心で嘆息した。田沼は変わった。動かせなかった。

「さて、お前が作った五万両の持ち出しを何とする？　腹を切っても、金は作れんぞ」

田沼の穏やかな声は、責めるというより、慰めるように諦観を伴って響いた。

「己が保身や栄達を求めず、命を捨てて民に尽くしたとて、しょせん金がなければ、大事は為せぬのだ。今の私も、お前とさして変わりない」

田沼は自嘲気味に笑う。下級幕吏から最高位まで上り詰めても、やっと相良《さがら》藩五万七千石の小大名にすぎなかった。

「だが、雄藩の大名は違う。幸い今の世には、上州の民を救える人間が一人いる」

　根岸はハッとした。浅黒い骸骨天狗の顔つきが思い浮かぶ。

「力も金もある雄藩で名君を戴くのは、当代にただ熊本藩のみ。貧窮に喘ぐ他藩には、人助けの余裕なぞない。されば銀台を動かせ。御救普請から、手伝普請《てつだいぶしん》に切り替えるのだ」

　莫大な支出を強いる手伝普請は、藩財政を傾かせ、その藩の民をも苦しめる。猛反発を受けるため、幕閣にとっても最後の手段に等しかった。細川が藩主になって三十有余年、熊本藩は大奥を通じて御台所《みだいどころ》にまで手を伸ばし、巧妙に立ち回って手伝普請を免れ続けてきた。

「銀台は、金でも権力でも靡《なび》かぬ。動かせるとすれば、お前だけじゃ」

　根岸は体よく利用されたわけか。細川を説得できねば、普請は打ち切りだ。

「細川屋敷でお前と会うた時に思いついた策じゃ。銀台に十万両を工面させよ。不足分を補い、残りの金でお前が信ずる希望の種を、あたう限り播《ま》くがいい」

　田沼はすでに肚を固めている。根岸の直談判により町請を禁じ、解任を取り消し、鎌原再建を認めた。民を思い、国を憂う田沼の人物は昔と変わっていない。大局に立ち、現実を見据えて決断したのだ。

「……畏まってござる」

「私は、まだ何も諦めておらぬぞ」

　立ち上がった田沼は、根岸の前で片膝を突くと、親しく肩に手を置いた。

「バタヴィアから船大工を呼ぶよう、オランダの商館長に頼んだ。大海原を渡る船を造り、外国と交易したいのだ。いずれ日本を開き、富ませれば、多くの民を苦界から救ってやれる」

　根岸は瞠目した。もしや鎖国の国是さえ変えるつもりなのか。田沼の政が次の段階へ移れば、日本は真に豊かになるかも知れない。

微笑みかけてくる田沼に、根岸はかすかな笑みを返した。

5

（日本は、小さいのう……）

細川重賢は、愛用の地球儀を指先でそっと回しながら、大海に浮かぶ小さな島国を見つめた。名うての蘭癖《らんぺき》とはいえ、質素倹約を旨とする細川にとって、高価な地球儀の購入は大きな決断だった。いざ買う時は、家臣たちにも相談し、胆を練り天下に尽くすためだと、自分に言い聞かせたものだ。

（じゃが、わしはこれまで何をした？）

熊本藩上屋敷の奥座敷の広縁から、冬の晴れ空を見上げた。

青空が少し霞がかっているのは、火山灰がまだ宙に浮いているせいだろう。

（また大飢饉が起こらねばよいが……）

還暦を過ぎて、細川も若き日を振り返るようになった。

部屋住みで終わるはずが、兄の誤殺により青天の霹靂《へきれき》で藩主を継いだ。苦闘の末、熊本藩の復活に成功した。後進の育成にも力を注ぎ、次代へ無事に繋ぐ見込みも立った。金も名誉もあの世には持って行けぬし、生きているうちが花だが、蘭癖に加えて図画と奇談のほか、今さら趣味を広げようとも思わない。

同年代の田沼意次が良くも悪くも一時代を築いたのに対し、細川がやったことは肥後一国にとどまる。人生に悔いがあるとすれば、広く天下のために何かを成しえなかったことか。幕政は、将軍とその家臣たる譜代大名の専権であり、細川に限らず、御親藩《ごしんぱん》も外様大名も排除される。これればかりは、いかんともしがたい。

（ダイダラは疫病神か、それとも……）

昼下がりに根岸が面会を求めてきてから、半刻ほど経っていた。近ごろは嫡男の治年《はるとし》にできるだけ仕事を任せており、今日は昼から用事を入れていない。

根岸の用件はわかっていた。いや、根岸に頼まれ、田沼を自邸に招いた時から、すでに覚悟はしていた。

熊本藩の再建にとって、膨大な出費を強いられる手伝普請の回避は、重要事だった。ゆえに、そのためだけに優れた人材を登用し、江戸藩邸に常駐させ、江戸城にも入り込ませた。町人たちと親睦を深め、勘定所の小役人たちと結びつけて金の流れを作った。旨みを味わわせつつ、同時に弱みを握るわけだ。裏金が飛び交う勘定所で、細川がつむじを曲げれば大損をし、身を滅ぼしかねない小役人を増やしていった。むろん下だけでは、全く足りない。

将軍家治《いえはる》の愛妻で皇室出身の御台所・五十宮《いそのみや》の口添えは、夫に対して絶大な力を持っていた。ゆえに細川は、自らの岳父である右大臣久我通兄《こがみちえ》らの人脈を使い、五十宮を通じて熊本藩に対する特別の配慮を求めた。五十宮はすでに亡いが、家治は今でも亡妻への思いを忘れられぬらしく、熊本藩に対する手伝普請の下命は、田沼といえども難しかった。

たゆまぬ工作が功を奏し、寛保《かんぽう》二年（一七四二）の川普請以来、熊本藩は手伝普請を長らく回避し続けてきた。

（わが死後についても、思案しておかねばなるまい）

いつまでも熊本藩のみが手伝普請を免れられはしない。治年には父ほどの器量がなかった。ならば、自分の目の黒いうちに終えておき、次代に繋ぐほうが賢明ともいえる。だが、財政を立て直したとはいえ、熊本藩にも金が余ってはいない。武士も民も辛酸《しんさん》を嘗《な》めるだろう。

（ともかく、会ってみるか）

細川は奥座敷を出て、広間へ向かう。

部屋に入るなり、驚かされた。平伏する根岸は、奇妙な服装をしていた。羽根つきの派手な帽子をかぶり、黒い上着に長いズボンと靴下を穿いている。オランダ人の真似事らしい。細川の癇に合わせた趣向だろうが、いい心地はしなかった。蝦蟇《がま》のような顔の老商人を伴っている。

「ご多用のところ面会を賜り、御礼申し上げまする」

面を上げた根岸が帽子を取ると、また意表を突かれた。剃《そ》りたての坊主頭だ。

「出家でもしたのか？」

「銀台公に多大なご迷惑をおかけするお詫びの印に、頭を丸めましてござる」

ダイダラボッチは「大太法師」と書くこともある。根岸の入道顔は、まさしくあの地上最大の妖怪のような顔つきをしていた。

「手前は上州の町人を代表し、心ばかりの品をお持ちいたしやした」

以前会いに来た、蝦蟇の加部安だ。風呂敷を細川の前に置き、包みを解くと、焦げ茶色をした木製の〈覗《のぞ》き眼鏡〉が現れた。丸い台座に差した棒の先端には、ビードロをはめ込んだ小さな板がついており、いかにも上等そうだ。

「この覗き穴から絵を見ると、まるで異国におるようでございやす。舶来の絵のほか、京の評判絵師、円山応挙《まるやまおうきょ》の作を取り揃えやした」

覗き眼鏡は、癇癖なら誰でも知っている。以前に欲しいと思ったが、奢侈《しゃし》を慎むべしと自分に言い聞かせ、あえて求めなかった品だ。調べて細川の手元にないと知り、取り寄せたのだろう。本来なら喜んだろうが、苛立ちを覚えるのはなぜか。

細川の様子を見ながら、根岸が大きな口を開いた。

「加部安の差配で、オランダの奇談も、手土産にお持ちいたしました。最近、海の向こうでまことしやかに語られておるとか」

三十年ほど前にオランダの港を発った船が、暴風雨に遭った。神を罵ったために呪われた船長だけが死ねずに生き残り、幽霊船に乗って世界をさまよっている。船長は七年に一度上陸できるが、乙女に愛されなければ、永遠に赦されないという。

「日本にも、いつか幽霊船が来るやも知れませぬな」

今の細川には、他愛もない奇談に聞こえた。根岸と加部安がおそらくは苦心惨憺《さんたん》用意してきたはずの土産物は、どれもこれも細川の心に響かなかった。ただ、南蛮菓子や赤葡萄酒《あかぶどうしゅ》のように変わっていて、気が利いているだけだ。

「して、わしに何用か」

根岸が恭しく両手を突き、巨体を折り曲げた。

「十万両の無心に参りました。公儀の御金蔵《おかねぐら》が底を突き、御救普請が立ちゆきませぬ。されば、熊本藩の手伝普請を賜りたく、伏してお願い申し上げる次第」

根岸の傍らで、加部安も頭を下げている。

「こたびの御救普請は村請のみとして、町請を禁じ、中抜きを許しておりませぬ。手伝普請においても、有能なる代官による差配の下、苦しめる民のため、復興に努めて参りまする」

根岸はいつも金に困っているくせに、細川に無心したことは一度もなかった。その根岸が頼みに来た以上、もはや他に打つ手がないのだ。細川が断れば、民は見捨てられるのだろう。

「上州の民を、日本を、お救いくだされ」

この二人もまた我欲で動いてはいない。ただ、貧窮せる民草を救わんと、駆けずり回っているだけだ。そう考えると、気の毒でもあった。だが、心が重いまま、動かぬのはなぜか。

加部安が心配そうに根岸の横顔を見ている。

「いかにすれば、銀台公のお心を動かせるか、無い知恵を絞っており申した。浅間には、噂の竜も鬼も、羅刹女《らせつにょ》もお化け亀も、見当たりませなんだ。されば奇談でなく、浅間北麓の鎌原村で何が起こったのか。一人の百姓から、実際にあった話をお聞きくださいませぬか」

細川がうなずくと、根岸は庭へ向かって声を投げた。

「出番じゃ、なんかもん。お前と家族、皆と故郷について、天下の賢侯にお話しせよ」

やがて現れた精悍な顔つきの百姓は、庭先で細川に向かって平伏した。見覚えがある。

「鎌原村の音五郎でござんす。なんかもんってなぁ、年寄りが生意気な若造を叱るときに呼ぶ悪口なんでさ。けど、今じゃ気に入っとるんさ……」

朴訥《ぼくとつ》とした話しぶりは、雄弁ではない。慣れない敬語を使おうと無理をするせいか、妙な言葉遣いでもあった。それでも、なぜか細川の心の中へすっと入り込んでくる。

若気の至りで失敗して村を逃げ出した若者が、故郷へ戻ってやり直し、家族で一緒に夢を摑もうとした矢先、浅間大変が起こる――。

「浅間の北の中腹にゃ、『鬼押し出し』っていう世にも奇っ怪な風景が広がっとりやした……」

血の繋がらぬ三人の親子が必死で互いを生かそうとし、最後はかつて家族だった馬に救われた話は、偶然とも思えなかった。家族とは何か、血縁とは何か。たとえ血の繋がりはなくとも、人間と人間の間に固く深い絆が作られつつあるのを感じた。甦らせた故郷で、共に人生を歩む者たちはできた。それは、音五郎一家だけではあるまい。

一度は滅んだ村で、家族を作り直し、絆を結び、再び人々が立ち上がろうとしている――。

「なんかもんとやら。村を再建して、鎌原の者たちは今、幸せなのか？」

細川の下問に、音五郎は「はっ」と庭先で畏まった。

「たぶん、幸せなんだと思いやす。皆これから、もっと幸せになれると信じとるんさ」

音五郎は白い歯を見せながら、微笑みを返してきた。

幸せになれると信じられること、その希望こそが幸せなのかも知れない。

実にいい笑みだ。これを取り戻すために、根岸は命を懸けてきたわけか。

根岸は、えもいわれぬ優しげな笑みを入道顔に浮かべながら、音五郎を見ていた。

なるほど、最初にあざとく薗癖をくすぐって細川を苛立たせたのは、後に続くなんかもんの話を引き立たせるためか。

「よき話を聞いた」

どのみち手伝普請をするのなら、浅間大変のごとき大惨事からの復興で、根岸が手がけてきた普請を助けてやりたいと思った。この手伝普請を決断すれば、窮民を救った有徳の藩主として、細川は歴史に名を刻むだろう。だがそれは、肥後の民の犠牲の下に成り立つ、細川の独りよがりの売名ではないのか。

「畏れながら、ひとり銀台公が、上州の民を救われるのではござらぬ」

まるで細川の悩みを見透かすかのように、根岸が言葉を紡いだ。

「肥後の人々が力を合わせて、上州と天下を救うのでございまする」

なるほど、藩主の思い上がりか。熊本藩もその財も、決して細川のものではない。皆で力を合わせ、築き上げてきた財産だ。歴史に残る偉業を果たすのは、細川ではない。熊本藩の皆だ。

「よかろう。わが熊本藩が手伝普請に名乗りを上げて、民を救おう」

パッと晴れやかな顔になった根岸に向かい、細川は続ける。

「ただし、ひとつ条件がある」

猪首《いくび》をかしげるダイダラボッチに、細川は笑いかけた。

「そなたの話がこのまま消えてしまうのは惜しい。されば、そなたが集めておる無数の奇談を書物にまとめ、後世に伝えよ」

十万両が浅間大変の復興のみならず、後世に語り継がれる書物を生み出すなら、さらに値打ちがあろう。

「承知仕りました。これからもたくさん聞き、せっせと記して参りまする。さて、書物の題は何としたものでございましょうな？」

根岸が首を捻ると、大きな耳たぶがぷらんと揺れた。坊主頭のせいか、やけに目立った。

「たとえば『耳袋《みみぶくろ》』はどうじゃな？」

「おお、そいつは面白そうでございやす」

加部安が横から口を挟んだ。

「なるほど」と真剣な顔つきで、根岸が自分の耳たぶを引っ張っていた。

6

「すまねぇ。人生と同じく、棒ほど願って針ほど叶うのが、御救普請ってもんよ」

開発場の仮屋前に集められた村人たちに向かい、根岸は頭を下げた。

温泉引きはもちろん、水路も通せず、田にも復せぬまま、目論んでいた復興の道半ばで、根岸は左遷され、上州を去ることになった。

「されば、鎌原での御救普請は、今まさに大詰めを迎えておる道普請をもって、終了する」

傍らの原田が後を補うと、村人たちがざわついた。甚兵衛などは「根岸さまはうらたちをお見捨てになるんかぃ？」と情けない声で泣き出した。

「皆、お話が終わるまで黙らっしゃい」

音五郎が言葉を投げると、場は静かになった。

「わしが去った後は、熊本藩による手伝普請が始まる」

根岸がニコリと笑うと、原田が引き継いだ。

「拙者が熊本藩の白杉小《しらすぎこ》助《すけ》殿と話し合った結果、鎌原村では追加で三町八反五畝《せ》の起返しを行う。よって、本村の耕地は三十三町八反五畝となる。村高は百二十七石じゃ」

原田と喜藤次がすべての掛かりを総ざらえした結果、事故や遅延、悪天候などにより、持ち出しと未払いが上州全体で五万両ほど生じており、その埋め合わせをした上で熊本藩が拠出する十万両を上州全体に割り振ると、できる普請は限られていた。去りゆく者として、根岸は口を出さなかったが、原田は喜藤次からのしつこい進言も一部容れ、鎌原村についてわずかながら追加の起返しを決めたのである。

「皆の衆、ここから始めてくれい。いずれは水路を引いて、畑を田んぼにするんじゃ。四十軒くらいの村にはしたいのう」

運にも左右されようが、人を増やしながら、少しずつ広げていけばいい。

「手伝普請は鎌原だけじゃねぇぞ。お前たちを応援するために、黒岩が骨を折ってくれた」

黒岩が応じ、居住まいを正した。

「鎌原に温泉は引けぬゆえ、代わりに大笹村へ引く。皆の衆、手を貸してくらっしゃい」

被害のなかった大笹宿なら、湯宿が繁盛して年貢も入るはずと原田が思案し、許しも得た。鎌原の村人は温泉引きの普請で大いに働き、手当をもらうわけだ。大笹村への恩返しになると同時に、被災地の生活を支えるための工夫だった。

「されば、来る閏一月二十五日限り、わしはすべての検分を終え、江戸へ帰る。以後は従前どおり、名代官、原田清右衛門に鎌原村を任せる」

はなやいでいた場の空気が、少ししぼんでゆくのを根岸は感じた。

音五郎は唇を噛んでいた。うつむいてすすり泣く村人たちまでいる。

「湿っぽくなりやがって。甘えるんじゃねぇや。出会いがありゃ、別れがある。駆け出すにはまだ早えが、わしがおらんでも、お前たちは自分の足で立派に歩けるじゃろが。それに、家族がおる。村の皆がおる。自信を持って歩み続けよ」

村人たち一人ひとりの顔を見渡してから、根岸は続けた。

「わしの最後の仕事として、正式な弔いと慰霊の道筋だけはつけておきたい」

すでに年は変わった。やがて夏が来て一年が過ぎると、あっという間に五年、十年と月日は過ぎ去ってゆくだろう。次第に心の痛みは和らぐとしても、喪失の悲しみは消えまい。それでも、できることなら、一応の区切りを付けさせたかった。

「掘立小屋の取り壊された場所には、もともと延命寺があった。皆になじみ深い地じゃろう。どこぞ縁のある住職に来てもろうて、寺を再建し、墓を作るという手もある」

静かな沈黙が場を占めた。過半は、腑《ふ》に落ちないような顔つきをしている。まだ一年も経っておらず、葬るべき遺骨もないのだ。無理もないか。

「あわてて決めずともよいが、誰か、何ぞよき知恵はねえか」

村人たちは顔を見合わせ、何やら話していたが、やがて根岸を見た。

音五郎が皆の意を汲んだように、口を開く。

「吟味役がいなきゃ、この村は無くなってた。弔いの件は俺たちじゃ、どうもうまく話がまとまらねぇ。デーラン坊は俺たちの知恵袋なんさ。うまいやり方を教えてくらっしゃい」

渦中にいる被災者たちが進むべき道を迷う時、ひとつの方向を示すのは、外から来た人間の大事な務めだろう。実はひとつ思案があった。

「最初にお前たちに会うた日、するが言うておったが、花畑はどうじゃろな？　毎年、皆がそれぞれの思いで、色々な花を咲かせる場にするんじゃ」

パッと顔を輝かせたするが、隣の仙太や小六たちと笑い合っている。小六は加部安に申し出て許され、吉六がしたように大戸村へ出て奉公し、商いを学ぶことになっていた。

花畑は、村人たちが好きな時に集い、亡き者たちを想いながら、日々手入れをする安らぎの場だ。地面の下には、家族と仲間たちが今も眠っている。花がひとつ咲くたび、亡き者たちを偲べるのではないか。花を植えるだけなら安上がりだし、力仕事でもないから、老若男女を問わず、自分たちだけでできる。

「何とよいお考えでしょう。色とりどりに咲く花の園が目に浮かびます。わたくしは娘が好きだったシラタマノキを植えてみたいと思います」

するゑの隣に端座していた玉菜が、真っ先に賛意を示した。腹が少し大きくなり、顔も体つきもふっくらしてきた。顔色も見違えるようにいい。暖かくなる頃には、元気な赤ん坊を産むだろう。

「幽霊とか妖怪が出そうな墓地を作るより、ずっと元気が出そうだんべ」

音五郎も乗り気らしく、村人たちも互いにうなずき交わしている。信州街道の向こうを眺めるくめのほかは、皆が納得した様子だ。結局、くめにはほとんど何もしてやれなかった。

「花が咲くのも、皆で楽しむのも、春以降の話じゃ。代官はどう思うか？」

原田は根岸の傍らにあり、終始無言でやり取りを聞いていた。

「名案でござる」

ワッと場が盛り上がった。喜藤次も顔を輝かせている。

「珍しく、お前と考えが合うたな」

「花畑なら、金も人手も掛かりませぬゆえ」

澄まし顔だが、皆で花畑を作る意味を、原田も解しているはずだ。後は任せればいい。

原田に促されて、根岸はゆらりと立ち上がった。

「皆、堂々と幸せに生き抜け。ただ、忘れんでおればよい。それが、遺された者たちが、亡き者に対してできる、ただ一つのことよ。忘れぬための花畑じゃ」

村人たちに別れを告げ、根岸が原田たちと夕暮れ迫る信州街道を往くうち、茫洋たる荒れ地に、ぼんやりとした炎が幾つも浮かぶのが見えた。

「あれは……何でございましょうや？」

喜藤次の声が、荒れ野へ吸い込まれるように消え入った。

「鬼火《おにび》よ。鎌原村の下には、数百もの人間が埋まっておる。亡き者たちの魂が、少しずつ天へ昇ってゆくんじゃ」

原田は珍しく驚いた様子で、ゆらゆら浮かぶ鬼火をじっと見つめている。

「世には見えず、数えられず、触れられずとも、信ずべきものが確かにある。鎌原村に灯った希望の明かりもまた然りじゃ」

根岸は立ち止まって合掌し、鬼火に向かって頭を垂れた。原田や周りの者も倣う。

目を開けると、鬼火はいずこかへ消え去り、月明かりが冷たい荒野を照らし始めていた。

7

冬の青空の下で仰ぎ見る浅間は、半年前の荒焼けを忘れたように安らかで、寝観音のあだ名にふさわしかった。

諏訪神社の境内跡に、皆が勢ぞろいしている。他村にいた者たちも全員戻ってきた。

(明日から、吟味役はいなくなるんか……)

もうあの巨姿を見られないのだ。皆、寂《はい》しくてたまらないはずだった。

「デーラン坊様は遅ぇな。親父、支度を早くしすぎたんじゃねぇだか？」

仙太が手中の笛を弄《もてあそ》びながら、減らず口を叩く。寝小便もすっかり治まって、夜中に魘《うな》されることもなくなった。

「きっと、他の村の者たちが、吟味役を離さねぇんだんべ」

今日、根岸はすべての検分を終え、江戸へ帰る。根岸は離任の日まで、休みなくあちこちを飛び回っていた。鎌原村の道普請は完了し、気の早い原田がすでに手伝普請を始めているが、最奥の村だから、最後に訪れるとの報せがあった。

皆で、何か贈り物をしようと話し合った。幾つも出された案の一つが、獅子舞だった。村の再建を祝って祭りを再開するのだ。鎌原の獅子舞は、三人で一頭の獅子頭を使って舞う三人立《さんにんだち》一匹《いっぴき》獅子《じし》で、息を合わせるのは難儀だが、四平、幸七と惣八が稽古を重ねていた。太鼓と締太鼓は音五郎で、仙太は笛を甚兵衛から習っていた。死んだ孫に教えていたという甚兵衛は、仙太の手つきを直しながら、涙ぐんでいた。獅子頭から楽器まで干俣村からの借り物だが、いずれはちゃんと自前で用意する。

「お見えになりました！」

確かめに出ていたすゑが駆け戻り、迎えに出た黒岩と並んで街道をやって来る根岸の姿が見えた。伴は喜藤次だけらしい。信州街道の両側には、開発場まで村人たちが並び、歓迎する。

「デーラン坊のお出ましだぃ！　始めるど！　甚爺も頼むで！」

音五郎は深呼吸してから、樫のバチを振り上げた。

ドンドン、ドドンと音五郎がやり出すと、やがて甚兵衛の笛が入り、すぐに仙太が続いた。

「遅うなってすまん、皆の衆。楽しそうじゃのう」

祭り好きの根岸は案の定、さっそく顔をほころばせている。

「吟味役、境内にお席を用意してござんす」

席と言っても、根岸お気に入りの浅間石の出っ張りだが、その周りに荒筵を敷きつめて、村人たち全員が根岸を取り囲み、祭りを楽しむ趣向だ。

根岸と喜藤次が腰を下ろすと、音五郎はますます力強く太鼓の音を響かせた。

にぎやかな笛の音に呼ばれて、獅子がご神木の陰から姿を現した。

赤白黒の毛皮に包まれた異形の獅子頭は、巨眼を見開き、牙を剝いて、生ける妖怪のようだ。動きは粗野だが、元気いっぱいに跳ね上がり、しゃがみ込み、くるくる回りながら、村人たちの中へ入ってきた。

皆が喝采を送り、根岸が大笑した。この笑いが聞けるのも、今日限りだ。

会心の出し物が終わると、村人たちが改めて根岸の周りを幾重にも取り囲んだ。

「皆の衆、鎌原の新たな門出を祝うにふさわしい舞じゃったぞ」

涙もろい熱血漢は感極まったらしく、洟をズルリといわせている。隣の喜藤次も同じだ。

「吟味役、こちらをお召し上がりくらっしゃい」

凜とした女の声は玉菜だ。下腹が大きくなってきても、出産間近まで働くという。

するゑが前へ出て、木の器と箸を載せた盆を、根岸に献上した。

「香ばしい匂いじゃのう。玉菜、何じゃなこれは？」

箸で煮物を摘まみ上げた根岸は、さっそくかぶりつき、目を瞑《つむ》って味わっている。

「ジャガタラ芋なる、変わったお芋でござんす」

大笹宿に立ち寄った越後国の旅人が、意気投合した黒岩に、万一の時に飢えを凌げるのではと土産にくれたという。鎌原村で育てられないかと、数日前に黒岩が持ってきたのだった。

「油揚げとグツグツ煮てから、くめさんの味付けをしてみました」

玉菜が連れてきたくめは、また自分の世界へ戻り、虚空を見つめている。先だって干川は、若い頃くめに求婚したものの断られたと打ち明け、くめの亡夫とも親しかった縁から、干俣村に引き取ろうと申し出たが、くめはそっけなく断った。

「飢えを凌ぐどころか、このジャガ芋とやら、言葉に尽くせぬほどの美味じゃぞ」

根岸が勝手に名前を縮めながら、感激している。

「煮ても、ふかしてもよさそうじゃが、わしなら、こんがり焼いて塩で食べる。江戸で天ぷらにしたら売れるじゃろなぁ」

勝手に想像しているらしく、根岸が舌なめずりした。

「皆、ジャガ芋が鎌原村で育つかどうか、試してみんべえ」

音五郎がぶち上げると、四平たちが元気よく応じた。

「干川よ。この芋は、上州で育つと思うか？」

農事の神様には、事あるごとに指導を仰いできたが、ジャガ芋はまだだ。

「寒さ暑さにどれくらい強いか、水はけが良すぎても育つか、いろいろ試さにゃなりやせんが、越後でも育つなら、望みはござんしょう」

新しい作物の登場に、痩せ枯れた顔が生き生きとしていた。灰砂を肥沃にするために、痩せ土でも育つ夜叉五倍子《ヤシャブシ》を植えると言って、干川は張り切っている。

「ところで、山津波で鎌原の土が変わって以来、耕すたび、鍬《くわ》や草刈の刃が小石のせいで減りやすが、よいこともあるようで」

灰砂は深さ一尺五寸（約四十五センチメートル）ほど掘り返し、城跡の黒土を混ぜたが、大量の小石までは取り除けなかった。ところが小石のおかげで、土の中が冷えにくくなって作物が守られ、以前より長期の耕作もできると、干川は見立てを述べた。小石の除去には膨大な労力が要ると頭を抱えていたが、農具を頻回に直すほうが手間暇は少ない。吉報だ。

根岸はわが事のように満面の笑みで喜んでいた。

「皆の衆、わしは江戸へ帰るが、鎌原再建への道は続く。土を甦らせるには、数代かかるやも知れん。明後日あたり、熊本藩の手伝普請につき正式な伝達があろう。お殿様は『骸骨天狗』ってあだ名の立派なお方じゃが、熊本あげてのありがたき支援、代々忘るるでないぞ」

神妙にうなずく村人たちを見回してから、根岸は続けた。

「大焼け以来、お天道さまも灰のせいで光が弱い。運に見放されれば、大凶作が来る。政が間違えば、飢饉になるやも知れん。当面は生きてゆくだけで精一杯じゃろうが、万一の時に備え、いずれ郷倉《ごうくら》を建てて、稗《ひえ》や籾《もみ》を少しずつ蓄えるがよかろう」

「こたびは周りの村にうんと助けてもろうたけど、今度はこっちが助ける番だんべ」

音五郎の言葉に、村人たちは真剣な表情でうなずく。

「子どもたちから、大好きなデーラン坊さまに、贈り物がござんす」

するゑが丸めた大きな紙を背に隠しながら、仙太と前へ進み出た。

「皆で作ったんさ。吟味役は絶対に喜ぶだんべぇ」

差し出された紙を開くなり、根岸が嬉々として大声を上げた。

「何と、妖怪すごろくか！」

以前、正月にはすごろく遊びをしようと根岸は言っていたが、江戸から戻って以来、離任の日まで上州を飛び回っており、遊びどころではなかった。

「上州と近隣の妖怪を知ってる限り集めて、うらたちで描いてみたんさ。デーラン坊はもちろん、浅間から出てきたって噂の羅刹女も、竜も天狗も、善鬼もいるんさ」

「うれしいぞ……」

仙太の説明に根岸は目頭を押さえ、肩を震わせている。妖怪ほど、この役人が喜ぶものはないと、子どもたちも知っていた。

「音五郎、御代官様が舟でお待ちじゃ。急いだほうがよかんべえ」

黒岩に促されて、音五郎が立ち上がった。

「吟味役、最後に俺たちの作っとる花畑を見てくらっしゃい」

根岸はあわてて目頭をぬぐうと、妖怪すごろくを丁寧に丸めて喜藤次に渡した。

するが根岸の手を引っ張り、花畑へ向かう。

掘立小屋のあった場所、シナノキの林の手前だ。

花畑と言っても、起返しをして、ささやかな土づくりをしただけの場である。

「この種を播《ま》いてくらっしゃい」

するの小さな手が渡す麻袋を、根岸の大きな手が受け取った。

「何の種じゃな、する?」

「さあ。皆で好きな種を集めてきたんさ。育ってからのお楽しみ、妖怪花畑でやんす。もっとたくさん集めて育てるけど、最初はデーラン坊さまに」

村人たちが自分の好きな花を選ぶ。いつ誰が何の種を播き、どの種が芽吹き、どんな花畑となるのか、神のみぞ知るだ。

「わしはまるで花咲かじじいじゃな」

根岸は麻袋の中身を掌の上へ空けると、楽しそうにそこらじゅうに種を播き始めた。

この役人はいつもこうやって、不慮の災害に苦しみ嘆く人々のために、あちこちで希望の種を播いてきたに違いない。

「俺は種から育てるのがまどろっこしいから、春になったら山でイワカガミの花を見つけてきて、苗を植えるんさ。うまく育つかわからねえけど」

きっと、かなも志めも、見守ってくれている。

「人は、思い思いの花を、好きな場所に咲かせればよい」

寒さが和らげば、芽が出る。輝く春になれば、それぞれの色と形と香りの花が咲き乱れ、白い蝶が浅間山から降りてくるだろう。初夏には、シナノキの林が淡黄の花を咲かせ、甘い匂いに誘われて蜜蜂が群れる。シジュウカラが来て、ツピー、ツピーと囀るだろう。いずれ水路を通せば、夜にはホタルも舞う……。

「ケサランパサランが出てくるとよいのう」

「そ、それは、もしや妖怪でやんすか？」

耳慣れぬ言葉に、甚兵衛が不安そうな顔つきで目を丸くしていた。

「タンポポの綿毛に似た小さな妖怪じゃ。わしは一度だけ会ったことがある。一緒におると、幸せになれるんじゃぞ。白粉《おしろい》を餌にして、穴を開けた桐箱に飼っておると、自然に増えるらしい」

甚兵衛は少し安心した様子で、根岸を見上げた。

「そんなことよりも吟味役、また家内がうらをぬらりひょん呼ばわりしましてな。昔から、とにかくひと言多いのでやんす」

以前は、夫婦で生き残って文句を垂れる甚兵衛に反発したものだが、一人の孫以外、身内を全員失ったのだ。同じ悲しみを抱える仲間だと、音五郎も今では思っている。

根岸の手が甚兵衛の背をぽんと叩いた。

「わしは〈食わず女房〉も顔負けの大食いじゃが、お前の家の夫婦喧嘩はもう食い飽きたわい。お前にはもうよき家族がおる。仲間がおる。じっくりと聞いてもらえ。それに、ぬらりひょんは悪い妖怪じゃねぇし、お前が似ておるのは本当じゃぞ」

根岸が大声で笑ったのに、村人たちはシンとしている。

「さてと、そろそろ行かねばな。また原田がぶんむくれる」

根岸は近くにいた仙太の肩へ手をやった。

「仙太、子どもたちはおとなしい連中が多くて心配じゃ。お前が引っ張っていけ」

「畏まったぃ。うらは親父を超えて、上州一の猟師になるんさ。頑張れって、母《かか》どんの声が聞こえる気がするんだぃね。うんと山の恵みをもらって、浅間山に埋め合わせをしてもらうべ」

暮れの祝言の宴で食べた山鯨の味が忘れられず、猪狩りをとことん教えてほしいと音五郎に弟子入りしてきた。心の中でかいなに話しかけてみたら、賛成してくれたとうれしそうだ。

「それはよい。浅間山は、鎌原村自慢の山じゃからな」

一人ひとりに根岸が親しく声をかけてゆく。あちこちの村で別れに時間が掛かるはずだ。

「根岸さま、きっと元気な子を産みます」

「おう。子は幸せを運んでくれる。親子で幸せを摑めぃ」

玉菜がうなずく隣で、するが何も言えずに泣き出し、根岸の袴にすがりついた。大きな手がおかっぱ頭をそっと撫でる。

最後は音五郎の番だ。不覚にも泣き出しそうになったが、秘密の企てを打ち明けた。

「吟味役、俺はもういっぺん濁酒《どぶろく》に挑んでみるべ。吟味役に呑んでほしいんさ」

実は、小六を連れて加部安に会いに行った時、「落ち着いたら酒をやってみんか。美味なら、わしが売りさばいてやるぞ」と声をかけられた。吉六が生前、濁酒造りの話を加部安に伝えていたからだ。聞くなり、三度目の挑戦を決めた。

「よう言うた。なんかもん、お前が皆の先頭を歩いて行け」

音五郎の両肩に根岸の手が置かれた。やわらかくて、温かい。

「立派になったな。かなも志めも、喜んどるぞ」

涙があふれて、覚えず広い胸板にすがりつくと、ゴツゴツした腕で乱暴に抱きしめられた。

「皆の衆、鎌原を頼んだ。原田は照れ屋じゃが、清廉潔白にして才気煥発、仕事はきちんとやる男じゃ。信じてよい」

音五郎は体を離すと、代わりに仙太を突き出した。

「ちゃんと後継ぎも育ててるんさ。こいつが、次のなんかもんだぃ」

仙太が恥ずかしそうに笑うが、するはまだ根岸の足にすがりついている。

「する、吾妻川でおっかない代官が待っとるんじゃ。昨日から村々を回っておるが、行く先々で、名残り惜しゅうてのう。早うせいと叱られるんじゃが、これでは帰れんわい。どれ」

根岸はするを抱き上げ、自分の肩へ乗せて歩き出した。

「船着場まで参ろう。誰ぞわしと一緒に来て、するを連れ帰ってくれい」

仙太と音五郎が応じると、玉菜もくめを誘い、その後に村人たちが続いた。

結局、皆がゾロゾロと吾妻川の船着場へ向かい、根岸を見送る長い行列ができた。

舟には原田が呆れ顔で待っていたが、根岸は「忘れておった」と喜藤次に言い、船中からひと抱えの石像を持ってこさせた。

「馬頭《ばとう》観音は煩悩と災いを食べ尽くすそうな。下手糞じゃが、舟で動くときに少しずつ彫っておった。上州で二度とかような悲劇が起こらぬよう願うておるぞ」

頭頂に馬頭を載せた三面六臂《さんめんろっぴ》の石像は、根岸が笑った時のようにおだやかな表情をしている。

「川べりのよき場所に祀っておくゆえ、見つけたら、わしを思い出してお詣りしてくれい」

「吟味役、温泉が通りましたら、骨休めに大笹へお出でくらっしゃい」

黒岩と干川も、ここでお別れだ。

「おう。次は大酒を呑んで、団子を山盛り食うて、奇談尽くしと参ろうぞ。干川はジャガ芋を頼む。天ぷらがわしの大好物じゃ」

「待ち人がまだあちこちにおり申す。お急ぎ下され、吟味役」

舟から、原田の甲高い催促が飛んできた。

「皆の衆、いずれ観音堂の石段を下りた辺りに、四百七十七人の墓に代えて、よき僧侶に頼み、慰霊の塔を建ててはどうじゃろな。塔の周りにも花々を植えるんじゃ」

亡き者たちのために、心のこもった供養を代々続けてゆく。信州街道から鎌原への入口にある観音堂は、村の復興と慰霊を表わすのにふさわしい場所だと、根岸は付け加えた。

「どうじゃな、原田?」

「異議なし。音五郎、春までに、村人たちをまとめておけ」

名で呼ばれ、ようやく原田に認められたように思えて、音五郎はうれしかった。

「畏まったぃ!」元気よく応じた。

音五郎にとって、原田は命の恩人だった。狼に嚙まれた腹の手当を受けていた時、原田が真剣な表情で配下に指図し、叱責する様子を見ながら、民の命を救おうとする思いが伝わってきた。根岸と種類は違えど、立派な役人だと思った。

「あら、旦那さま。どちらへいらっしゃるんさ?」

すっとんきょうな声を上げて根岸に駆け寄ったのは、くめだ。

「くめ、わしが出世したのを忘れたんか。所用で江戸まで行って参る。達者にしておれよ」

根岸はくめの痩せた体を片腕で抱きしめてから、ずっと肩に乗せていたすゑを下ろした。

泣きじゃくる娘を、音五郎が抱き上げる。

「お別れだぃ、すゑ。お送りするべぇ」

根岸が舟に乗り込んで腰を下ろすや、原田の指図で、舟はすぐに川べりを離れた。

「後は頼んだぞ、なんかもん！」

吾妻川の急な流れに乗り、舟と根岸の姿がみるみる小さくなってゆく。

もし検分使が他の人間だったら、全く違う御救普請になっただろう。きっと鎌原は消えていた。

「あんな立派なお役人が左遷されるなんて、世の中、絶対に間違っとるんさ」

甚兵衛が老妻と並んで、ボソリとこぼした。

舟影が消えた後も、誰も川べりから去ろうとしない。

「皆、帰るべぇ。俺たちの村へ」

音五郎はすゑを肩車すると、仙太を従えて、先頭を歩き出した。

8

根岸たちを乗せた小舟が、吾妻峡谷を音もなく下ってゆく。長野原に入る手前の道の脇に馬頭観音を祀り、別の小舟に乗り継いだ。川の水は澄み、泥流の名残りはわずかだった。

「送られるより、送る人間のほうが寂しいと思わんか？」

根岸が問うと、「さて」と原田が気のない返事をした。

「どこからか飛んできた石で、大けがをした普請奉行もおりましたな。むろん拙者は、さような真似を許しませぬが」

「政は民のためにある。捨て身で民のために動かば、意は必ず通じるはずじゃ」

力で従わせるよりも、納得を得ながら進めるほうが、人は大きな力を出せる。

「情も、時としてうまく使うべしと、こたび拙者も学び申した。されど一人も取り残さぬ政なぞ、普通の役人にはできますまい」

原田は言う。鎌原再建は結局、奇特な三名主が民を飢餓から救い、世にも珍しい検分使が派遣され、生き残りになんかかもんがいたから、辛うじてなしえた例外だ。

「偶然が重なって、綱渡りで成しえた幸運な御救普請を、とても範とはなしえますまい」

根岸は反駁《はんばく》しなかった。もう役目は終わったのだ。

いつの世も人は、非情な天災と過酷な運命に翻弄される。だがそれでも、人間は決して独りではない。共に歩むことはできる。それが生き残った者たちの希望であり、役人たちの務めだ。田沼時代の範にはならずとも、数百年の後、いつの時代にか、範とされる日が来るかも知れない。

「畏れながら原田様。すべて、偶然なのでしょうか」

喜藤次が緊張の面持ちで口を挟んできた。

「もし鎌原を再建せねば、やぶれかぶれの音五郎は、今ごろどこぞで悪事を働いていたやも知れませぬ。玉菜は妊娠も知らずに途中で命を絶ったか、流産していたのではありませぬか」

「いや、われらが速やかに適切な移住先を与えておれば、二人とも新天地でうまくやっていたやも知れぬ。どのみちあの老婆は救えなんだが、あれもこれも救いたいという吟味役の情が、熊本の民草の苦しみを招いたともいえる」

その通りやも知れぬが、助け合うのが人の世だ。上州において、熊本藩への恩義を子々孫々に伝え続ければ、いつか、熊本を大いなる天災が襲った時、恩返しをする日も来るのではないか。

主の言葉にも、喜藤次が承服した様子はなかった。

「政を人間が担う以上、やり方が違うのは当たり前よ。御救普請だけじゃねぇ、公に尽くす役人の仕事に正解なんかねぇさ。この半年色々あったが、二人には特に苦労をかけたな」

「たまにお寝《やす》みになると、吟味役はいびきが喧《やかま》しゅうござった」

原田が遠慮なく愚痴をこぼすと、喜藤次が苦笑いした。

「妻にもよう言われる。埋め合わせに、お前らが江戸へ来た時は、隅田川畔で甲子屋《きのえねや》の眞崎田楽《まさきでんがく》を馳走してやろう。奇談を肴に、何が出てくるかお楽しみの妖怪酒《ようかいざけ》もな」

「田楽はともかく、長い奇談と、得体の知れぬ妖怪酒はご勘弁を」

意外とすなおに請けた原田の隣で、喜藤次はうれしそうだった。

「次で大きな船に替えまするぞ」

原町に近づくと、すでに日が傾き始めていた。

碇泊中の高瀬舟には、役人たちがずらりと乗り込んでいる。

「吟味役を慕う役人たちが、送別の宴を催したいとうるそうございましてな。各地でやるわけにもいかず、さりとて渋川に集めれば仕事が滞り、金も無駄でござる。されば、江戸までの船中で行うと決め申した。ぜひとも吟味役をお見送りしたいと申す者たちが、入れ代わり立ち代わり乗船いたしまする。伊勢崎藩の関なんぞも徒党を引き連れ、途中から加わるとか」

「船中では久しぶりにぐっすり寝ようと思っておったが、その暇もなさそうじゃな」

根岸が船に乗り込むと、一番奥には、蝦蟇が小六を従えて待っていた。

「江戸までの船旅、この加部安めが饗応を取り仕切りやす。下るにつれて船は大きゅうなりやしてね。とっておきの上州の酒も取り揃えてございやすで」

「お前たちの気持ちはありがたいが、呑むわけにはいかん。わしはまだ検分使じゃでな」

原田が懐から一通の文を取り出した。

「お渡しするのを忘れており申した。老中より、正式な解任の告知でござる。江戸へ戻り次第、報告を上げねばなりませぬが、今これより、吟味役は検分使にあらず」

「相変わらず手回しのいい男じゃわい」

「拙者は渋川までお付き合いを。酒を嫌いではありませぬゆえ」

仕事がやりやすいよう、下戸《げこ》だと偽っていたらしい。

「おお、そうじゃ。土産に妖怪すごろくをもろうたんじゃ。皆で遊ばんか？」

ずっと持っていた喜藤次が丸めた紙を開き始めると、原田が制した。

「ご遠慮申し上げる。船酔い致しますゆえ」

「残念じゃな。またなんぞで謹慎させられた時に、妻と遊ぶか」

「お子と遊ばれては？」

加部安が酒の差配を小六に手で命じながら、水を向ける。

「もう末娘しか、わしと遊んでくれん。原田は子がおるのか？」

「妻と男児を一人、中野陣屋に置いており申す」

ご家族をとても大切になさっていますと、喜藤次が耳元にささやいてきた。

「お前も子に遊んでほしければ、今のうちじゃぞ」

「肝に銘じておき申す。されど生憎、吟味役が江戸で妖怪すごろくに興じる暇はありますまいな。次の仕事が待っておりますゆえ」

腕組みをしながら、原田がニヤニヤ笑っている。

小六と喜藤次がキビキビ動き、酒杯を皆に渡してゆく。根岸は一番大きな盃だ。

「またどこぞで、何か起こったんか？　上州にかじりついとったせいで、世情がわからねぇ」

「デーラン坊様、おめでとうございやす！」

加部安が酒杯を掲げると、役人たちも倣い、一斉に歓声を上げた。促されて祝盃を挙げたものの、根岸は狐につままれた心地だ。

原田がさりげなく明かした。

「この春には、佐渡奉行にご栄転と、ご老中より内々承っており申す」

遠国《おんごく》奉行の佐渡奉行は、幕吏たちが目指す出世街道の上の方にある。大抜擢だ。

「たまげたな。わしは御救普請ばかりやってきた。望んだ覚えもねぇんじゃが」

「上も下も、見ておる者はちゃんと見ており申す」

原田の笑みはいつものように自信たっぷりだ。原田の推挙か。

「佐渡には美味に美酒、美女に絶景あり。しばし、ゆったりなさるがよろしかろう」

だが、金銀山を支配する佐渡奉行所が、清廉潔白だとは思えなかった。曲がったことがあれば放っておけまい。

「くれぐれも、勝手にご自分で忙しくなさらぬよう」

乾杯の後、加部安が原田に祝辞を求めた。

「されば拙者から、とびきりの奇談をひとつ」

「真か！　お前が話してくれるとは、何やらうれしいのう」

根岸は身を乗り出した。

「悪阻《つわり》がひどくなるのは普通、三、四カ月目。下腹の膨らみ具合や食欲その他から見るに、玉菜は身ごもってから、せいぜい五カ月でござる」

七月の浅間大変から閏一月を挟んで、すでに八カ月近く経っている。根岸は指折り勘定してみたが、どうしてもつじつまが合わなかった。

「どういうことなんじゃ、原田？」

「さて。理では説明できぬ話が、奇談でござる」

万ある奇談のうち、一つくらいは正真正銘の本物だ。それを人は「奇跡」と呼ぶ。

「よき奇談じゃ、原田。礼を言うぞ」

根岸は原田の肩へ親しく腕を回しながら、皆を見渡した。

「原田、皆の衆。上州の民を任せる。くれぐれも後を頼むぞ」

「承知。むろん、拙者のやり方でございますがな」

原田は根岸の空になった盃に酒を注ぎながら、白い歯を見せて爽やかに笑った。

参考文献

嬬恋郷土資料館編『災害と復興　天明三年浅間山大噴火』新泉社、二〇二三年
渡辺尚志『浅間山大噴火』吉川弘文館、二〇〇三年
宮崎光男『浅間押し240周年追悼記念誌：天明3年浅間山噴火災害復興における熊本藩の貢献』嬬恋村役場、二〇二三年
村井勇『浅間山―天仁・天明の大噴火―』長野原町営鬼押出し浅間園浅間火山博物館、二〇一三年
「長野原町やんば天明泥流ミュージアム常設展示図録」二〇二一年
松島榮治『嬬恋村の自然と文化』嬬恋郷土資料館
無量院住職「浅間大変覚書」『日本農書全集第六十六巻・災害と復興1』農山漁村文化協会、一九九四年
関俊明『災害を語り継ぐ　複合的視点からみた天明三年浅間災害の記憶』雄山閣、二〇一八年
根岸鎮衛著・鈴木棠三編注『耳袋1・2』平凡社、二〇〇〇年
大石慎三郎『田沼意次の時代』岩波書店、一九九一年
川口恭子『重賢公逸話』熊本日日新聞社、二〇〇八年
鳥山石燕『鳥山石燕画図百鬼夜行全画集』KADOKAWA、二〇〇五年
平山輝男ほか編著『群馬県のことば』明治書院、一九九七年
上前淳一郎『複合大噴火　1783年夏』文藝春秋社、一九八九年
奥野修司『魂でもいいから、そばにいて　3・11後の霊体験を聞く』新潮社、二〇一七年

その他インターネット上の資料を多数参照しました。また、郷土史家の宮崎光男氏及び嬬恋郷土資料館より多数の貴重なご教授を頂戴しましたことを厚く御礼申し上げます。なお、本作品は史実をもとにした歴史エンターテイメント小説であり、文責はすべて筆者にあります。

赤神 諒（あかがみ　りょう）
1972年京都府生まれ。同志社大学文学部卒業。私立大学教授、法学博士、弁護士。2017年「義と愛と」（『大友二階崩れ』に改題）で第９回日経小説大賞を受賞し作家デビュー。23年『はぐれ鴉』で第25回大藪春彦賞受賞。他の著書に『大友の聖将《ヘラクレス》』『大友落月記』『神遊の城』『酔象の流儀 朝倉盛衰記』『戦神』『妙麟』『計策師 甲駿相三国同盟異聞』『立花三将伝』『仁王の本願』『友よ』『誾』など。

本書は書き下ろしです。

装丁　原田郁麻
装画　agoera

火山《かざん》に馳《は》す　浅間《あさま》大変《たいへん》秘《ひ》抄《しよう》

2023年12月26日　初版発行

著者／赤神《あかがみ》 諒《りよう》

発行者／山下直久

発行／株式会社KADOKAWA
〒102-8177　東京都千代田区富士見2-13-3
電話　0570-002-301（ナビダイヤル）

印刷所／旭印刷株式会社

製本所／本間製本株式会社

ISBN 978-4-04-114432-9　C0093